波斯貓在暮靄中唱歌

A PUSSY CAT SINGING IN THE DUSK

葉桑——著

推薦文

從台灣輾轉來到舊金山，在費雪偵探社從臨時檔案管理員成為正式雇員的私家偵探黃敏家，奉派調查被亂刀刺殺的高中生物老師依楓羅素命案。警方根據監視器錄像，認為曾跟死者交往的作家喬許約萊涉有重嫌。匿名委託人要求偵探社找出證據，證明喬許約萊清白。

黃敏家跟外包調查員蜜娜高德合作，先後調查喬許約萊與在超商工作的妻子翡絲韓恩，和喬許約萊合作的作家珮兒可朗達、和珮兒關係曖昧的依楓前上司齊雅飛博士等人後，意外發現依楓曾委託費雪偵探社，確認病故前男友傑克史東指定由她繼承遺產。

正待進一步調查時，一名老者的愛犬在要塞區情人步道旁的土堆中刨出一隻球鞋。土堆裡埋著涉嫌殺害依楓，正等待黃敏家證明清白的喬許約萊。

隨著喬許約萊遺體被發現，眾人間關於親人關係、愛情、靈修、宗教、精神疾病等祕密霎時伴隨連串意外湧現，恍如傳說中禁忌的潘多拉之箱開啟，罪惡瞬間瀰散於世。

黃敏家是否能及時抓住藏在箱底的希望，理出各關係人的祕密跟過去，發現連串命案跟意外背後的真相？

曾經創作出葉氏翻譯社神探葉威廉，臺北市刑大組長「老馬」馬張等系列的本土資深推理名家葉桑老師，以【窗簾後的眼睛】中費雪偵探社偵探黃敏家為主角，在【波斯貓在暮靄中唱歌】中再度出馬，偵辦由高中生物老師之死為起點的一連串命案。

書中葉桑老師運用深厚的醫學生化知識，綿密的組織文筆及細膩的感情描寫，為各個角色打造真實的背景、複雜的人際關係與愛恨情仇，每讀完一章，都為老師人物構思的複雜細密驚嘆不已。

恭喜葉桑老師推出新作，更期待能繼續看到老師的新作，為台灣推理文壇源源注入活水。

——高雲章

台灣犯罪作家聯會會員、推理作家、第四屆林佛兒推理小說獎佳作得主，著有《雪女》、《異人山：不歸之人》等書

《波斯貓在暮靄中唱歌》讓我重溫起了第一次接觸「冷硬派」時，著迷文字感傷氛圍、女性人物之冷豔而著迷的感受。能有幸閱讀這部作品，我可以說是驚喜萬分。

我曾不只一次想過「冷硬派」是否可以在當今作家詮釋下走出別具風格又具備：孤寂、創傷、失意、淒美、蛇蠍美人與愛情的新形態作品？對我來說《波斯貓在暮靄中》便是如此，從主角黃敏家這位中年失意的偵探來看，他今年四十二歲，自台灣來到美國生活十餘年，經歷念書、就業、結婚、裁員、遭離婚，最後淒淒慘慘流浪到舊金山，成為偵探

社的調查員。這位好似雷蒙．錢德勒筆下的偵探，帶著失意與孤寂隨著委託一樁接著一樁，誓言跟著真相追尋天涯海角。

我將其視為女主角的李安美，傾國傾城容貌下懷藏著好多祕密，任何舉手投足都彷彿牽引著什麼、能讓男人為她而死，好似冷豔蛇蠍的女子。

《波斯貓在暮靄中唱歌》中所有人物在情感上有著相似的孤獨、「不完整」與「破碎」，無論正派與反派：有人因違背道德痛苦、有人試著破鏡重圓、有人苦尋真愛。透過不同的愛造就不同性格，也因愛衍生忌妒與恨意，使人成瘋成魔鑄下大錯。如同《雙重保險》中的名句：「一切就是這樣，一點害怕，讓愛轉恨。」

葉桑以遙遠的舊金山作為舞台，以男女主角將故事與台灣息息相關，藉由思鄉、文化碰撞並以「文學與詩句」串起連結，其文字增添詩意，冷峻中優雅看待血腥，柔和了暴力殺氣。

在這細雨綿綿的舊金山、令人魂牽夢縈的美人、神祕詭譎的嵐峰養生村、一再造訪的傳奇餐館，乃至書中書與角色「雙位一體」的撲朔迷離，葉桑書寫著孤獨與迷幻，走過人物低谷也寫出了我眼中獨特的冷硬派。

——閱讀探戈

台灣犯罪作家聯會會員，作家、書評家、第七屆林佛兒獎首獎得主二十多年前，我與葉桑相識於外商藥廠台灣分公司。我對他最大的印象，就是他具有非常強烈的邏輯性的思考能力，而這種能力是當時他工作性質上所特別需要具備的。當時的我完全不知道他還是一位筆耕不輟、喜愛推理的作家，直到約莫10年前，拜現代科技之賜與他在臉書相逢，才驚覺到原來他早已出版了多本推理小說，而且在推理小說界已經佔有重要的地位。

《窗簾後的眼睛》是葉桑東山再起之後的第三本推理小說，我何其榮幸被葉桑邀請撰寫推薦文，這也開啟了我進入欣賞推理小說之鎖。此次，葉桑再度邀請我為他的新書《波斯貓在暮靄中唱歌》寫推薦文，這本書是《窗簾後的眼睛》的續作，讀起來特別有感。書中葉桑以私人偵探黃敏家的身份貫穿全場，調查高中生物老師之死為起點的一連串謀案，精巧的情節設計與人物塑造，看似不太複雜的故事，卻也時而讓我陷入迷惘與不解的情境。

除了作家的身份，葉桑更是一位盡責的孝子。這些年來，他經常在臉書分享照顧年邁母親的點點滴滴。他每次臉書上的發文，背後都是一個動人的故事。葉桑每天除了忙碌於稽核員的工作之外，也得靜下心來構思新書，並且又必須獨自全心投入照顧年邁的母親，除了感動敬佩外也令人非常的不捨。這本新書《波斯貓在暮靄中唱歌》一貫地表現出葉桑架構故事情節的細膩與綿密，又是一部觸動推理迷心靈的大作，在此恭喜葉桑。

——吳信廷
推理迷、資深藥師、星爸

葉桑老師是臺灣推理文壇的長青樹，2025年，這棵樹上又結出了一枚嶄新的碩果——費雪偵探社的生力軍、「詩家偵探」黃敏家。有別於已成傳奇的葉威廉，黃敏家正要施展抱負，一方面探尋事件的真相，一方面追逐文學的夢想，他跟真凶之間勢必只有一方能如願以償！

熱情的佛羅里達充滿了危險的誘惑，敢愛敢恨的男女迸發出情慾與殺機，詩意的描寫讓人掩卷嘆息。神祕的《幽魂夢影》與連續殺人案虛實相映，千絲萬縷的關係令黃敏家在舊金山四處奔波、疲於奔命（很適合聖地巡禮）。文學剽竊、冷血實驗，各種罪惡總能找到冠冕堂皇的包裝；那些看似體面的知識分子，在慾望和野心的驅使下，都可能搖身一變成為精於算計的殺人犯。在幕後演繹出一連串悲劇的兇手到底是「誰」？唯有閱畢的讀者能體會到這是多麼沉重的一個問題。

《波斯貓在暮靄中唱歌》不但冷靜地剖析了人性的醜惡，探討嚴肅的社會議題、親子關係，對鑑定遺書的科學方法、延遲生效的毒藥原理也有親切的科普，而且兇手過於詭計多端，竟然有額外的密室殺人手法能免費奉送，犯罪作家看了會嫉恨，讀者尤其是密室愛好者看了會驚喜。

附帶一提，葉桑老師本人也在書中「客串」登場（恰似福山雅治在偵探伽利略系列小說《聖女的救贖》中「亮相」過），好奇的讀者不可錯過！

——白帽子

台灣犯罪作家聯會會員，作家、第六屆林佛兒首獎、2024年第三屆KadoKado百萬小說創作大賞奇幻小說組佳作、大慕可可影視化潛力獎得主

來自台灣在美國舊金山「費雪偵探社」擔任私家偵探的黃敏家，再度展現他的推理長才。

案件起源於金門公園的一具女性死者依楓羅素，曾有目擊者指出現場有另一名可疑男子名為喬許約萊，經過調查，男子是名小說作家，曾和死者有過密切交往，因此被警方列為重要證人，但是案發之後卻不知去向。此時某個不願意透露身分的人堅信喬許是清白，但是基於某種原因無法現身作證，緊急委託費雪偵探社另找證據，來支持喬許的清白。

《波斯貓在暮靄中唱歌》以上述案件開場，逐漸帶出隱藏在故事背後的巨大陰謀。當我隨著故事進展，以為早早順利解決首個委託案件時，竟發現這只是作者葉桑帶給讀者的一個暖身試題。接下來錯綜複雜的人際交往與情感糾葛，更讓我不敢加快閱讀速度，心想是否一不留神便錯過關鍵線索。

最令我感到趣味與激賞之處，在於故事核心圍繞兩位關鍵角色合寫的推理小說。葉桑不同於一般作者處理方式，面對這類描寫故事中的推理小說，並不含糊帶過，仔細撰寫，將精彩段落直接呈現，甚至關鍵人物與戲中戲內的角色互相映照，讀至此，心中感嘆這也只有創作多年的推理小說家才有辦法駕馭如此的敘事方式。

作為推薦人，建議讀者閱讀時，細細體察故事裡的情節與計謀鋪陳，更容易投入作者精心佈局的世界。若你是喜愛與作者鬥智猜線索，那麼你不會想錯過本書每一章節的鋪陳。若你是單純喜愛閱讀故事人物的成長喜樂與哀愁，那麼同樣能在本作找到讓人感到共感的元素。

最後，讓我引用費雪偵探社的宗旨作為結尾：「真相固然重要，但是證據更重要。沒有證據，一切都是白談。」

——林庭毅

台灣犯罪作家聯會常務監事、小說家，著有《災難預言事務所》等書

《波斯貓在暮靄中唱歌》延續了葉桑老師招牌的細膩浪漫筆調，故事場景搬移至美國，營造有些似曾相識卻又具異國情調的特殊風情。書中角色之間錯綜複雜的關係網絡，與情感糾葛的細緻描寫，不僅構成令人著迷且欲罷不能的謎團，也折射出葉桑老師眼中新

舊世代的社會變遷。角色多元的性取向與當代感情關係可能性上的精湛描寫，展現葉桑老師對社會多樣性與包容性的開闊視角，些許的懷舊氛圍與新時代視野彼此碰撞，為故事展開細膩微妙的張力與魅力。

書中自然融入了化學、藥學與毒物知識，但並未讓專業知識喧賓奪主，讀來流暢自然，易於理解。主角「詩家偵探」黃敏家內斂謹慎，試圖擺脫文青標籤的他擁有獨特魅力，更與其他要角彼此映照，本作登場的角色們在心理上的刻畫、以及角色自身吐露的創作觀點上令人印象深刻，「作中作」的鏡像對照亦深化了敘事層次，而這一切設計都與行文中充滿詩意的風格相得益彰。

在推理情節之內思索真相，在推理情節之外則能深刻感受到人性、情感與時代的緊密交織，正如葉桑老師曾自言「用推理小說的方式寫愛情」，在這部新作中無數的愛恨情仇纏繞，猶如變幻莫測的傍晚雲霧，直到最後出其不意、感慨萬千的真相揭曉，我們是否也聽見小貓咪的歌聲迴盪？尋得與自身內心情感共鳴的剎那？

——M. S. Zenky

台灣犯罪作家聯會成員、小說家、日常輕推理小說《褪色的我與染上夕色的妳》系列作者

目次

推薦文／高雲章、閱讀探戈、吳信廷、白帽子、林庭毅、M. S. Zenky 003
第一章　二〇二一年六月的某一天午後 013
第二章　誰殺死了高中生物老師 026
第三章　白天時陽光不會對你微笑 037
第四章　薰衣草色的閃閃流沙 049
第五章　魂斷情人步道 062
第六章　「三個願望」咖啡廳 073
第七章　聽屍體說話的前女友 085
第八章　可朗達公館的祕密 095
第九章　黑色標籤 105
第十章　冰冷的火焰 114
第十一章　窗外的男人 124
第十二章　凱庫勒的夢中之蛇 134
第十三章　千絲萬縷一點靈犀 143

第十四章　最後的一片玫瑰花瓣　157
第十五章　《幽魂夢影》第33頁（作者：瑞德・雅契／李安美）　167
第十六章　《幽魂夢影》第125頁（作者：瑞德・雅契／李安美）　186
第十七章　夜間月亮必不害妳　204
第十八章　謀殺自己的方法　214
第十九章　按圖索驥・紙上緝凶　223
第二十章　神祕鑰匙圈　231
第二十一章　紛紛掉落的音符　240
第二十二章　波斯貓在暮靄中唱歌　254
第二十三章　雨中的藍天使　270
第二十四章　鐘聲響後的ECHO　281

第一章　二〇二一年六月的某一天午後

二〇二一年六月的某一天午後，依楓收到一封哈維律師事務所寄來的信——這封信讓坐在教堂角落的她心亂如麻，當時主持「靈修團契」的日籍田村長老要大家靜心讀經。信上記載了傑克的死訊，並表示他將全部的遺產留給她。

「讓我們先唸一段金句。《雅各書》第三章第十三節到第十八節，然後討論所謂的真正的智慧，分享每個人的見證和生活體驗。」

田村長老講完之後，每個人就備辦了屬靈的心，虔誠地唸出以下的金句：「你們中間誰是有智慧、有見識的呢？他就當在智慧的溫柔上，顯出他的善行來。你們心裡若懷著苦毒的嫉妒和紛爭，就不可自誇，也不可說謊話抵擋真道。這樣的智慧不是從上頭來的，乃是……」

原本唸著唸著的依楓突然抬起頭來，視線越過垂首的會眾，落在不遠處的大玻璃窗。夜神尼克斯緩緩現身，蒼茫的暮色掩住了窗外的景物，卻映出了室內的一切。不過，依楓關心的只是自己——彷彿正以透明的形體，從軀殼剝離出來，穿過玻璃窗，浮飛在落霞繽紛的天空，往回憶深處奔去。

當年，依楓頂著加州大學舊金山分校（UCSF）微生物學系第一名畢業生的光環，來到充滿驚奇、熱情和拉丁色彩的佛羅里達。她是經過甄選而錄取，因為佛州對野生動植物的保護向來不遺餘力。但是為了讓科學家們多了解牠們的生活習性，採集標本則是必要的手續。更由於佛州到處是沼澤，低等植物的生態研究更是科學家們躍躍欲試的競技場。

主持這項研究計劃的是齊雅飛博士，從姓氏分析，他的祖先很可能是肯亞人，可是齊雅飛博士並不承認。依楓記得他曾寫了一篇論文，後來被致力推廣科普的某娛樂公司製作成動漫《未來的凶手》，廣受好評。標題：人類疾病史可說是一部人類和微生物的戰鬥史。大意如下：

話說一三四八年，鼠疫橫掃歐洲，造成兩千五百萬人的死亡，約當時歐洲總人口的四分之一。因病人死時全身出血發黑，故稱為黑死病。除了鼠疫外，還有「肺癆」、「痲瘋」、「梅毒」等令人聞之色變的疾病。所幸在一九二八年，美國科學家弗萊明「不小心」地在腐爛的橘子中，發現了某種能夠抑制細菌生長的物質，也就是細菌的剋星——抗生素的始祖盤尼西林。

可是，好景不常。二十世紀末，有種比細菌更小的濾過性病毒，以不可一世之姿讓自以為是大自然征服者的人類，再次領略微生物的厲害。尤其是多位藝術家死於 AIDS 時，還有後來居上的 SARS 和禽流感，人類不得不致力於「抗病毒」的研究，直到某個科學家發現了抑制病毒生長的物質。（這部動漫放映時，COVID-19 尚未出土。）

人類得意不了多久，某種神祕的疾病宛如天雷勾動地火，轟轟烈烈地蔓延開來。罪魁禍首就是在微生物學中，和細菌、濾過性病毒鼎足而立的黴菌，另一個名稱叫做「真菌」。

關於黴菌，二十世紀的人類對它並不陌生，那是一種介於植物與細菌之間的複雜微生物，其分泌物會造成肝臟或骨髓的損害，譬如眾所皆知的黃麴毒素。另外，各種黴菌所引起的皮膚病，十分難於根治。所以當AIDS，還有SARS和禽流感被人類克服之後，黴菌很可能會在地球掀起另一場腥風血雨。

有所不同的是，黴菌之毒是屬於慢性，而且衍發出來的病症五花八門，讓醫界人士一個頭兩個大。因此，二十世紀的人類常使用的「氰酸鉀」毒殺事件，在二十一世紀將會被黴菌所取代，因為沒有機理可循，只是黴菌的難以管制，連凶手都會在不知覺中被傳染，帶來永遠的夢魘。

依楓初次見到齊雅飛博士時，壓根就不敢相信眼前的這個不太像黑人的大老粗，竟然是羅德岱堡大學的生物型態學教授，他的名字還多次刊在美國名人錄上。依楓面試後，齊雅飛博士對她並不滿意，因為她看起來太嬌弱了。

他甚至當著她的面咆哮：「他們把這裡當成小學的實驗科學班，竟然挑了個小女孩過來。瞧她那身細皮嫩肉，唉！這也難怪，人們一聽到佛羅里達，就會想到迪士尼樂園。」

剎那之間，依楓以為對方會大手一揮，然後自己就變成一片紙人，悠悠忽忽地飄回舊金山。她正欲張口，齊雅飛博士用背影對依楓說：「不過既然來了，就留下來吧！我正缺個替我管理文書的祕書。」

不知從哪裡來的勇氣，依楓以堅定無比的口氣說道：「我不要當你的祕書，也不想做管理文書的工作。」

齊雅飛博士停住腳步，似乎在懷疑自己的耳朵。

依楓逞一時口舌之快而昏了頭，不知好歹地接著說：「你一定看過我的學校成績和論文，同時我也通過了你們所設計的心理和各類性向測驗。為什麼單憑一個照面，就把我丟入冷宮。」

齊雅飛博士的聲音彷彿是墨西哥灣流進入了大西洋，濾去了方才的倨傲，以一種冷靜的方式，說：「年輕的淑女，妳吃過鱷魚的肉嗎？」

依楓不知道他為什麼會丟出這個奇怪的問題，只是錯愕地站在原地。

「妳知道嗎？」齊雅飛博士終於正視著依楓說話：「鱷魚的肉耐嚼，吃起來像龍蝦尾部的肉就像魚肉和雞肉混在一塊的味道。如果沒吃過的話，明天或許妳會有機會。」

齊雅飛博士離開之後，依楓感到無助極了！她嗅出那種惡意的挑戰。她不怕挑戰，但是卻連基本的規則都不懂。不過到了當晚，她便懂了。

依楓隨著七個學有專長的博士級人物，其中只有一位女性，是來自南美洲的昆蟲學家。大家在齊雅飛博士的領導下，前往野草叢生的庫爾基斯公園水域巡視。當他們航向通往公園的水道時，兩岸傳來奇怪的呼叫聲。然後，她終於見到了美洲鱷魚，在探照燈下，牠們的眼睛閃閃爍爍，彷彿箭簇上的寒光。

「怎麼樣？」回程之際，齊雅飛博士問依楓。

「很有趣，至少比待在冷宮……比當祕書有趣多了。」依楓違背良心地回答。

「很好！這至少證明了那些什麼鬼心理、性向測驗是對的！」齊雅飛博士看了依楓一眼，舉起雙手，略帶嘲諷地說：「還有，我的觀人術不及格。」

雖然依楓在齊雅飛博士的心目中已有了分量，不過她自己很明白，將來的日子一定像是在亞馬遜河中游泳。不錯，過了沒多久，他們到愛佛格雷沼澤區去研究麒鹿和輪貂，同時見識了五公尺長的巨蛇。當然啦！還有傑克・史東。

傑克是繼依楓之後，加入齊雅飛博士的group。有個名叫傑夫・亞當斯的工程師在兩個月前離職，他是應聘的自由接案電機工程師，長得高高瘦瘦，白膚金髮。狹長的藍眼睛，削鼻薄脣，一副北歐人種的模樣。

某個週末，兩人在研究中心的餐廳不期而遇。

「傑克，你是北歐人嗎？」當依楓得知對方曾經在舊金山住過一段很長的時間之後，興起他鄉遇故知的親切感。

他搖著頭，然後說：「或許混有維京人的血統吧！不過我自己也不清楚。妳呢？依楓，怎麼會來佛羅里達呢？」

依楓簡單地訴說經歷之後，又把話題放在傑克身上，包括他為何不找份正職的工作安定下來。

「我還是個中學生的時候，正騎著腳踏車回家。忽然一聲巨響，不可思議的事情發生了！住了十幾年的房子，和曾經刻著我的名字的大橡樹，在幾分鐘之內，塌陷到裂開的大地溝裡去。」

「好可怕！到底是怎麼一回事呢？」

「當時聖安地列斯斷層發生地震，對舊金山造成了嚴重的破壞。」

「那你的家人……」

「我的父母掉到地心裡去了！至於襁褓中的弟弟不知去向。」傑克的憂傷一閃而逝，轉而笑著對依楓說：「我想那是個很好的靈魂安息之處，至少不必擔心傷風。妳知道嗎？依楓，我的父母最怕寒風冰雪，所以才選擇了舊金山落腳。沒想到慈悲的上帝，又將他們安排到一個更溫暖的地方。至於妳問我，為何不找份正職的工作安定下來？很簡單，我發誓找回我的弟弟，所以到處漂泊。雖然至今無法如願，可是我一定會堅持下去。」

依楓多多少少聽聞過該大地震的恐怖事跡。年輕而多愁善感的她，眼淚不由自主地滴出來。

「別哭！依楓，改天我帶妳去看那個大陷坑，好嗎？如今，那場地震的大悲劇已被大家忘記，反而變成最熱門的觀光勝地。」

「後來呢？」依楓感到很不好意思，趕緊擦乾眼。

「我只能自立自強，然後……然後一連串的然後，我遇見了妳。」傑克的聲音忽然低沉而熾熱起來，讓依楓想起家鄉的海天一色，想起飄繞在金門大橋的雲霧。

那一個晚上，傑克成為她生命中最重要的男人。依楓來自一個教養十分嚴格的基督教家庭，她從小就被訓練鄙視情慾。在成長的過程，心靈的旋律只有溫馨清越的聖詩。她周遭的男子都是溫文儒雅，因此也被教育去喜歡誠實、正直與尊重倫理道德的男性。

然而沒想到這個初識不久的男人竟如寒冬中的一股熱流，單刀直入地竄進她的內心。於是，結苞多年的花蕾驟然激放開來。依楓解開了心靈的束縛，狂戀著傑克給她帶來肉體的歡愉。雄性蜜腺所分泌出來的香氣，馨薰著依楓的靈魂，因而燃燒出靡慾的青春。

激情之後，依楓依然不滿足地望著熟睡的傑克。她以指端輕輕地從他的鼻梁、喉間、胸肌……一路劃下去，然後……傑克皺了皺眉，抗議似地低哼一聲地翻過身去，繼續睡眠。依楓彷彿要留住什麼似地，將觸過傑克肉體的食指，在自己的嘴上撫按。然後，以一種幻想的心情，放入口中和濕暖的舌頭做最親密的接觸。

原本期待再一次的燃燒，然而一段熟悉的章節，宛如漆上磷光般地在黑暗中起起伏伏——在百體中，舌頭是個罪惡的世界，能汙穢全身，也能把生命的輪子點起火來，而且是從地獄裡點著的。舌頭是沒有人能制伏，是不止息的惡物，充滿了害死人的毒氣。然而，在情慾的濃醇裡，依楓並沒有把這個神賜的異象擱在心上，直到那一天……。

那一天，依楓和傑克從環球影城度假回來，兩個人的情緒還餘留著影劇中傳奇的浪漫。傑克建議去喝杯啤酒，依楓表示沒有意見。當他們將車子開到往日常去的酒店時，傑克忽然打消了念頭，嚷著要回去。

依楓看到薇芝和一群同伴正進入酒店。薇芝就是那位來自南美洲的女性昆蟲學家，一頭蓬鬆的長髮，在實驗室時用一個金鉤扣起來。此時則任其自由，在晚風裡張揚，彷彿一枝散在水中的大毛筆。依楓凡事都順著傑克，但是這回卻例外。

「為什麼不呢？都已經到了門口。」

「我有更好的想法。」

「告訴我吧！甜心傑克。」

「我們到轉角的超商買半打啤酒，然後到妳住的地方。妳該想得出來，將要發生什麼。」

「我缺乏想像力。」

薇芝雖然已經消失在街頭，不過那穿著金色迷你裙的修長背影，卻如雨滴落在平漠的沙丘，現出疑慮的孔孔洞洞。為什麼傑克看見她，刻意要躲開呢？如果兩人之間沒有什麼，以同事的立場而言，可以一夥飲酒作樂呀！

「妳口中說缺乏想像力，但是我知道妳已經神馳九霄了！」傑克捏一下她的腰肢，又說：「妳是不是想著，我正把啤酒傾入妳的肚臍，然後一點一滴地吮乾……」

眼前的道路，左右都夾擠著閃爍霓虹的建築物。依楓感到自己和傑克正駕著車，快速地往夜空的胯間馳去。她甩一甩頭，忽然說：「傑克，如果現在我向你求婚，你答應嗎？」

「現在？求婚？」傑克似乎把依楓的話當成即興的玩笑，偏著頭說：「縱然要求婚，那也該是我，而不是妳。」

「那麼你為什麼不向我告白，今晚是這麼美，這麼羅曼蒂克。」

傑克被逼視的眼神弄得有些慌亂，指指那輪滾在泡沫似雲間的杏黃月，說：「妳該不是患了月暈症（moon struck）？」

「我的工作合約快到期了。」

「可以申請續約。」

「齊雅飛博士的研究計劃，還會讓我參與嗎？我的黴菌分析部分已經完成了，他還會讓我留下來浪費預算嗎？何況據我所知，另一位汙泥專家正在等我的位子。」

「我可以替妳說說看。」傑克的話混雜在軋軋的引擎聲中，有種勉強的掙扎，也顯出不誠實的虛幻。不過，他或許有些知覺，趕緊以更誠懇的聲音表情，說：「我有這個把握。」

「我像乞丐嗎？傑克。」

「妳怎麼這樣說呢？」他嘆了一口氣，又說：「那換個工作，如何？我幫妳想辦法。」

依楓冷冷地說：「我的事我自己擔心吧？」

接下來的沉默就像是兩人之間的發病潛伏期，不知不覺中，那些致病的黴菌正蓄勢待發。不過，依楓還是讓傑克進入她的公寓，讓他的手狠狠地扣住她起起伏伏的曲線。在黝黑的床上，以連鎖的爆發力，摧毀對方，也摧毀自己。情慾的快感使依楓的絕望，宛如蜘蛛網般在黑夜中閃亮張織。

當黎明來臨，傑克已經不在了。伊楓不知道他何時離去。記得往日，縱然傑克多麼輕悄悄，依楓都會從沉睡中醒來，然後嬌癡地要求臨別的一吻，甚至……，依楓決定要把該割捨的東西，用理智之劍切了下來。然而，卻遲遲無法下手，直到過了幾天……。

走入實驗室，依楓例行公事地先打開恆溫箱，檢查各類黴菌的發育情形。或許是恆溫箱遮住了她的身軀，另一間實驗室的人並沒有看到這間實驗室裡有人。其間是一小塊玻璃窗，依楓看見了傑克彷彿一頭松鼠般地跳到薇芝的身後。薇芝正在塗抹一些鏡片，無所反應地任貼在背部的傑克為所欲為。

依楓定定地站在原地，從晶亮的恆溫箱大門，可看見實驗檯上的蒸餾水製造器，正沸沸滾滾地，彷彿雲霧之間躲著憤怒的妖龍。電熱板映出來的紅光，更助強了不可一世的恨焰。依楓的手執著一支糾纏著菌絲的液體試管，眼前忽然出現了《哈姆雷特》的一幕——奸險的大臣將毒液傾入國王的耳中。

再過一個月，依楓就必須結束她的工作，似乎任何人都不在乎她的去留。齊雅飛博士曾經和她討論，建議她可以去舊金山碰碰運氣，依楓沒表示任何意見。當他提到傑克時，她就浮起一絲冷笑。

「他是他，我是我。」

齊雅飛博士離去之前，丟下一句奇怪的讚美——妳是個聰明、而且理智的女孩。

聰明、而且理智的女孩？嗯哼！依楓望著排著整整齊齊的派氏皿。從右邊算過來，分別是貝氏沙加菌、貝氏分枝孢子菌、密實芳沙加菌，以及剛剛培養成功的疣性皮炎菌。這些屬於Chromoblas-tomycosis的黴菌都是依楓在沼澤地帶辛苦採集而來。不過，她的目的並非為了科學研究，而是製造報復愛情騙子的工具。

這份靈感除了來自觀看《哈姆雷特》，同時也因為傑克的右耳因患了脂漏性耳膜炎，而時常搔癢。由於兩人的親密關係，所以依楓的臥室也備有軟膏。傑克喜歡依楓用棉花棒勾一些軟膏，然後伸入他的耳內，輕輕地旋揉。他沒想到那罐軟膏被注入了巧奪天工的毒素。

兩人仍然繼續交往，依楓不知道傑克的心事，但是在她心目中，他已經是個和男妓沒什麼不同的人。

當依楓開始辦理離職手續時，傑克忽然說：「有一天，我會給妳一個驚喜。」

依楓露出不感興趣的神態，說：「我們是成年人，都知道人生的起承轉合。有些話不說還好，說出來反而令人感到無奈和悲傷。」

「我知道別情離緒感傷了妳的心。但是，請相信我……」傑克的甜言蜜語宛如煙火似地，不斷地在依楓的心靈天空綻放和隕落，最後留下一片空虛。

回到舊金山之後，依楓到畢芮尼高中任教，毅然而然拒絕了傑克的所有信件訊息。雙方的線性關係逐漸變質，終於成了零點，傑克曾經說過的「驚喜」終究成了一道永遠的謎。時間會治療人們的創傷，她終於原諒他，同時祈求上蒼，不要讓她在他耳中種植的毒黴發作。

田村長老開始禱告，依楓的回憶之旅也到達尾聲，但是很清晰聽到自己心中的怒吼：不！這是謊言，也是個最可怕的陷阱！最後，田村長老引用《聖經》中詩篇的121章第6節的金句，「白日太陽必不傷你，夜間月亮必不害你」來祝福大家。

那些黴菌是不是早就進入傑克的內耳，慢慢衍化成淋巴管阻塞和纖維病變？那種痛苦的折磨非常人所能忍受，以現今的醫學水準雖不一定能治好，但是診斷卻並非難事。那麼，是不是傑克知道了，然後千方百計地想要誘她現身。也許，他的律師正手執著一把利斧……。

萬一是相反呢？傑克不知道真相，而且毒黴並沒有發作，他只是單純想見見自己，但是唯恐自己如往日般不願意見他，於是假造出一個善意的謊言？或者他真的過世了，真的願意把那筆遺產給自己呢？依楓凝視著教堂窗外，燦爛的彩霞，一時分不清是面臨黑夜的黃昏，還是迎接白天到來的黎明？

依楓・羅素前前後後想了四天，她決定去一趟風評很好的「費雪偵探社」。

「費雪偵探社」接受了依楓的委託，從紐約哈維律師事務證實了傑克・史東的遺言。身為平凡教師的伊楓很幸運地得到一筆意外之財，然而所謂福無雙至、禍不單行，她竟然……。

第二章　誰殺死了高中生物老師

我的名字叫做黃敏家，今年四十二歲。十年前從台灣來到美國，念書、就業、結婚。幾年前疫情大爆發，被裁員之後，又遭離婚，最後淒淒慘慘流浪到舊金山。所幸有個當警察的好友阿方介紹我去費雪偵探社，當個臨時檔案管理員，因為原來的管理員威靈頓太太請產假。

當我還懷疑自己是否能夠勝任偵探社的內勤工作，社長費雪先生發掘了我的潛能，給了我實際偵查和辦案的機會。並且讓我參加各種培訓，取得相關證照，所以目前我是一個合格的私家偵探，職業一欄：徵信社雇員。

已經不算是菜鳥偵探的我，辦案過程宛如登山探險，一開始能量滿滿，充滿自信。後來屢屢面對深淵峽谷、斷崖絕壁，時而狂風暴雨、烈日當空，毒蛇猛獸、蜂蟻夾攻。不過，每當心尖指彈，宛如詩神降臨，靈感源源而來。案情分析條理分明，推理過程合情合理時，就好像面對人間美景，什麼辛苦疲倦都拋諸腦後。然而最後關頭，不論凶手身分、動機和手法如何，真相猶如攻頂前刻，明明目的地就在眼前，但是好像永遠到達不了，這也不斷考驗我的毅力和體力。

費雪偵探社的社長，七十多歲的費雪先生，身體狀況尚可。外表慈眉善目，看起來是個心腸柔軟的好好先生。但是實際上如何，我並不知道，包括他的家庭、婚姻等等……只有聽過我那在舊金山當警察的好友阿方說過：費雪先生原本是個犯罪心理學的教授，擅長犯罪手法分析，對於犯罪動機更有獨到的見解，同時也是現場偵查專家。

至於為何離開大學教職，自創偵探社的原因，無人知曉。費雪先生這幾年來，致力於電腦軟體的研究，將他參與過的案子設計成一套嚴密的資訊系統，再加上他自己設計研發出來的犯罪分類及統計分析，免費提供給警方使用。讓一線人員辦案時，能在短短的時間，掌握住可能比較正確的方向。正確方向是很重要的，否則一開始就錯的話，不但浪費資源，甚至誤入歧途，最後很可能成了一宗懸案或冤獄。

費雪先生的辦案哲學：真相的後面一定還有真相。所以務必做到分析再分析，審核再審核。至於要分析幾次，理論是六次。不過還是要依據案子的複雜度和嚴重性斟酌進行，一般而言三次就夠了。他親自負責審核調查相關文件，所以我並不明白他是如何進行。雖然，他遇過所謂天才型的偵探，只靠直覺就找出真相。但是他不容許和他合作的調查員亂來，甚至絕頂聰明、屢破奇案，如早年的台灣偵探葉先生也必須照規矩。

說到費雪偵探社的人事組織，從草創的一人公司，擴展到四人，包括社長費雪先生、管理員威靈頓太太和兩名幹員阿孟和大牛。

我本來是來打工，沒幾年前才正式加入。我的職稱和阿孟和大牛不同，我是調查員。幹員和調查員的區分是調查員必須負責寫調查報告，並且接受費雪先生的質疑和提問。幹員只重結果、不重過程，因此不需要寫報告。我未曾和阿孟以及大牛合作，甚至不曾見過面，只知道一個是帥哥，另一個是體壯如牛的大漢。

費雪先生負責「接案」、「評估」、「審核」和「受理」，詳細的流程會在我獨立作業之後，依照手邊的案件舉例說明。威靈頓太太則擔當「估價」、「客戶信件來往」、「調查進度追蹤」和「催帳」，還有一般事務，有時候也會幫忙做一些聯絡關係人、打打文書報告，甚至遠距離偵查。至於核心流程的調查，費雪先生除了早期親自走訪之外，後來全部交給獨立偵探或外包給其他偵探社、徵信社等相關單位合作，自然包括職稱為調查員的我。費雪偵探社名聞遐邇，但是為何組織如此簡單，因為費雪先生不擅長人事管理，尤其討厭花精神在處理複雜的人際關係。

外包商名單固定，委託的項目五花八門，我無法一一說明，其中令我印象最深刻的是高德先生，我們曾經在「窗簾後的眼睛」一案中合作，並成了知心好友。

高德先生本名是蜜娜・高德，原本是個命運坎坷的薄命女子，加入費雪偵探社後，漸漸成為一名陽剛味十足的女士，曾經被我誤以為是變裝皇后。她的情感經歷了萬般折磨，千瘡百孔之後，終於找到真情真意的蕾絲邊戀情。然而在一次意外，她的摯愛死於非命。原來屬於費雪偵探社中一員的她，後來自立門戶。她是圈內數一數二的高手，所以費雪先生接到比較複雜的案子之後，她必然是第一人選。徵詢她的意願和首肯之後立刻轉案，不收傭金，酬勞悉數落入她的口袋。但是必須按照費雪偵探社的規定，填寫相關表格和資料，經過費雪先生文件審核才能結案，然後結清尾款。

至於其他大至付費專業鑑定骨董字畫，小至給幾塊錢請工讀生打聽某某老闆是否偷偷養了小三、小四，這屬於單案委託。總之，費雪偵探社不論工作、人事和財務都是井然有序、規格分明。我非常喜歡這種單純而系統化的職場環境，縱然發生失誤，也能立刻知道原因，甚至提出有建設性的改正和預防措施。

今天早上費雪偵探社接到某人委託調查某件命案。

事件的概要，凌晨警方在金門公園發現一具女屍，死亡時間是深夜2~3點，一路血跡斑斑。死因：被亂刀刺死。

金門公園占地面積一〇一七英畝，其形狀為長方形。規劃成許多區塊，例如著名的基澤體育場、溫室花房、愛滋紀念園、音樂廣場區、加州科學院、日本茶園、笛洋美術館和斯翠賓植物園。

那具女屍躺在斯翠賓植物園的一處陰暗角落，被巡邏的管理員所發現。死者身分很快就被查出來：依楓・羅素、年齡32歲、畢芮尼高中生物老師。

管理員發現有個人曾經在附近徘徊，經過錄影紀錄比對，他的服裝體態，還有走路的樣子，疑似名字叫做喬許・約萊的年輕男子。經過調查，喬許・約萊的筆名瑞德・雅契，是個曾經出過一本愛情小說的作家。他還被查出和死者有過密切交往，是否涉及感情或金錢糾紛，尚未可知。以上種種，自然而然被警方列為重要證人，但是案發之後，他卻人間蒸發、不知去向。

某個不願意透露身分的人堅信喬許是清白，但是基於某種原因，無法現身作證，因此緊急委託費雪偵探社另找證據，來支持喬許的清白。

費雪先生猜想喬許可能被委託人藏起來，等到找出一個可以說得出口的不在場證明或真凶落網，再讓他現身見人。我看威靈頓太太給我的Assignment，客戶一欄，打上「Z06-2022」，也就是今年二〇二二年的第6位匿名委託人。Z是性別不詳的意思，所以是沒有透露性別的委託人以書信和費雪偵探社來往溝通。否則威靈頓太太則會以X代表女性，Y代表男性。

威靈頓太太給了我一個名字：翡絲・韓恩，她是喬許的老婆，還有她的手機號碼和工作地方。威靈頓太太強調：警方在沒有透露案情的前提下，詢問過翡絲・韓恩，她的先生人在何方，但是後者表示毫不知情。

當我準備外出，忽然聽見威靈頓太太大叫一聲。只見費雪先生從他的辦公室迅速走出來，而我也趕緊回頭一探究竟。

「等一下。」威靈頓太太開始在她的電腦搜尋，大約過了幾分鐘，調出一份檔案。她打開之後，說：「被殺害的依楓・羅素在去年夏天，曾經來我們偵探社諮詢過。」

滿懷好奇的我站著等威靈頓太太繼續說下去。

「沒錯，就是她。」費雪先生冷靜地打斷威靈頓太太的發言，同時轉過頭來看了我一眼。我趕緊說了聲「抱歉」，轉身迅速離開。

到達月石超商時，戴著口罩的翡絲・韓恩正在忙。她讓我的車停在一輛冷藏配送車旁邊，然後指派一名工讀生帶我到物料倉庫的門口等她。我一邊等待，一邊看著貼在佈告欄上的盤點單、人員排班表、車輛運送路線和時刻表、職安守則，還有大大小小的公告和各類注意事項。

十幾分鐘過後，披著外套、穿著月石超商制服的翡絲・韓恩挾帶一陣香風迎面走來。香風不是來自香水，而是清潔劑的味道。她自稱是這裡的夜班組長，因為早班缺少人手，所以留下來支援。我感覺她碧綠色的雙眸神經質地眨著，帶著工作手套的雙手緊捏著一只方形的公文夾。

「妳好！約萊太太。」我簡單地介紹自己，並重申來意。

「警察已經問過了，可是我並不知道他人在何方。不過看你嚴肅的樣子，應該是要商量更重大的事情。」她過分禮貌地說：「請跟我到組長辦公室，那裡適合說話。黃先生，費雪偵探社的偵探先生。」

「調查員比較適合我的職稱，約萊太太。」

「既然如此，叫我韓恩小姐，比較合乎我現在的身分。」

月石超商的組長辦公室比我想像中還小，堆滿了紙箱雜物，還有亂七八糟的雜物。從裂開的紙箱，我看到了久違的新東陽肉鬆、維力炸醬麵、愛之味花瓜，還有一隻在捕鼠器裡掙扎的老鼠。一張似乎擺錯位置的辦公桌斜斜靠在角落，上面放了監視器，我可以看到大門口、收銀員、還有超商內部的幾個角落，有個孕婦正偷偷把一包水果糖塞入她的胸口。

「老顧客了，隨她吧！」

我隨著韓恩小姐的眼光，往辦公室唯一的窗子望去，有個金髮胖妞隔著窗戶比手畫腳。於是，韓恩小姐將掛在牆壁上的防寒衣拿下來，開門交給金髮胖妞。然後轉身順手推過一把帶輪子的椅子，我接過後道謝。因為疫情之故，保持社交距離地在角落坐下來。

韓恩小姐似乎不喜歡戴口罩，隔一段時間就拉開。因此我可以看到一張完整、漂亮、有個性的面孔。鼻子似乎動過手術，是為了掩飾先天缺陷，還是為了更加美麗，我就不得而知。臉色蒼白，紅紅的鼻頭好像被用力擤過。另外，直覺提醒我對方有雙「缺乏溫暖」的嘴脣和「略帶敵意」的眼神。

「我再重複說一遍，警察問過我了，我真的不知道喬許人在何方啊！我問警察，喬許到底做了什麼壞事，他們回答得模稜兩可，還說什麼案情不便公開。我們夫妻並不干涉彼此的私人行動，警察也很了解。離開之前，千交代、萬交代要我一有喬許的消息立刻通知他們。你剛剛給我電話。如果……你該懂我的意思，如果我知道的話，就直接告訴你，我敢保證，那省事多了。是不是？」

「妳有先見之明，我要和妳商量更重大的事情。」我再補充一句：「事成之後，你們都會感覺好些！」

「你是什麼意思？」

「喬許可能涉及一宗命案，我是說涉及。」

「命案？涉及？我完全聽不懂你的意思。警察並沒有說，他們只是問我喬許人在哪？還有我昨晚人在哪？」她的肢體不自然地僵直，並且微微前傾，表情沒有特別的驚嚇。

「妳放心，他既不是死者，也不太可能是凶手。有人證明，不過我們希望他親自出面說明，韓恩小姐。」

「我懂了。所以你們希望在警察找到他之前，先找到他，釐清案情。所謂『事成之後，你們都會感覺好些！』的意思是喬許是清白的，我們不會再被警方騷擾。是不是？」

我看見剛才那個金髮胖妞，隔著窗戶對韓恩小姐邊說邊做手勢。大約猜得到意思，防寒衣已經送回去了。她對窗外的金髮胖妞點頭表示知道，然後轉向我，示意我繼續說下去。

當我把我所知道，但是警方尚未對外公布的命案內容說出來。她臉色蒼白、眉頭緊皺，不斷強調：「喬許絕對沒有殺依楓。」

「我相信，這也是為什麼我要來找妳的原因。如果妳能夠證明和他在一起的話。我不知道配偶的證詞，警方認為可信度有多少，不過至少是一個很重要的參考值。」

「我很遺憾，我無法提供。這個問題，警察也問過了。昨晚我並沒有和他在一起，我不會因為他是我的丈夫而說謊。」

我搖搖頭，表示她誤解我的意思。

韓恩小姐雙手一攤地說：「管他是誰殺了依楓，反正不是喬許就好。這是個自私自利的瘋狂世界，誰顧得了那麼多。」

「妳一定知道喬許的藏身之處，對不對？韓恩小姐。」

「何以見得？這個時候，妳最好叫我翡絲。」

「拜託，翡絲。人命一條，茲事體大。請妳不要視同兒戲，好嗎？」

「你憑什麼一口咬定我知道喬許的藏身之處，只因為我是他的太太。你這個偵探未免太一廂情願了吧！」

「如果妳不知道，那妳是否可以提供線索？不然妳不會在我聯繫妳時，要我親自跑一趟。」

「嗯！」她深深地看了我一眼，說：「你要我從何說起呢？」

「妳何不帶我一起去找喬許，或直接跟我說他現在在哪裡。我發誓除了我的老闆，決不會吐露半絲口風。而且，喬許目前可能就像熱鍋上的螞蟻，他需要幫助。」

為了加強她對我專業訓練的信任，我舉出方才她談話中透露的玄機，我說：「妳剛才說，警察離開之前，千交代、萬交代要妳一有喬許的消息立刻通知他們。當時妳的表情顯示妳根本知道喬許的下落。」

我知道我很卑鄙，但是似乎有了作用，翡絲的面孔出現遲疑之色。正想更進一步地說，我從她的肢體反應猜想，她應該也知道依楓遇害的消息。不過，我還沒開口，她已經取出手機，開始和對方互寫私訊。

當她收起手機，我緊接著問：「好了，直話直說吧！喬許在哪裡？」

「他在海濱小屋。」

「我們何時動身出發？」

「只要確認你是站在我們這邊，隨時都可以出發。」她像眼鏡蛇似地從椅子上站下來，冷冷地瞪了我幾秒鐘，說：「不管了，走吧！」

翡絲要我稍等，當她再度出現，提了一個大袋子。我們一前一後地走向停車場，她表示要搭我的車。只是看到我那輛髒兮兮的「豐田」，卑夷之色隱隱地在她的眼神出現。原先並排的冷藏配送車已經開走，留下一地的樹蔭。

脫掉工作手套的翡絲，左手無名指上的戒指，簇新閃亮。她對於我的凝視，有意無意地以右手掌微微護住。

「妳們結婚多久了？」

「還不到三個月。」

我一時之間不知道該說些什麼，面對一位新婚女子，她的夫婿正陷入情殺疑雲。於是，我創造了一個話題。

「喬許和依楓之間是否涉及金錢來往？」我先從比較不敏感的話題下手。

「他只是個沒有幾個人認識的作家，窮得像隻教堂裡的老鼠。但是……如果有人伸手要求，數目有限的話，他都會盡量援助。至於依楓，她不是一個收入穩定的高中老師嗎？你不會在暗示什麼嗎？」

「妳認識依楓嗎？」我看到她點頭，再問：「因為喬許才認識，還是本來就認識？」

「因為喬許才認識，可是並不熟。她沒有參加我們的婚禮，這一點，我倒是記得很清楚。被你一說，我記得應該見過一、兩次面，不就是一個生物老師的樣子吧！」

我想問她：生物老師是什麼的樣子？想想算了。

當車子從加州大街右轉上凡特蘭斯大道，按照她的指示，我們直奔海邊。我再問了幾個問題，答案都很模糊，例如喬許和依楓如何認識、交情如何。不過我個人覺得也蠻合理，畢竟這些都是一定要直接問當事人喬許的問題。

第三章　白天時陽光不會對你微笑

遼闊的大海忽然出現在眼前，讓我一下子想到故鄉的海邊。只見天空好像輕糊著透明的薄膠，似乎只要輕輕吹聲口哨，就會被震破，深藍色的汁液，便會沒頭沒腦地淋了個濕透淋漓。我以前很會幻想這種句子，現在越來越沒辦法了。很多人、事、物，只能感受，無法形容。而且那種感受，越來越雲淡風輕。我想不是蒼老，而是心靈的混濁枯竭。或許某一天，面對金門海峽，看見那些海浪和雲朵。除了美麗壯觀之外，想不出其它的形容詞。

「妳為什麼一口咬定凶手不是喬許？」

翡絲似乎沒料到我會問得這麼尖銳，就說：「沒多久之前，他才接到又要出書的消息，鬥志正高昂，斷然不會做出這種事，這樣他的人生不就完蛋了嗎？」

「出書？」對於醉心寫詩寫作的我，「出書」無異是個褪色已久的憧憬。

「也對！」我違心而言，但心想也可能是為了某種原因而殺死了意圖染黑他錦繡前程的依楓；或是為了出名而刻意殺人，然後……唉！我怎麼了？

「我們何不攜手合作，除了還給喬許一個清白，更上一層樓地找出殺死伊楓的凶手，你說好嗎？」她興趣盎然地說：「我最近對於新的工作比較上手，有充分的時間來當你的華生，有何吩咐，請盡管說吧！福爾摩斯先生。」

我有些啼笑皆非，明知她是胡說八道，但是不知如何接話，只能把握住她的語鋒，正面建議：「那何不多談談喬許？」

「你知道假日傭工這個行業吧？黃先生。」

「如果妳繼續說下去，我就會知道。」

翡絲經過短暫的沈默之後，引用幾個例子，確定我清楚「假日傭工」這個行業之後，繼續說：「大約九個月前，喬許看到一則『徵人啟事』，覺得這不啻是個機會，立刻去函應徵。他為了寫作出書，將近半年沒有工作、沒有收入，所以他去面試，而且被錄取了。以上都是喬許事後才告訴我的！」

「喔？」那喬許要幹些什麼活呢？我還是有些搞不清楚狀況，到底是在假日時間替客戶清理花園、排隊購物，還是陪孤單老人散步之類的工作呢？

「後來他們之間的發展，你猜一猜吧！我說不出口。身為太太的我，這是一件多麼羞恥的事。對了！難道不是那個人委託你們調查的嗎？」

是，猜得出來！然後用表情代替言語，我並不確定是不是那個人。但是，心裡猜想有百分之九十以上的可能性。

「凶手難道不是那個人嗎？他可以利用安眠藥讓喬許沉沉入睡，穿上他的衣服，再到斯翠賓植物園行兇。因為依楓知道他的身分和龍陽之癖，而慘遭滅口。然後做賊的，搖身一變、變成喊捉賊的，不是這樣嗎？」

「龍陽之癖，慘遭滅口！」有這等事？我不可能對翡絲說明警方的調查內容，只能沉默以對。不過，從她那彆腳的三流推理小說抄來的情節，不知道為什麼讓我的心弦震動了一下。

「龍陽之癖，所以是個男的！妳知道那個人是誰嗎？」

「喬許稱呼他是漢客，一聽就是個假名。」

「Hanko？」我不由得想起最近在網路非常火紅的舊金山歌唱團體「Shadow & Hanko鬼影漢客」，我還會哼幾句他們寫的歌。

「妳見過他本人？」

「怎麼可能？連喬許都不知道我知道他們之間的事情。」

「所以都是依楓告訴妳的，對吧？」

「憑什麼你這樣肯定？」

「我只說了一句，依楓昨天凌晨被人發現陳屍金門公園。妳卻能夠說出更精準明確的地點，斯翠賓植物園。」

「我有說過嗎？」她看我板起面孔，逐漸收起對我輕蔑的態度，以分不清是恭維，還是諷刺的口氣，說：「這是我測試你的能力，看來你是值得信賴。」

我知道是什麼讓我的心弦震動了一下，她知道的應該比我想像還要多。

「所以不只是喬許，看來妳可能也去過命案現場。」

「我和依楓昨天在斯翠賓植物園見面。因為必須趕在十一點接中班的工作，所以我在十點離開。那時候，她表示想要再多逗留一些時候，我不疑有他。喔！不疑有他是語助詞，不代表任何意義。」

「所以從昨天十一點到方才我們見面，妳都在月石超商工作？」

她或許看出我的疑惑，光明磊落地說：「是的，攝影機和同事都可以證明。你應該知道超商的防盜監督系統非常注重細節。有關這些不在場證明，我已經跟警察交代得一清二楚，並且已經證實我所言不假。」

既然警察已經查證，那我就不需要打破沙鍋問到底，改口問道：「妳和依楓聊些什麼？」

「近況、工作，都是一些不值一提的芝麻小事。」

一聽就知道敷衍之詞，我懶得追問，淡然地說：「可是現在都是大事！我想警察不知道妳們見面的事吧？」

「等警察再找上門來，我再一五一十向他們報告也不晚呀！他們沒問，我幹嘛多嘴，多一事不如少一事，不是嗎?老實說，我對你無法百分之一百的信任，陌生人。」她忽然又冒出一句，說：「比較起來，委託人漢客的前途更重要。是不是？」

我們在公共停車場下車，不遠處就是一大片蔚藍的海洋，還有零零落落的木造建築。翡絲引領我踏上鋪著木板的小路，走向其間的一棟。

一樓是沒有窗戶的儲藏室，客廳在二樓，我隨翡絲扶梯而上。剛一進門，從落地窗入眼是遼闊的太平洋，也可以看見美麗的金門大橋。室內布置得陽剛味十足，裡面有海神的銅雕、地球儀和幾樣從輪船拆下來的機器。除此之外，還有一張大大的皮椅和鋪著航海圖的木桌，壁上掛著五個標示五大都市時間的大鐘。

一個戴眼鏡的年輕男人，坐在陽台，一手拿筆，一手拿著記事簿。他穿著T衪，戴著船長帽，盯著海平線，那神態就像是個望鄉的水手。

我們的腳步聲，讓年輕男人回眸轉身。

翡絲拿下口罩，過去抱住他、親吻他。她在他耳邊說話，好像慈母安慰被老師責罵的小孩，眼神充滿柔情蜜意。不過，我發現年輕男人的臉色流露不悅和不耐。或許有外人的我存在，所以盡量控制。我隱隱約約聽到，他低聲責怪他的老婆不顧他的反對，硬要帶個陌生男人來。

喬許比我矮一點點，大約一米七。看起來斯文瘦弱的他有一張輪廓分明的臉，和主演《諜海黑名單》的萊恩・艾格爾德非常神似。他拿下船長帽，我看到他把頭髮全部往後梳成一個小馬尾，更顯出飽滿晶亮的前額。彷彿戴上假睫毛的雙眼又圓又大，到了眼角又微微往上翹，就是章回小說中常常形容的桃花勾魂眼。他本人可能也知道自己媚眼的威力，所以刻意戴上一副淡色鏡片的黑框眼鏡。高挺的鼻樑和豐潤的脣瓣在微微削尖的下顎，異常的俊美。多看幾眼後，我個人認為他比萊恩・艾格爾德漂亮多了！

翡絲說要去外面看看，於是屋裡剩下我和他。雖然我們彼此已經透過翡絲的介紹，但是對於彼此的工作皆感到高度的興趣。

當我被指派尋找喬許・約萊時，他的個資尚未建立，於是先在網路上肉搜。他的筆名是瑞德・雅契（Red Keshet），為了瞭解發音和辭意，上網搜尋「Keshet」。原來上帝以洪水毀滅大地之後，祂與挪亞以彩虹為記，訂下新的盟約。彩虹「Keshet」的希伯來文其實是「弓」的意思，它本身是一種武器。神以彩虹與人重新立約，就代表祂已放下武器，並且應許不再以洪水審判人類。另外，我還發現喬許特愛在FB記錄他對犯罪推理文學的想法，同時記錄小說創作的進度和心情，並且鞭策自己必須往前邁進，不可停滯。

喬許已經知道我的來意，看他一副介於有所謂和無所謂之間的樣子，所以也不急於一時地進入主題。我投其所好地強調已經網購他的前一本愛情小說《薰衣草色的閃閃流沙》，等到一切過去之後，必會登門請作者簽名，或許可以請教寫作的技巧和心路歷程。就在我說出我對於「瑞德・雅契」的了解和崇拜時——這當然是客套話——，喬許顯然信以為真，對我露出羞澀和愉悅的微笑。

當提及現在犯罪推理文學喜歡分門別類，我表示最喜歡冷硬派的犯罪小說，尤其是冷豔無情的女偵探。不但把男人玩弄在股掌之中，還把他們揍得鼻青臉腫。我建議喬許何不安排一個女偵探在他的下一本小說中，他笑笑表示可以考慮考慮。夠冷夠豔的形象、拳腳功夫也不錯的女偵探，讓我想起了此時此刻和我一起辦案的蜜娜，她訪談的對象也是和喬許很親近的人。

閒話表過，喔！其實也不算是閒話，而是鋪陳。我此行的任務，也就是找尋支持喬許清白的證據。為了讓他本人自願提供更多的資訊，「信任」是非常重要的因素，因此「溝通」和「引導」的話術格外重要。我把費雪先生花錢讓我去學習的技巧全部都用上了。當然，最大的因素是我和喬許都是喜歡文學的人。當我不露痕跡地提到漢客，態度友善的喬許侃侃而談。

「漢客通知我，我被警察列為嫌疑犯時，真的很無語。」

我點頭同意他的感受，認定漢客可能就是Z06-2022的或然率再度飆升。

「漢客勸我暫時離開舊金山，避避風頭。」

「可是，假如真凶一直沒有落網，你不是要一輩子背負一個莫須有的罪名嗎？何況還有未完成的文學夢。」

「這也是為什麼我經過深思熟慮，最後會答應讓你來。」

「我們會設法幫助你，約萊先生。有人委託我們偵探社，我猜想是漢客。」

「所以你是要找尋殺死依楓的凶手嗎？」

「我恐怕沒有那種權限，那是警察的工作。」

「那……你如何幫助我、我們？」

「找出你的不在場證明，以漢客不需要出庭作證為原則。」

「怎麼證明？」

「約萊先生……」我心想這不是你該做的嗎？想想還是等一下再說，我上下左右看了看四周，問：「這裡是漢客的房子？」

喬許搖頭否認，讓我有些失望。老實說，我非常想知道漢客的真實身分。但是礙於社內規定，並非主任調查員的我，不能直接調查匿名委託人的身分，只能從一些旁枝末節收集而來的證據，自行推理判斷。他忽然站起來，走到大窗前去看海，看不到一分鐘，又煩燥地走回來，濃黑的眉毛微微地跳動。我說服他安靜下來，並且要求他把當時的情形說出來。

「昨天晚上，我按照時間表過去。我想漢客一定跟你們說明我們之間的關係，所以我也勿須多言。」

當我想回答並不知道時，卻開不了口，改問：「關於你和漢客的關係，你太太知道嗎？」

「我們保有彼此的祕密，不過她應該不知道是誰。我每次出門，她都會問我去哪？昨天沒問，只告訴我，她約了同事一起去看電影。」

同事？翡絲顯然沒有跟喬許說出，依楓約她在斯翠賓植物園見面。至於她們聊的並非

「不值一提的芝麻小事」，而是喬許的外遇，且他的對象是男人。以上自然是我的推測，不過早晚會得到印證。

喬許的表情因為我的沉思開始呈現出茫然，接著又說：「漢客的公寓就在斯翠賓植物園附近的白樺公寓，是租來給……嗯……用的。那一帶都是，所以特別注重隱私。」

我記下地址，口隨心想地問：「你有漢客的照片嗎？」

這麼一開口，立刻就覺得自己違背社規，若非涉及嚴重法律案件，不可私自調查匿名委託人的身分。果然不出我的意料，喬許表示按照他和漢客的合約規定，他不可以透露相關的一切。

「那……你有委託人的照片嗎？我倒想知道你們偵探社的委託人是不是就是漢客？」喬許反過來問我，還說如果沒有的話，是否可以提供身高體重等等生理特徵，以便對應確認。我自然無法回答。他察覺我的窘態，有些得意。

喬許和漢客在斯翠賓植物園附近的白樺公寓，翡絲和依楓在斯翠賓植物園附近的咖啡廳相見。這麼一來，剛才翡絲從蹩腳的三流推理小說抄來的說詞，油然鮮活起來。

「你整晚都和漢客在一起？」喬許頭低下來，沉默以對。我有些疑惑他的反應，問：「你們什麼時候離開？」

「我只能說：我一個人凌晨四點離開。」

我要喬許說得更清楚一些，所得的反應只是無奈的苦笑。

「你是不是應該提供一些更有力的不在場證明？」

翡絲端著一盤食物進來，打斷了我們的談話。她那樣子，一掃方才的精明能幹，完全是賢妻良母的模樣。

「為什麼要提出不在場證明？難道那不是警察的工作嗎？」

喬許以十分厭惡的眼神瞪了翡絲，對於她在門口偷聽很不以為然。

「你可以講講你和依楓・羅素小姐的關係嗎？約萊先生。」

翡絲對於我的發問怒容以對，表示該說的都已經跟我說了！希望我不要重複同樣的問題。

喬許似乎故意和他的妻子唱反調，無所謂地、輕鬆自如地說出我已經知道的之外，還說：「我們有共同的朋友，珮兒・可朗達小姐，曾經是我寫作班的學生，依楓是她以前的高中老師。去年我生日，依楓送來一組陶壺，還附上一張卡片。我婉拒，她說如果我不喜歡，可以轉送他人。於是，我就轉送珮兒・可朗達小姐。」

珮兒・可朗達小姐？我正在思索，翡絲滿臉受傷的表情，抗議地怒吼：「你怎麼沒跟我說？」

「我不是退回去了嗎？還有，難道妳什麼事情都會跟我說嗎？」說完，喬許從筆記簿中抽出一張髒兮兮的卡片。翡絲比我早先搶過去看，左看右看，似乎看不出所以然，就輕率地遞過來。我看上面寫著：白天時陽光不會對你微笑，否則黑夜時月光會對你微笑。後面用紅筆大大寫了個：靈感，那兩個紅字顯然是出自喬許的備註。我猜想喬許看到了卡片上的詩句，觸動他寫作的靈感。喬許似乎讀出我的心意，露出笑容地點點頭。

「瑞德・雅契先生。」我刻意不用「喬許・約萊先生」，而且特別在稱呼時，眼神和語氣流露崇拜和惜才。我問：「除了漢客，還有別人能為你做不在場證明嗎？」

喬許看了身旁的妻子一眼，面露為難之色。我發現翡絲正用揮舞著巨斧的眼神追殺她的丈夫。當我們處在一個十分尷尬的場面時，喬許站起來，從櫃子拿出一瓶科沃波本和兩隻杯子。

「黃先生。好久沒有人和我文學對談，如今終於遇見一個知音，而且是從台灣來的，先喝一杯吧！」

我只好微笑地陪他喝酒，聽他口若懸河地訴說。

「我覺得我在寫作的路上，感覺有些幸運。文青時期，投稿很順利，賺的稿費和同學打工的收入差不多。後來因為進入社會工作就寫寫停停。我在畢芮尼高中教寫作時，教師協會辦了個刊物，需要一些溫馨感人的小故事，於是就找上我。就這樣再度筆耕，在寧靜的夜晚，產生一篇又一篇的小說。後來，很榮幸得到『玄霧』出版社主編雪蓉・碧特小姐的引薦，出了生平的第一本書。」

喬許表示他將要出第二本書，應出版社的企劃要求，將和另一名作家合寫一部長篇犯罪推理小說。由於我對於文學的狂熱，他也分享對犯罪文學的看法，還有自己寫作的態度。最後，由於我的真誠，他表示他願意再和「漢客」溝通，是否可以「為自己的清白」找出一個兩全其美的辦法。最後，他還說了一個類似謀殺自己的故事。

我忽然感覺到喬許根本不為自己被警方列為殺人嫌疑犯而擔憂，倒是寸步不離的翡絲，表情從憤怒逐漸沉澱成哀傷和憂慮。總之，夫妻兩人的態度都令我不解。

離開海濱小屋，電台DJ正在訪問最近火紅到不行的「Shadow & Hanko 鬼影漢客」二人組，並要求他們現場高歌一曲。「鬼影漢客」中的「漢客」兩個字悠悠飄過耳膜，一條模糊的人影悠悠在腦海中浮現。

一曲未了，蜜娜來電通知。她說已經出現一個完美人選，能夠替喬許・約萊證明他不是殺害依楓・羅素的兇手。

第四章　薰衣草色的閃閃流沙

話說蜜娜在今晨九點多的時候，因為依楓・羅素命案，臨時接到費雪先生的指令，被派去和同屬玄霧出版社的女作家李安美談談。因為喬許和她一起合作寫小說，喬許可能藏匿在她的住處。假如沒有，可以請她提供喬許可能的去向，或是一些有利的資訊。

關於所謂有利的資訊，蜜娜必須從李安美口中，得知一些涉嫌人喬許・約萊和死者依楓・羅素的關係，以上是保守的說法，身為資深偵探的蜜娜自然會更積極地想辦法套出更多線索。

蜜娜從威靈頓太太寄來李安美的照片和個人資料得知，李安美本名珮兒・可朗達，出生在舊金山，父母來自台灣。一看到台灣，蜜娜自然而然想起本案的另一位調查員，也就是來自台灣的黃敏家。

珮兒・可朗達是個很漂亮的女孩，舊金山大學人文科學學院英國文學系的三年級學生，目前辦理休學，還寫了些她曾經參加的社團活動及交友情形。她目前住在南灣的紅木城區，也就是蜜娜正要前往的地方。至於她的作家身分和創作資歷，蜜娜倒不是很在意。

威靈頓太太替蜜娜約好時間，必須要在早晨十點半準時到達。

蜜娜在二十五分鐘到達，眼前是一棟常見的獨棟豪宅，唯一和他們的鄰居不同是有座散發出濃濃東方情調的花園。首先映入眼前，滿天滿地粉紅的櫻花。

一對老男少女站在蜜娜面前。男的其實不老，而是女的看起來實在是很年輕，說是高中生也不為過。

看起來年輕到不行的珮兒·可朗達聽到蜜娜對於居家環境的讚美，笑著說：「雖然滿園都是櫻花，但是我唯獨鍾愛鄰居的那一棵樹齡大約百年以上的梅花。可惜舊金山幾乎不下雪，否則妳就可以觀賞到玉潔冰清的梅花，挺拔盛放在寒風飛雪之中的美景。」

蜜娜眼中的珮兒很美，由於氣溫驟降，她穿上白底黑點的長裙和深色緊身衣，打扮有些老氣，但是整體看起來比照片還美，美得像老美最常形容的「搪瓷娃娃」。不過蜜娜個人認為那些庸俗的形容詞，根本無法妥切地表達出她渾身上下、散發出來的靈氣。情不自禁地聯想到在唐人街餐廳中看過的仕女圖，手抱琵琶，披著深紅色的斗篷，站在滿天梅雪、遍地落英之間沉思的樣子。

從威靈頓太太寄來的資料，蜜娜知道站在珮兒身邊的男子是知名的黴菌專家齊雅飛博士。珮兒引以為榮地說明，齊雅飛博士掛名多家生技公司的顧問，也常常到各大學演講或短期授課。

外表高大強壯的齊雅飛博士看起來大約五十多歲，膚色比一般黑人淺些。身穿白色襯衫和牛仔褲，上頭是件紅藍黑格子的獵裝，霸氣中帶著學者的風骨。齊雅飛對於蜜娜的來訪既不友善、也不特別排斥。

眼前的兩個人簡直是一枝白梅插在陶瓶中，有些不搭調。不過對比之下，陶瓶的粗曠堅毅，反而顯得梅花更清麗脫俗。來回再多看兩人幾眼，蜜娜不得不放下成見，承認兩人還是有某種深度的契合。他們到底是什麼關係？珮兒不說，齊雅飛沉默。蜜娜第一印象，兩人是夫妻，不過愈看愈不符合，想想到時候再見機詢問。

珮兒安排蜜娜坐在花園的涼椅，桌上備有清茶和精美的糕餅。因為黃敏家的影響，所以蜜娜一眼看出，都是來自台灣的知名品牌食品。

威靈頓太太雖然已經說明此番來訪的目的，蜜娜還是再重複一遍。

珮兒淚光閃閃，悲戚地說：「依楓是我高中的生物老師，她……啊！這是件既可怕又悲哀的事，依楓還這麼年輕，最嚮往的巴黎都還沒去。難道是和金錢或感情有關的謀殺嗎？警方認為喬許是兇手嗎？」

珮兒的英文發音不但標準，聲音也非常清脆動聽。蜜娜刻意表現出不把對方的美麗當一回事的樣子，說：「有此可能，或許你們能幫幫喬許？」

「怎麼個幫法？」她焦慮地看著蜜娜，黑色的眼珠盈盈動人，表情開始轉為熱切。

齊雅飛聽完蜜娜的簡述，面無表情地哼了一聲，露出一口潔白的牙齒，冷漠地說：「妳說的命案，我們有明確的不在場證明。關於喬許，抱歉！愛莫能助。」

「有關緝兇，那是警察的事情。至於喬許，希望你們能夠證明他是無辜。」

「我願意做任何事，真心如此。」珮兒的聲音尖銳起來，這種音階似乎強調她的處境和心情。

「沒有必要。我們無法證明，如果可以，也不想。」齊雅飛低沉的聲音有著怒意和警告。

「你不要口是心非。」珮兒露出小兒女的嬌態。

蜜娜利用他們爭辯的時間，吃了一塊鳳梨酥，然後問珮兒說：「妳知道喬許・約萊人在何處嗎？」

「我知道喬許・約萊人在何處嗎？妳不是已經問過了嗎？」珮兒瞟了齊雅飛一眼，接著又說：「好奇怪呀！妳竟然會問我這個問題。我怎麼會知道？」

蜜娜為了謹慎起見，刻意將「妳最近不是和喬許一起寫小說，可以告訴我聯絡的方式嗎？」改成「妳最近有和喬許見過、或聯絡過嗎？」

齊雅飛靠過去，他的下巴幾乎頂住珮兒的頭殼，盡量壓低音量，問：「妳是不是還和那一個混蛋糾纏不清？」

「見見面而已，你知道我們為什麼要見面！合作寫小說，又沒做什麼壞事。」珮兒楚楚可憐地回答。

「我就是不希望妳寫小說，為什麼還要寫？偶而寫寫，我不反對，但是……」齊雅飛的喉嚨被一口痰嗆住，因為咳嗽，滿臉立刻通紅起來。

珮兒趕緊遞了杯水過去，說：「我不是依照您的意願，辦理休學了嗎？」

「我希望妳讀化學，妳有這方面的天分。妳應該非常清楚我的心意，對於妳未來的期許。難道妳受了妳媽咪的影響，想要當一名作家？」滿臉通紅的齊雅飛看起來格外嚴厲可怕。

蜜娜趕緊見風轉舵，對珮兒說：「那麼談談依楓好了。」

珮兒剛要開口，又被齊雅飛打斷，說：「她是個……」話沒說完，齊雅飛再度咳嗽，表情更加嚴厲可怕。蜜娜猜想他和喬許、依楓之間存在某種恩怨，才會有如此的反應。

「拜託，請不要再說死者的壞話。」珮兒邊說，邊拉住齊雅飛的手臂，走到離蜜娜有段距離的牆邊。

男人熱烈的質詢和女孩哀怨的辯解相互交錯，簡直把蜜娜拋到九霄雲外。於是蜜娜再為自己倒一杯清茶，接下來吃的是蛋黃酥。太好吃了！簡直是人間美味。蜜娜有些後悔吃了早餐，不過午餐真的可以省下來。

雖然大飽口福，不過為了終止他們，也為了早點弄到答案，蜜娜走過去，大聲重複地說：「喬許只是涉嫌而已，或許你們可以替他脫嫌呀！」

齊雅飛的眼光有些散漫，好像累壞的拳擊手。珮兒仰視著他，做出乞憐的手勢，說：「不要用懷疑的眼光瞪著我看。拜託，我不是犯人，背叛你的犯人。」

「我沒有用懷疑的眼光瞪著妳看，也沒有把妳當犯人看。」他試著移開目光，卻辦不到。

「為什麼不進去裡面喝一杯？」她說：「讓我和高德女士單獨說些話，好嗎？」

齊雅飛先生伸出手，輕輕地沿著她光滑的臉廓劃下去，說：「好吧！甜心。我們永遠在一起，只要妳乖乖聽話。」

「我發誓永遠乖乖，請你也要乖乖，好嗎？去喝一杯吧！」

蜜娜看著男人拖著壯碩的軀體慢慢地離開，腳步顯得異常沈重。

「如果警察鎖定喬許是殺死依楓的凶嫌。妳認為呢？」

「不。」珮兒侷促不安地頓了一頓，說：「我的意思是說，我不知道。高德女士，妳打算下一步怎麼做？我可以叫妳蜜娜嗎？」

蜜娜搖搖頭，認為維持原來的稱呼比較合乎目前執行任務的身分。當她問到三個人的關係時，珮兒緊張地望著四周，好像齊雅飛隱身在她的背後，然後裝著沒聽見般地浸淫在自己的思潮裡。

「妳到底有什麼不可告人的關係，這麼難以啟齒。」

「好吧！我想我必須將依楓、喬許和我的關係解釋清楚。喬許當時開了小說創作課程，我本來就喜歡文學，於是就報名參加。班上大部分是畢芮尼高中的學生，所以喬許認識了幾個老師，伊楓也是其中一位。當時他們兩個人走得很近，大家一度以為他們在交往。」

「以為？」

「兩位都很年輕，而且男的帥、女的美，正是絕配。不過，我知道伊楓一直想回學術界，不甘心成為一個平凡的生物老師和家庭主婦。我猜想她可能被時下的美女畫家、美女作家、美女音樂家所影響，認為婚姻會束縛她的學術生涯。」

蜜娜覺得珮兒的回答很荒謬，似乎是為了迴避答案而亂說一通。她也不想追問到底，畢竟那不是她此行的目的，於是配合對方的旋律，接著問：「喬許的看法呢？」

「喬許本身也不是很穩定，他只想成為一名作家，更不想花太多精神去經營婚姻。」

「三個月前，喬許和別的女人結婚，是否仍然和依楓藕斷絲連？」

「誰知道。」珮兒的口氣有些言不由衷，看看蜜娜，略帶酸意地說：「我聽說喬許的太太很跋扈，讓每個接近她的人都受不了，但是對喬許非常好。」

「我覺得妳應該比我還清楚。」蜜娜不假以顏色，直接了當地問：「伊楓被殺的那個晚上，妳是不是和喬許在一起？」

珮兒被激怒，很不高興地辯白：「我沒有必要告訴妳，是不是？妳不是警察，妳沒有權利。」

身為資深私家偵探的蜜娜知道這是一個很有價值的答案，尤其觀察到珮兒的面部表情。

「這……我承認，我很抱歉我的不禮貌讓妳覺得不舒服。妳繼續說吧！不論是喬許、依楓，或是妳和齊雅飛先生的關係。」蜜娜忽然覺得眼前的這個女孩並不單純，這是身為出櫃女同志的直覺。

「兩個月前，喬許說伊楓送他一組陶壺。他不喜歡，要轉送給我。他還說他已經跟伊楓說了，所以就當作伊楓送我的禮物。盒子內附上一張卡片，寫著一段引用《聖經》中，詩篇的第121章第6節的金句：『白日太陽必不傷你，夜間月亮必不害你』。」

「她引用聖經中金句，妳知道這句話真正的意義嗎？」

「這還需要解釋嗎？」

「說得也是！不過，事情應該還沒結束吧？」

蜜娜已經察覺珮兒的說詞根本缺乏說服力，可是一時無計可施，畢竟她只是個私家偵探，沒有任何公權力。她不可能像犯罪小說中的名偵探，所得到的說詞都是正確無誤，可以當作解謎或破案的線索或證據。珮兒所說的話前後矛盾，表裡不一，蜜娜只能拼拼湊湊，以管窺天。

「齊雅飛博士不知道原由，以為是伊楓送給我一組陶壺，堅持要我退回去。不過話說回來，如果他知道是喬許送的，反應也好不到哪裡去。可是我真的很喜歡，於是偷偷收下來。」說到這裡，她頭部不動，只有眼睛緩緩地轉向屋子的方向，說：「齊雅飛先生至今還被蒙在鼓裡，所以妳千萬不要跟他說。」

蜜娜發現齊雅飛隔著玻璃窗在看著屋外的珮兒和自己。他手中拿著一隻裝有紅色液體的杯子，面色看來十分凝重。他直挺挺地站著，擺著聆聽的姿態，宛如哀弔者聆聽死者的魂魄徘徊在墓園的嘆息聲。

「依楓和齊雅飛先生很熟嗎？」

「這……我並不清楚。」

珮兒的違心之論根本逃不過蜜娜的眼睛，她緊接著問道：「齊雅飛博士好像很討厭伊楓，為什麼呢？」

「這……我並不清楚。」這次，珮兒的違心之論益發明顯。

「妳瞞著齊雅飛博士偷偷收下喬許轉送給妳的一組陶壺，後來呢？」

「既然齊雅飛博士不准我接收，我決定自己花錢買下那一組陶壺。於是我約了伊楓，當時我自己也不明白為什麼要這樣做，只是感覺這個主意還不錯。」

「重溫往日美好時光，的確是個不錯的主意。喬許是不是也去了？」蜜娜望著對方點點頭之後，再補上一句：「妳的安排？還是依楓。我的意思是邀約喬許一起去。」

「我！那一天，喬許一開始並沒有來，我有些失望。依楓堅持不拿我專程帶去的錢。然後，我們開始聊天，我感覺很快樂，彷彿又回到我的高中時代。不知不覺多喝了幾杯酒後，就沈沈睡去。」珮兒開始去撫弄她那一頭恰似綢緞般的長髮，語氣轉成輕快地說：「當我醒來時，發現喬許縮成一團似地坐在我前面的沙發，好像、好像一隻受傷的小貓咪。他彷彿是服了迷幻藥似的。講到這裡，我要聲明，喬許是絕對不嗑藥的，並且視毒品為蛇蠍。我屏住呼吸，等待他下一步的動作，可是什麼都沒發生，他就那麼坐著看我，真的、真的好像一隻受傷的小貓咪。」

「依楓呢？也像是一隻受傷的小貓咪嗎？」

「她是安安靜靜的人偶，站在陽台，浸淫在滿天燦爛的星光下。那是個詭異的夜晚，如今回想起來，好像是一場夢。」

蜜娜想對她說，在舊金山這個城市，不論是哪一個角落，絕對看不到滿天燦爛的星光。

「我反而像是夢中的一頭怪物。」珮兒嘆了口氣，又說：「後來……」

風繼續輕輕地吹著，幾片葉子落下來。蜜娜積極地尋找話題，因為時間寶貴，這可不是友好的家庭訪問。窗邊的齊雅飛，手中的杯子空了。可是他沒有想離開的意思，繼續觀察在花園的兩個女人。

珮兒突然安靜下來，身體如花豹似地弓起來。蜜娜不是清楚對方為什麼會開始緊張和害怕。

「我明白了，妳一定認為是我殺了她。」珮兒面對蜜娜的不置可否，反而放鬆地說：「如果是我殺了她，我就不會跟妳說這麼多話了。」

「妳有沒有嫌疑，與我無關，我只是想證明喬許沒有嫌疑。這是我的工作，僅此而已。」

「妳為何那麼篤定喬許沒有嫌疑？」

蜜娜不能透露，因此一時啞口，但又不能無言。她決定孤注一擲，說出心中的懷疑和假設：「他不是和妳在一起嗎？我只是認為，妳知道了某些隱情。」

「原來是這樣啊！」珮兒尖酸地說：「不論如何？那些隱情和命案無關，所以不須浪費口舌。」

「不要這樣冷酷無情嘛！」

「好吧！我就豁出去了。如果警方認定喬許是殺人凶手，那我會出面作證。還沒到緊要關頭，我不會輕易露面，我必須顧及我的立場。妳也親眼看到齊雅飛博士的反應，他知道我們『一起』寫小說，但是不知道我們『在一起』寫小說。」

蜜娜忽然想起費雪先生常說的一句話——人類的行為是由於各種的動機所引起。但是關於飢餓和口渴、畏懼和憤怒、愛與恨、希望和絕望究竟哪些是學習而來，哪些是天生俱來。至於犯罪，又是屬於哪一類呢？

「妳認識或聽過一個名字叫『漢客』的人嗎？」

「最近忽然火紅起來的網路樂團『鬼影漢客』嗎？」

「不是！」

「那我就不知道了。」

珮兒突然滿臉驚慌地緊閉雙唇，因為齊雅飛怒氣沖沖地走過來，很不客氣地對蜜娜下逐客令。蜜娜不知道他為什麼如此突然地怒氣衝天，回想起來，可能是有一片葉子剛好落在珮兒的頭髮上，於是替她拿下來，然後順手幫她整理了一下那光可鑑人的秀髮。

離開齊雅飛的豪宅，蜜娜先用手機向我報告，珮兒可以替喬許‧約萊的不在場作證。可是牽涉到私人因素，她無法出庭作證。我回一句「Good Job」，然後要求立刻按照標準作業程序（Standard Operation Procedure），交出當天的現場調查記錄（On-site Investigation Notes）。

蜜娜告訴我，她已經拿出電腦，調出費雪偵探社專屬文件編號 2503-C 的表格。她會迅速地將現場調查記錄整理好，再放入她的現場調查報告（On-site Investigation Report）。

不久之後，我和蜜娜同時收到來自威靈頓太太的結案報告。案號標示為：TFF-5-6-4-SF-63C018-XI-2。案別：蒐證，案名：喬許‧約萊在依楓‧羅素命案的不在場證明，開案日期／時間：2022-07-17/09:30。主任調查員：黃敏家，協助調查員：蜜娜‧高德／高德先生偵探社（外包接案），結案日期／時間：2022-07-17/14:30。附加文件是請款單，蜜娜以電子簽章確認無誤，再寄回給威靈頓太太。她知道不出一小時，銀行的帳戶就會多了一筆酬勞。

關於代號的意義，我只知道 TFF 是經過換碼，代表日期，也就是發生在二〇二二年七月十七日。-5-6-4 分別代表－嚴重級別－困難程度－發生次數，級別分類是從 1 到 10。

SF就是發生在舊金山，最後一個阿拉伯數字則代表機密層級。至於63C018-XI等數串，就只有費雪先生和威靈頓太太知道了。不過，我猜得出來是用來搜尋和追蹤類似案件，與數據處理和分析有關。我還知道以前費雪偵探社偏向當地辦案，所以並不需要標示SF，然而隨著名氣越大、接案地點不但擴及全美國，甚至國外。台灣方面的外包商則是掛名「葉氏翻譯社」的社長葉威廉先生。

費雪先生會在我和蜜娜完成調查後，事先口頭通知Z06-2022。但還是會依照程序，審核整份現場調查報告，確認、核准後，指示威靈頓太太以電子文件和書面文件雙雙寄給Z06-2022。之後，他再好整以暇地輸入數字和文字，為他龐大浩瀚的資料庫再添一筆可供將來分析和參考的數據。

後來，喬許・約萊的嫌疑一下子就被洗清。雖然我心中還是有太多的疑惑待解，但是工作已經達成。然而蜜娜跟我說，依照她的直覺，那個美如天仙的珮兒，她的故事應該還沒結束？我問她是否繼續追查下去。

「你們國家不是有一句諺語嗎？自掃門前雪，莫管他人瓦上霜。莫管他人瓦上霜？我可是一個連自家門前雪都懶得掃的人喔！」

第五章　魂斷情人步道

當我接到費雪先生的指令，去約談依楓・羅素命案嫌疑人喬許・約萊的老婆翡絲時，剛走出「費雪偵探社」的大門，忽然聽見威靈頓太太說，被殺害的依楓・羅素曾經來費雪偵探社諮詢。由於我任務在身，所以無法留下來一聽究竟。

後來嫌疑人喬許・約萊因為他的學生兼寫作夥伴珮兒・可朗達出面作證，恢復清白之身，因而結案。不過，我還是禁不住風起雲湧的好奇心，央求威靈頓太太告訴我到底是怎麼一回事。

威靈頓太太給了我一個案號，要我自己去歷史檔案尋找。我點開電腦系統，從編號2503-C的歸類文件中，很快看見案號：TFE-2-1-8-NY-63C018-XI-1，案別：蒐證，案名：依楓・羅素與傑克・史東的遺產法律關係，開案日期／時間：2021-07-21/09:30，主任調查員：比爾・費雪，結案日期／時間：2021-07-23/16:30。

兩天就結案，簡直是「桌頂拈柑」、輕而易舉的案子！難怪嚴重級別只有2，困難程度只有1，發生次數高達8，而且根本沒有機密性。

不過，調查報告似乎又有後續，好像別有案情，又似乎另有隱情。這是典型的案外案，也就是說費雪先生在調查該案時，意外發現另外的事件。其中最大的可能性是委託人、被調查者或整個案子中的關係人隱藏著不可告人的祕密，甚至整個案子又牽涉到另外重大案子。當我試圖去打開那些連結時，皆因沒有被授權而被拒絕。

我心想既然無法從公司文件系統得知，唯一的辦法就是讓威靈頓太太開口，何況身為羅曼史小說控的威靈頓太太必然會以她一貫的作風，講述這宗案件。然後配上我加油添醋的想像力……想到這裡，我趕緊用手機跟樓下的「蝴蝶咖啡」訂了威靈頓太太最愛的「百花慕斯」和「抹茶拿鐵」，紙杯務必要用老牌女明星畫像那一款，最好是費雯・麗，如果沒有，葛麗絲・凱莉也可以。奧黛麗・赫本或伊麗莎白・泰勒太多人手一杯了，威靈頓太太不喜歡跟風隨潮。

果然……哈哈哈……，威靈頓太太開口了。

那一天的溫度，讓整個舊金山像是燃燒著硫磺的火湖。尤其到了午後，熱氣已經漲到了高潮，陽光狂暴地在每一扇窗戶敲打，連大樓的中央空調似乎也顯得有氣無力、無法招架。

「費雪偵探社」只剩下威靈頓太太一個人在整理資料——最近老是接一些男女、男男、女女，甚至性變態的案子。各方調查員，尤其是「高德偵探社」的蜜娜・高德故意把調查報告寫成肉麻當有趣的文章。她愈看愈心煩，連露骨的性愛描寫也止不住逐漸下垂的眼皮。

叮叮噹噹，威靈頓太太借助這突來的門鈴，殺死了約三分之一的瞌睡蟲。

上門客戶是個身材苗條的淡妝女子，看起來介於25到30歲之間，自稱依楓·羅素。她給威靈頓太太第一印象，清爽秀麗。說話誠懇典雅、態度也很客氣，可能是個從事文化藝術工作的知識分子。

對方表示只是諮詢，不想留下太詳細的個人資料。不過在交談中，威靈頓太太還是套出一些口風，例如她是從事教育工作，對於自然科學有濃厚的興趣和認知。至於為何找上「費雪偵探社」？威靈頓太太推測可能是為了不愉快的感情事件。

「請問敝社能夠為您提供怎樣的服務？」威靈頓太太看到對方一時之間無法開口的尷尬，趕緊拿出「費雪偵探社簡介」，又說：「任何服務，只要合乎以上項目，我們都可以接受。」

「小小的事情，也可以嗎？」

「當然可以，我們偵探社的政策就是以客為尊，服務品質第一。」

威靈頓太太感覺瞌睡蟲死得差不多。不過，她心裡有數，瞌睡蟲的繁殖力非常驚人——當環境適宜的話。然而她的顧慮是多餘的！

依楓·羅素在四天前收到一封來自紐約哈維律師事務所寄來的存證信函——有個名叫傑克·史東的人，將他的遺產全部歸屬於她。她希望「費雪偵探社」替她確認這封信的真偽。

「我們接受了她的委託，整個案件都由費雪先生一個人處理……」威靈頓太太的話被門鈴打斷，因為「百花慕斯」和「抹茶拿鐵」來了。

我把費雯・麗給了威靈頓太太，把奧黛麗・赫本留給自己。看到威靈頓太太吃下第一口「百花慕斯」，那種「世界多美好」的表情，我的第一個疑問忍不住脫口而出。

「遺書是真、是假？」

「真的！」

「那她有沒有拿到遺產？」

「不知道！」威靈頓太太不是一個喜歡吊人胃口的人，迅速地接著說：「我們只是被委託查證傑克・史東的遺囑是否屬實。這個案子是費雪先親自操刀，調查的過程中，查出很多兩人的愛恨情仇，也發現了一個可怕的陰謀。這部分應該是存放在費雪先生的歷史檔案裡，一時之間，我也想不起來。不過，我記得當時，費雪先生曾經說過：這件事情不會結束。沒想到一語成讖，就在短短的一年後，我們的委託人伊楓・羅素竟然慘遭毒手、香消玉殞。」

我滿腹疑雲，手機傳來簡訊。原來費雪先生發現我試圖打開案號：TFE-2-1-8-NY-25K018-GI-1 的檔案連結遭受拒絕，立刻傳來授權密碼，讓我一睹全案的來龍去脈。

迫不及待地打開，裡頭所陳述的內容和威靈頓太太所言相差無幾，最後結論：紐約哈維律師事務所是具有高知名度和公信力，他們接受辦理傑克・史東的的遺囑屬實。費雪先生也確認傑克・史東已經死亡，他的遺產全部歸屬於伊楓・羅素女士。只要確認身分無誤即可。

然而這個檔案還有一個特殊編號：AI-2175C013-7-122的附件，案名：依楓・羅素與傑克・史東的關係追蹤。開案日期／時間：2021-09-01/09:30，調查員：比爾・費雪，沒有標示結案日期和時間。

二〇二二年七月二十二日凌晨六點鐘，一個老人在舊金山要塞區的情人步道散步時，他的愛犬在樹林的土堆中挖掘出一隻球鞋。老人的警戒心很高，從新劇過的泥土和不久前才壓平過的痕跡判斷，地下可能藏有不尋常的東西。於是，立刻報警。

警察從遺落在附近的眼鏡和證件，初步認定死者是身分為筆名瑞德・雅契、本名約萊・喬許的新銳犯罪推理作家。致死原因既不是自殺，也非事故，於是成立命案緝凶小組，展開偵辦追查。

費雪先生親自通知我立刻到命案現場了解狀況，我猜想這是私相授受的案子，所以不經過任命函。另外，約萊太太將會去指認屍體，她需要我的幫助。

舊金山要塞區的情人步道，始建於十八世紀，是西班牙士兵和傳教士使用的捷徑，也是健行者、慢跑者，觀鳥者和大自然愛好者最愛的步道之一。

我到達觀鳥台地時，遠遠看到四輛警車停在那兒，還有幾名警察。我將車停好，走了過去，亮出費雪偵探社的證件。其中一名警察問了幾個問題之後，指了指右手邊一段通往樹林的蜿蜒步道。

經過灌木區域，我走到步道的盡頭。往下一看，黃色布條之內，十幾個人正在忙碌，那裡就是喬許葬身之地吧！我正要沿著步道的階梯往下走時，看到幾張抬頭望向我的臉孔，其中之一是翡絲。

翡絲可能是在上夜班時被叫喚而來，身上還穿著月石超商的紅色鮮明制服，對應著翠綠茂盛的樹林，那種超越現實的背景，使她看起來宛若一葉迷失在茫茫大海中的小舟。

我走了過去，握住她冰冷的手，說：「我很遺憾在這種場合，與妳再度相會。韓恩小姐。」我避免稱呼她約萊太太，不過她沒有感覺出我的體貼。

「他們要我過來，確認是否是喬許的遺體。」翡絲紅腫著雙眼，一面咳嗽，一面說：「他們很殘忍，是不是？屍體還沒有全部挖出來，就要讓我等著指認。」

我想先關心她的身體，但是想想，還是先安慰她的靈魂，說：「或許他們認錯人。」

「我第一眼就看到從土堆露出的左手、襯衫的袖口，還有那一枚婚戒。何況事前他們已經發現他的證件，所以才會迫不及待找我來確認。」她望著逐漸出現全貌的屍體，雙眼再度閃爍淚光。

「我為妳失去摯愛感到萬分難過。」

翡絲舉起左手揉著眉頭，無名指上的戒指迎著日光閃了一下，我眼尖地發現戒台似乎有些歪斜。

「上帝為什麼不慈悲地讓他死在乾淨的醫院或家裡，卻無情地讓他埋屍荒郊野外。我多麼想擁抱他、親吻他、大哭大罵、大吼大叫，然而殘酷的現實卻讓我在這裡流淚苦等、飽受煎熬。」

「節哀順變。」我只能重複類似安慰的話。

戴著口罩的翡絲頭髮乾枯、膚色蒼白、眼神黯淡。我於是拿了個新的口罩給她，因為眼淚鼻涕和不停的咳嗽讓半遮住臉蛋的口罩骯髒不堪，她感謝接受，換上之後，精神看起來好一些。

「那些警察至今還沒找到合格的驗屍官。但是，對於喬許而言，已經無關痛癢了。」

「不要如此悲觀，翡絲。」

「喬許，首先是謀殺案的嫌疑犯，如今升格成為死者了。」她苦笑幾聲，又說：「真是令人哭笑不得的人生。」

我因為無法繼續這個話題，開始顧左右而言他，翡絲只能辛苦地保持風度。但是她所做的結果，卻換來我更多的不安。我們站立，彼此對望。我忽然想起費雪先生的警告，不可陷入太深。身為調查員，情感絕對不可超過理智的界線。

「如果喬許聽從漢客的勸告，遠走高飛的話，就不會落個這樣的下場。」翡絲近乎自言自語地說話，彷彿不找個藉口，自己就會粉碎成一堆骨灰。

工作人員停止動作，其中一位向我們招手。我扶著翡絲走了過去，她毫不退縮地俯視那張佈滿泥塵的臉。我承認那是一張依然非常好看的臉，雖然眼睛和嘴脣殘留著驚慌和痛苦。

翡絲將喬許散亂的頭髮往後撥，淚水汪汪地彎下頭去吻他的前額。一個鑑識人員要上前阻止，但被另外一個人拉住。

翡絲的動作等於證實死者的身分，不過警察還是例行公事地再問一遍。之後，他們讓她停留在她丈夫的身邊。這段時間，沒有人去問她任何問題，讓她一個人靜靜在那裡哀弔。

大約十分鐘之後，一個西裝筆挺、皮鞋雪亮，非常有派頭的紳士和一位身穿白袍的年輕亞裔人士走過來。他先對我和翡絲自我介紹他是舊金山警察局行為科學部的谷泰森，然後介紹他身邊的驗屍官赤川先生，顯而易見是個日本人。既然被稱呼先生，那麼他應該不是法醫。

赤川先向死者致敬之後，再向翡絲鞠躬，谷泰森則半強迫性地推著她離開。已經戴上口罩的赤川迅速而謹慎地戴上面罩和手套，再度向喬許的遺體致意後，開始驗屍工作。

我看到喬許染紅的襯衫和胸前的傷口，不由自主開口問道：「他好像是被銳器，或類似尖刀的凶器刺死。一刀斃命，太殘忍了。」

「兇器被發現了嗎？」赤川頭也不抬地問。

有個胖胖的女警回答：「還沒有，但是我們計劃做更進一步的搜索。」

當我想發言，看見谷泰森對我做了個手勢，警示外人不可打擾。我點點頭，然後走到翡絲的身邊。

我拍拍翡絲的肩膀，輕聲地說：「走吧！」

「是啊！該走了。」

翡絲再度走回去，凝視著她丈夫的面孔，宛如懷疑他是否真的死了。她的側影令我想起前幾天，我和喬許在海濱邊小屋喝酒、談論文學的一幕。霎那間，海潮的聲音一波一波地在耳畔迴盪。事實上，並不是海潮的聲音，而是風吹過樹林的聲音。陽光越來越烈，雖然不覺得很熱，但是我的背部已經有汗水滲出來。

「我可以搭你的便車離開嗎？黃先生。我不想坐警車回家。」

「沒問題。」

谷泰森臉帶歉意走過來，他似乎想要對翡絲說一些安慰的話，卻被迴轉的背影拒絕，只好尷尬地交代我好好開車，務必將新上任的寡婦安全護送回家。翡絲快步離開，似乎急於擺脫對方同情和悲憫的糾纏。

我感覺身為舊金山警察局行為科學部的高級主管谷泰森，對於受害者家屬的態度似乎過於關懷和小心謹慎。喔！不只是受害者家屬翡絲，我剛才還發現他對受害者喬許也流露出明顯的惋惜和哀痛，似乎超越陌生人之間的情感距離。

我們走到停車的附近，原來的車輛又增加了幾輛警車，還有一部運屍車，其中最顯眼的 Land Rover 顯然是谷泰森的座車。

上車之後，翡絲背對我咳嗽了一陣，轉過來對我說：「不要懷疑，我只是尋常的感冒。」

「God bless you。我不該說還好，但是真的是還好。妳懂我意思。」

「這都是我的錯。」她自責地說：「或許這就是上帝對我的懲罰，我不該那樣對待他。」

我不了解翡絲話中的涵義，也沒有勇氣去追究，只是試著想談談一些有關喬許死亡的事。然而，她只是低著頭，靜靜沈思。過了一陣子，她豎起身子，開了車窗，沒有詢問我的意見，拉下口罩，自顧自地吞雲吐霧起來。

「喬許常常期許自己的創作能讓讀者得到啟發和聯想，但是又怕那些血腥的故事和不負責任的思想，會引起誤解。他說犯罪小說所描述的事件，有其原罪和心理成因。他還說構成他寫作的骨架就是為了愛，所以才犯罪。我懷疑殺害他的人是為了愛，還是為了恨。」

我護送翡絲回家之後，在車上打開電腦，檢查有沒有重要郵件和工作指令。工作進度表，除了上週三標了個「紅星」之外，竟然沒有新案。喬許•約萊被殺，我猜測 Z06-2022 會不會再委託我們去調查誰殺害喬許•約萊。不過這是警察的事，不是嗎？我打手機問威靈頓太太：「Z06-2022 算是結案了嗎？」

「我還沒接到費雪先生的指示。」

「知道了！」我刪除「紅星」，把今天必須完成的工作列出來，規劃下一個行程的路線。

第六章　「三個願望」咖啡廳

蜜娜約我在「三個願望」咖啡廳見面。

「三個願望」咖啡廳原本是某印度富商的故居，不過往日的輝煌和風華已經隨風而逝。

我們第一次在「三個願望」咖啡廳喝咖啡時，她曾經跟我說了個故事。

有對貧窮的夫婦得到了一隻能夠讓人實現三個願望的「猿掌」。半信半疑的他們，不加思索地許下第一個願望——希望擁有兩萬元。剛許完願之後，就出現一個陌生人跑來，拿著公司給的慰問金兩萬元，同時告訴他們說：他們的兒子發生職業災難。夫妻倆嚇得魂不附體，趕緊跑到醫院去看。殘酷的事實就擺在眼前，他們的兒子已經魂歸離恨天。老太太毫不思索地立刻許下第二個願望：我要我的兒子活過來。剛許完願，只見到床上那具被撞成支離破碎的人體，像僵屍般地活動起來，同時發出悲慟的哀嚎和呻吟。驚慌失措的老先生隨即對『猿掌』許下第三個願望——請讓我們心愛的兒子安息吧！並且讓他的靈魂得到永遠的寧靜和喜樂。

為什麼不許下讓他的兒子完全康復的願望呢？我沒追問，畢竟只是一則都市傳說，所以故事應還沒結束。

是的，後來那對夫妻將理賠的金錢去救濟窮苦的孩子之後，還開了這家「三個願望」

咖啡廳。嗯！很勵志的故事，但是對置入行銷似乎沒什麼功效，這是一家門可羅雀的咖啡廳。

後來，我和蜜娜再次來「三個願望」咖啡廳喝咖啡。

閒聊時，我跟蜜娜說：「上個月一個孤獨的夜晚，我在『三個願望』咖啡廳喝酒。不要打岔，不要問我為什麼『三個願望』咖啡廳有賣酒。一個神祕的陌生人，在我請他喝了一杯酒之後，從口袋取出傳說中的『猿掌』，輕輕地放在我面前。笑了一笑，踩著愉悅的步伐，離開這間看起來什麼都有，其實什麼都沒有的『三個願望』咖啡廳。」

蜜娜凝視著我，專心聆聽……。

「我望著桌上的『猿掌』，試探性地許下第一個願望——讓花瓶中枯萎的玫瑰永遠永遠地清新美麗吧！就在我驚訝的目光下，搖搖欲墜的花瓣慢慢地緊縮起來，同時流放出絲綢般的光澤和醉人的芳香。這個實驗證明了傳說不再是傳說而已，我感覺我的全身充滿了活力，並且自信滿滿地去追尋我想要的一切。」

蜜娜凝視著我，專心聆聽……。

「不知從什麼時候開始，舞台上站著一個女孩，拿著麥克風在唱歌。不要打岔，不要問我為什麼『三個願望』咖啡廳有卡拉ＯＫ。她的五官鮮明、嬌豔欲滴，身材高䠷、凹凸有致，尤其是眼睛散發出妖媚的光采，令人無法抗拒。聲音低沉沙啞，很適合唱悲傷的歌曲。她似乎發現到我在注意她，對我頻送秋波。歌聲益發動人心弦，讓我陶醉不已。當我的手指碰到放在桌上的『猿掌』時，情不自禁地許下第二個願望——我要那個女孩子今夜陪我。」

蜜娜凝視著我，專心聆聽……。

「然而沒多久，我就後悔了。因為那個女孩子唱到最後一個高音，左手高高舉起麥克風，整個人也往左側偏過去。位於右方的我可清楚地看見她仰起的脖子，有一粒巨大的喉結。在如雷的掌聲中，他鞠躬下台，然後向我走來。當他的身體靠近我，看到他伸出滿是骨節的手掌，我毫不遲疑地許下第三個願望——快把他趕走吧！」

蜜娜凝視著我，專心聆聽……。

「後來，他說了聲：對不起，我認錯人了。連聲道歉後，他準備離開。我心血來潮，拿起對我來說已經等同廢物的『猿掌』，真摯地對他說：這是寶貝，你可以對它許三個願望，很靈喔。他半信半疑地將『猿掌』捧在懷裡，喃喃地不知說些什麼。我發現他的喉結不見了，然後身上那些破銅爛鐵製成的首飾全都變成真正的金銀珠寶。再來，當轉換成全新的「她」，柔情似水地望著我時，我似乎已經可以預見『我們會過著幸福美滿的日子』的畫面。等待和盼望的時間似乎嫌長了一點。當我回過神來，那位美夢成真的男孩？女孩？正和一位白衣帥哥在舞池中深情擁吻。於是我拿起那一朵永不凋謝的玫瑰，悄悄地離開……」

凝視著我，專心聆聽的蜜娜張口發言：「喂！黃敏家，你應該去寫小說。」

我走入「三個願望」咖啡廳，蜜娜一如往常遲到。此時金門大橋在風和日麗下，對我做了個「勝利」的手勢，我注目答禮，然後選了靠欄杆的位置。

「喂！」

「喔！」我被不知何時坐在我身後的蜜娜嚇了一跳，呆呆地看著她。

總是一身男裝打扮的她，不懷好意地說：「敏家，你不要用那麼癡迷的眼神看我，好嗎？我可是有女朋友的人，而且我對愛情非常忠貞堅定。」

對於我的無言以對，她退而求其次地說：「看你這樣魂不守舍，是不是又在想什麼哀豔動人的詩句。」

我極力否認，雖然這是真的！這一年來，我極力洗去「文青氣息」，並且努力往「冷硬派」的標準邁進。

我尷尬一笑，結結巴巴說：「妳找我有事嗎？」

「費雪先生把一件案子外包給我，我想先和你談談。」

「這違反社內規定。」

「我替費雪先生工作了25年，除了威靈頓太太，我是和他合作最久的夥伴。什麼是規定，我清楚得很。」

「妳是妳，我是我，不可一概而論。」

「果然！」蜜娜哈哈大笑，拿出電腦，調出一份合同，然後說：「上次『喬許・約萊在依楓・羅素命案的不在場證明』一案，你是主任調查員。這次的『喬許・約萊的死亡真相』新案，反過來，我是主任調查員。」

「早說嘛！想要設計我。」我知道這是大案，還不夠資格獨立作業。但是，依然感到不是滋味。

「看你這樣子，我騙你的啦！」蜜娜又是一陣大笑，說：「請看清楚！費雪先生親自出馬，他才是主任調查員。」

我沒好氣地說：「妳想先和我談什麼？上面寫得不夠清楚嗎？」

「因為太清楚，所以顯得很矛盾。」蜜娜又從筆電調出一份報告，曾幾何時，她從電腦白癡神速進步到能夠得心順手地操作，真讓我刮目相看。

「我的第一手消息，齊雅飛經律師陪同，在一小時之前向警方自首。警方認為供詞不但前後矛盾、破綻百出，所以委託費雪先生在將齊雅飛定罪之前，找出更多的證據，證明他有罪或是無罪。」

我在費雪偵探社工作接近三年，逐漸了解私家偵探這一行，說好聽是警察的顧問或委託外包商，說難聽其實是理直氣壯收費、名正言順給收據的線民。我們調查員的工作之一，是印證或推翻或說明費雪先生的假設。不過關於這個新案，來得太過匆促，我胸中一點譜都沒有。

我也打開我的電腦，新的工作指令果然已經下來，於是把刪除的「紅星」重新剪貼到今天的工作清單。除了原有幾份蜜娜說過的，還有類似警方的辦案報告：命案當天，齊雅飛在普里斯迪多球場打高爾夫球，接到一通來自匿名男士的電話，告訴他說珮兒和喬許正在斯翠賓植物園附近的白樺公寓裡約會，還說明詳細地址和房號，於是齊雅飛追蹤而去。

到達現場，齊雅飛果然看見昏睡的喬許和珮兒，於是不分青紅皂白，拿起預備的尖刀，將喬許刺死。他將喬許的屍體塞入後車廂，帶走昏睡的珮兒，然後開車到離普里斯迪多高爾夫球場不遠的情人步道，選了個隱密的地點埋屍。

我一面讀報告，略過死者喬許・約萊的部分，一面記下重點，同時發問：「我曾經和約萊太太去過喬許的埋屍之處，從停車處走過去有一段距離。」

「我見過他本人，大塊頭的齊飛雅絕對有體力扛起中等身材的喬許，而且那一段路是有階梯的下坡。」

「凶器是尖刀？」

「是！依據齊雅飛所說，他找了隱密的地方丟棄，但是記不起正確地點。」

「不合邏輯。」

頗有同感的蜜娜要我在電腦右下角的圖檔點了一點，出現一張很適合扮演黑幫老大的臉，雙眼狠狠地瞪著我。這張臉，還有從下面的個人資料，立刻聯想到一年前，依楓・羅素委託費雪偵探社求證傑克・史東遺囑一案。齊雅飛便是依楓的上司，同名同姓還是同一個人？熱帶生態、黴菌工業、生技顧問等各類專家頭銜，事實擺在眼前，就是同一個人。

蜜娜問我到底怎麼啦？我深思不答。她便用手肘頂我，然後開玩笑地說，原來你喜歡這種型。我趕緊收神，接著手指往右一滑，出現了一張誠如蜜娜所形容「美若天仙」的女孩，她就是珮兒・可朗達。

我注意到資料裡面沒有註明兩人的關係，只說明兩人同居住一個地方。於是用眼神詢問蜜娜，畢竟她見過他們兩人，蜜娜卻無動於衷。

「事發之後，珮兒有怎樣的表示嗎？」

「她已經被送醫治療，身體虛弱，無法面客，更別說接受偵訊！」

當蜜娜按照齊雅飛的自白，說出他的殺人的動機時，我不以為然地說：「只因為平時就看對方不爽，就動了殺機，太不可思議了！」

「我同意的確是不可思議，齊雅飛算是是個經過大風大浪，也是社會上有頭有臉的人，不會如此衝動行事。」蜜娜喝了口咖啡，癟了一癟嘴脣，說：「不過這也很難說！我和珮兒單獨相處時，他就隔窗虎視眈眈。當時有一片葉子掉在珮兒頭上，我替她拿下，順手幫她整理了一下頭髮，齊雅飛怒不可遏地衝出來，惡言惡語把我趕走。」

「他以為妳要引誘他的愛人，太誇張了吧！」

「哼！你低估了我的魅力。雖然我第一眼覺得他們是夫妻或情侶，但似乎又不像。從種族和外表判斷也不像父女或兄妹。很可能是師生或是親友之類的關係，然而……」蜜娜聳了聳肩，說：「據上次訪談他們，我猜想齊雅飛因為珮兒違背諾言又去和喬許約會。或許這樣子，不禁妒火中燒。」

「妳的報告寫著，當時珮兒是瞞著齊雅飛去見依楓……還有喬許。」

「齊雅飛也許表面不動聲色，其實心中雪亮。當時珮兒口口聲聲說到，她沒有背叛。原來的謊言和親眼所見的背叛，我想可能因為這緣故，齊雅飛才會失去理智，奪走喬許的性命。」

「如果是這樣，他們不是夫妻，就是情侶關係。姦夫淫婦不是要一視同仁嗎？」

「人心難測，說不定齊雅飛恨之深，愛更深，難以下手。」

「搞不好珮兒才是殺死喬許的凶手，齊雅飛只是代罪羔羊。」

「這也是我接踵而來的推想。」

我想以喬許和珮兒的創作小說內容來研討，可是蜜娜並不感興趣。我覺得會不會是珮兒和喬許在創作上有了歧見，或是利益上有了衝突，所以選擇痛下殺手。不過這種牽強的理由，連我自己都無法說服自己。

「依照流程，我們必須要在36到96小時內，證明齊雅飛的供詞是否屬實。但願他的律師能夠申請到96小時的居留期，不過他本人倒是急於認罪。」

「不容易喔！不過我們手中有張王牌。」我對蜜娜神祕一笑，說：「就是Z06-2022。」

蜜娜搖搖頭，說：「依照合約規定，費雪先生不可透露委託人身分，搞不好他已經知道Z06-2022是誰。看你的表情，好像知道些什麼。對吧？」

我拿出筆電，把有關「喬許・約萊在依楓・羅素命案的不在場證明」一案的調查報告叫出來。蜜娜在該案，只是協助我辦案的調查員，她沒有權限調閱。

「他就是這個案子的委託人。」由於後面的數字太拗口，我就簡稱Z先生。我還把我個人推論，他可能不願意出面替喬許作證的原因出出來。

「所以你認為他就是約萊太太口中的漢客？」

我一面點頭，一面回想喬許刻意保護漢客身分的樣子。

「召妓尋歡，而且是男妓……」蜜娜想了一想：「不過，這也說不過去。在舊金山這裡，這種事情一點也不稀奇，我覺得Z先生可能是身分相當敏感的名人。」

「沒錯，我覺得很可能是警界人士。」

「你有想到誰嗎？」

「舊金山警察局行為科學部的谷泰森博士。」

「哦！」

「我無法理解一個行為科學部的高階官員為什麼會和驗屍官一同出現在犯罪現場？」

當我說出，在喬許被埋葬的現場，感覺到谷泰森博士對於喬許之死，流露出來的悲痛，還有對於翡絲過於關懷和小心謹慎的樣子，不就更有力地證明他就是Z先生嗎？蜜娜默認我的看法。

「喬許・約萊在依楓・羅素命案的不在場證明」一案中，因為珮兒的證詞讓喬許從依楓・羅素命案脫嫌。如今，她的證詞更是證明齊雅飛是否無罪最大的關鍵。真是個法力無邊的女人！

蜜娜當場寄了一份文件給我，是她擬定調查計畫表，備註欄有注意事項、建議事項。我們還是和前次一樣，我和蜜娜分別再度拜訪翡絲和珮兒。我無異議，趁著蜜娜填寫調查計畫時，我開始寫詩。不過不是單純的風花雪月、無病呻吟，而是激發我偵探心、推理魂的開場白！

有朋自夢中來，不亦樂乎。（線索）
訴盡衷情，就在二十四橋，煙波月明中。（分析）
送君千里，夜半風聲細細，別有一番心思。（推理）
不須落筆，胸中自有文章。（解謎）

我常常在推理案情的時候，胸中會爆出一些想法。有時只是電光石火一霎那，結果總是灰飛煙滅。有時則輕筆淡描，慢慢畫出一幅好山好水好風景。

現在是「三個願望」咖啡廳的「Cold Time」，所以除了特殊點餐，其他一慮採取自助。我趁著蜜娜寫計劃的時候，再去倒了兩杯咖啡，順便從販賣機買了兩包M＆M巧克力。撕開其中一包，依照我的習慣，從小到現在，一直沒改，始終如一。先從某種顏色最多的先挑起來吃，再吃少的，盡量讓一包巧克力保持色彩繽紛的樣子。所以我先從藍色的吃起，再吃綠色的……直到各種只剩下一種顏色。

蜜娜表示她已經寫好計劃，並且寄出去給費雪先生審核。她也不問我，伸手拿走另一包M&M，俐落一撕，嘩啦啦地倒進口中，然後大口大口喀滋喀滋地咀嚼起來。哇哇哇！我暗暗發誓，將來也要學她這樣，才像個冷硬派的偵探。

等待費雪先生的回覆之時，為了想對蜜娜炫耀我的發現，故意裝著沒事地提起「依楓・羅素與傑克・史東的關係追蹤」，然後問到：「我想請教您這位大前輩，費雪先生如何發現案中有案，或案外有案呢？」

「如果你單純問我這個問題，我是無法回答。但是，如果你是針對依楓和傑克這個案子，我倒是很有自信。因為費雪先生曾經諮詢過我。」

「哦！」

「傑克・史東曾經委託我尋找失蹤多年的弟弟。」

「不是在地震死了嗎？還有他的父母。」

「他的父母確認死亡，但是沒有發現他弟弟的屍體。傑克・史東當時也只不過還是個自身難保的十幾歲少年，沒多久就被親友接走。長大成人、行有餘力之後，才開始展開找尋手足之旅。」

「後來找到了沒？」

「沒有。」蜜娜帶著遺憾的口吻，說：「我先從地震救援大隊的紀錄開始調查，的確有幾名類似傑克・史東所形容的嬰兒被醫護人員抱走。但由於當時太混亂，所以也沒有紀錄相關資料。幸運的小孩被家人或親屬接走，其他則被社工人員安置於慈愛之家或附近的孤兒院。由於尋人工程浩大，無法短期完成。傑克・史東同意簽下長期合約。半年之後，他開始生病，我們的合約便無疾而終。按照他的醫師說明，他的右耳有嚴重的黴菌感染。從潛伏期到發病推算，正是他在佛州工作時感染的。可能依楓委託費雪偵探社調查『遺產』所以費雪先生才會有這樣的推理。不過這是費雪先生的參考檔案，並非正式報告，所以無關正確與否。不過，我可以請朋友查一下傑克・史東的真正死因。說不定對於了解依楓的死因有所幫助。」

心中的名偵探璀璨登場，我說：「我有個想法，關於費雪先生在調查過程中，發現依楓極可能慢性毒殺傑克・史東……」

「所以？」

「所以，如果喬許是傑克・史東的弟弟，那就有了殺死依楓的動機。珮兒作了偽證，後來因故殺死了喬許。」當我想要繼續說出我的推論，卻因為費雪先生的來信打斷了我的講述。

第七章　聽屍體說話的前女友

費雪先生認為短期內，不要去打擾翡絲。修改之後的的調查計畫，我先去和負責解剖依楓和喬許的法醫討論。蜜娜則負責到醫院，探訪珮兒，說不定可以從珮兒口中找出一些說詞，證明齊雅飛是否是殺害喬許的真凶。

然而當獲知負責依楓和喬許兩案的法醫是碧翠絲・瓦尼時，我的眼睛、嘴巴，甚至鼻孔，因過分驚訝而大大張開。

蜜娜揶揄一笑，問：「Ur X?」

我心中默認，不過一時之間，真的忘了她到底是我的第幾任女友。老實說，蜜娜並非善於察言觀色，而是我曾經在一次大醉，酒後不小心吐真言，把自己過去轟轟烈烈的情史毫無保留地說出來。

我們既然接受指令，立刻趕緊前往目的地。到了停車場，我和蜜娜揮手道別。車子啟動後，緩緩開向舊金山大學醫學院。

進入法醫學系之前，我先量體溫，再辦理造訪登記手續。噴灑酒精之後，搭電梯到八樓。入眼是一排檢驗室，我走向第三解剖室，正要敲門。驗屍官赤川從走廊的拐角處走出來，我向他打招呼。他不理我，搶先開門進入，隨手用力關上，讓我吃了閉門羹。一時之間，不知如何是好，只能不死心地繼續敲門……。

大門猛然地被打開門，好像吃了炸藥的赤川看到我，以近乎咆哮的口氣，說：「我最討厭妨礙公務的人，你沒有權利站在這裡，你應該看到門口的牌子──閒人勿進，而你就是閒人。」

我不理解對方為何暴跳如雷，難道上次在喬許遺體被發現之處，我得罪了他嗎？於是非常婉轉客氣地說：「我是有被授權，我是費雪偵探社的調查員。授權人是碧翠絲‧瓦尼醫師，我想她應該是你的上司。」

赤川一時語塞，低聲怒吼：「你最好趕快滾吧！」

我正要開口說話，門被大大拉開，一張被口罩和頭罩包到僅剩下兩隻眼睛的碧翠絲探了出來，默默地遞給我一個防護包，然後做了個「請進」的手勢。我向她點頭致意，尾隨而入，然後對著鏡子，依照實驗室更衣守則，逐一穿上防護衣，戴好帽子和鞋套。

回想起我和碧翠絲的初相逢，當時她就在冷藏庫驗屍，厚重的大衣、口罩和面罩，如同此時此刻重相逢的她。我嚴格命令自己，過去已經過去，不可再想那些有的沒的。

「沒事、沒事！他是從台灣來的，是我以前認識的一個好朋友。」碧翠絲把面罩往上一推，對我眨眨眼，再把面罩放下來，然後宛如安撫「小狗」似地跟赤川說話。

赤川尷尬的表情，我猜想他或許對某些亞洲地區的人懷有深深的恨意。但是一聽到碧翠絲接下來的介紹，他心中應該更不是滋味，因為他怒氣沖沖地掉頭轉身離開。

「驗屍官赤川博士是我的現任男友。一年前，我們在賭城相遇。不到三天，他申請調職，一個月就來這裡。委屈他了，從邁阿密警政處的鑑識科主任，屈身低就這裡的助理教授和兼任驗屍官。」碧翠絲好像一點也沒有把我們往日的戀情放在心上，口無遮攔地說：「你還是像以前那麼英俊，可惜身材變樣了！不過這肉壯的樣子，更顯出中年男子的性感。」

我無法如同她的灑脫，吱吱唔唔地不知要說些什麼才好。何況她實在變化太大，整個人放大了一倍。基於一名紳士，我必須忽略這一切。或許碧翠絲原本沒有我想像中的美麗，只是時間美化了我的回憶。

「你不是來找我敘舊，否則你早就來了。是不是？」我還沒回神過來，她繼續說：「當費雪先生跟我說，你要過來了解狀況時，我就期待看到你目瞪口呆的樣子。感謝這疫情，我們不需要以真面目示人。我在費雪先生寄給我的資料，已經看到你的照片，當時還在猜你到底是沿用了老照片，還是這幾年都是保持凍齡。」

我聽得出來她的口氣沒有諷刺，逐漸卸下心防，笑著說：「我也在貴學院的教師欄，欣賞妳的玉照，顯然妳這幾年都是保持凍齡。」

「脖子以上，還可以。脖子以下，一言難盡。」

我們詼諧的對話代替了久別重逢的感言，接著我們不約而同地望著赤川的背影。他已經將伊楓的遺體放在一張不鏽鋼台上，明亮的燈光正照下來，彷彿籠罩在一團妖豔的霧中。

碧翠絲和我一前一後地走過去，我正想低頭仔細觀察，她率先把鑷子的尖端移轉到伊楓的身體，說：「你看，她的刀傷集中在左頸左肩左上背，共三十六處，傷口深淺不一，大量流血加上逃跑，最後衰竭而死。」

當我正感嘆殺手的兇殘時，碧翠絲又拿出一個不鏽鋼的盤子，上面有一個亮晶晶的三角片，看起來像是塊箭簇。

「它留在死者的肋骨之間。」碧翠絲解釋說：「很顯然，當刀子拔出來時，尖端斷在體內。兇刀依然沒有尋獲，這是很不合理。」

碧翠絲將手中的解剖報告交給我，對我說：「至於喬許・約萊的司法解剖是由赤川擔任，你請教他吧！我還要去照顧其他的案子。赤川達令，看在我的面子，竭盡所能去協助他吧！」

我很慶幸我遇到了赤川，比起和前女友獨處，不如和她不知情的現任男友一起輕鬆許多。喔！我想起來了，碧翠絲是我前三任女友，另外，我似乎也了解赤川的心態，碧翠絲似乎對亞裔男子情有獨鍾。

「是！」赤川一改囂張狂妄的態度，很恭敬地對我一鞠躬，讓我啼笑皆非。不過當我看到他胸前的名牌，日文寫著「赤川英一」，但是英文翻譯卻是「赤川英二」，不知道什麼原因，腦海閃過一些模糊不清的東西。

赤川目送碧翠絲離開之後，說：「喬許生前服用大量鎮定劑，可能是在睡夢中被刺死。首先我認為對於沒有抵抗力的被害者，有必要用如此大的力氣嗎？不過鼻腔和口腔有微量纖維，很可能為了防止喊叫，先用枕頭悶住被害者，然後一刀正中心臟。或許被害者因為缺少氧氣而掙扎，因此加害者才會使出這麼大的力氣。」

欲蓋彌彰？由於我一開始就懷疑纖弱的珮兒是否有能力擔當，所以特別問到傷口的痕跡。

「一刀斃命，至於是否有重複的傷勢，無法判斷。不過傷痕判斷，凶器應該是細長的刀子。」

我想會不會珮兒刺死喬許，隨後趕來解危的齊雅飛，為了混淆警方的調查方向，於是將插在胸口的兇刀再插深一點。

赤川瞪著我，似乎在思考我為什麼會這樣發問。啞口無言的我，忽然想起依楓・羅素的死因，隨口問到：「據我所知，殺害依楓・羅素的兇刀至今沒有尋獲，那，喬許呢？當時我在現場，好像還沒尋獲。」

「沒有。」

「碧翠絲・瓦尼教授認為那一宗命案。」我回頭看看伊楓的遺體：「她認為現場找不到兇刀，這是很不合理。請問是什麼意思？」

「這兩樁命案有很大的差異，女案顯然是臨時起意，手法錯亂，看出來是個生手。照理來說，凶器應該當場丟棄，不太可能拿著血淋淋的刀子亂跑。縱然要找個自以為隱密的地方處理，也是離犯罪現場不遠之處。但是怎麼藏，也逃不過警方專業的搜索。至於這個案子，一眼看出是精心策畫，帶走凶器是犯人別有用心的安排。」

我覺得沒必要和赤川繼續分析和討論，畢竟這些都是警方證物和線索，他們遲早會拼出一個輪廓。我是調查員，我的工作是東奔西跑、查出究竟，而不是坐在冷氣房、喝杯咖啡，動動腦筋就把凶手逮捕歸案的安樂椅神探。

赤川看我沒有想多和他討論的意願，神情略為失望了一下，不過立刻重新露出微笑，送我走出大門，然後轉身走回解剖室。

我想我是不是因為他是碧翠絲的現任男友，所以不對他假以顏色。我們對於彼此的態度從頭開始，到現在好像恰恰好對調過來。至於我和碧翠絲，就是這麼一回事，只是沒想到多年後，我們會因為兩宗命案而重逢。

我進入洗手間，上完小號，一面洗手，一面看著鏡中虛幻的碧翠絲。

「你看來一臉落寞之色。」碧翠絲用指頭指指我、再指指自己，說：「如果你不急著下一個行程。不妨去喝咖啡，如何？」

我知道那是我自己心情的剖繪，卻若有其事地搖頭拒絕。歷盡滄桑、洞明人間情為何物的自己，再怎麼偽裝，也會被逼得原形畢露，於是急急忙忙離開洗手間。

剛才是不是下過一場大雨，空氣濕潤清新。地面的積水像一大片厚厚的透明膠，將附近那排歐式樓房完整地映下來。或許有風吹過，水面微微浮動，倒影也微微浮動。但是，剎那間又恢復了原樣。我走在灰色的長廊上，遠遠看到碧翠絲白色的背影。

我一離開舊金山大學醫學院，用古歌地圖，就近找了家墨西哥餐店，點了一份塔奎斯烤牛肉捲。

粗壯如牛的老墨，滾動著一雙小小的黑眼珠，說：「肉捲需要時間去烤，要不要先來碗麵糊。」

我點頭之後，望著他壯碩的背部和四肢沒入門後。然後很快地端上一碗類似台灣古早味麵茶的麵糊，我邊吃邊打報告。當塔奎斯烤牛肉捲被端上來，我還沒來得及品嘗，應該說連看都沒來得及看一眼，費雪先生來訊要求立刻討論。於是忍住香味的折磨，接受他的視訊要求。喔！感謝老墨的先見之明，讓空空如也的胃略微充實一點，否則更慘。

畫面一開始，剛好看見威靈頓太太端著咖啡，走入費雪先生的辦公室。出乎我的意料，費雪先生一改平日的藍色系服裝，穿著白色米老鼠圖案的圓領衫，外搭黃白的大格子襯衫，還戴了頂紅色的扁帽。他這一身的打扮，顯得朝氣蓬勃。

我們互相打了招呼，我順口讚美他的服飾，尤其是那一頂紅色扁帽。

費雪先生立刻露出靦腆的笑容，說：「我在跳蚤市場選購，保護我這個禿頂。不過，威靈頓太太嘲笑我戴上那頂扁帽，看起來就像是伊拉克的海珊。啊！我總是引用一些你們年輕人聽不懂的歷史人物。」

「怎麼會？」

「我剛才收到你的報告。依據驗屍官赤川博士的說明，刺傷喬許的凶器是細長型的尖刀。一刀準確落在心臟下方，所以下手之人必然是孔武有力。但是，血液檢驗結果有著大量安眠藥成分。換句話說，喬許應該是在昏迷狀況之下被人刺殺，所以縱然是手無縛雞之力的人都有可能是凶手。」閱讀報告的費雪先生說到最後，聲音低到喃喃自語，然後突然抬頭，對我說：「你的結論：齊雅飛似乎不是殺害喬許的凶手。但是，他自承是凶手，可見是包庇某某人。是不是這樣？」

當赤川說喬許生前服用大量鎮定劑，對於沒有抵抗力的被害者，有必要用如此大的力氣嗎？當時他說的是對象是齊雅飛，我想的卻是珮兒。然而，珮兒有這麼大的力氣嗎？這也為什麼我要問赤川，喬許胸口的刀傷是否有重複的痕跡，也就是齊雅飛在珮兒刺死喬許之後，加工後將罪魁禍首轉嫁給自己。

我從蜜娜的調查記錄和口頭陳述，還有剛才珮翠絲和赤川的解釋，大膽假設：神態詭異的珮兒在深夜的斯翠賓植物園，殺死曾經是自己老師的依楓。

至於動機呢？是不是因為感情糾葛。沒辦法！喬許那張英俊的臉總是讓我想到「情殺」。

當喬許被懷疑是嫌犯時，反過來去當他的不在場的證人，利用這一層關係在自己的心口貼了張保命符。後來，珮兒還是殺死了喬許，除了自保，應該還有更深沉的原因。她利用齊飛雅對她深厚的愛，擔待了所有的罪名。

費雪先生認同我的「假設」，說：「警方已經查出兩人的關係，齊飛雅是她的前任繼父。」

「喔！真是出人意表。」

「珮兒的母親嫁給齊雅飛時，已經身懷六甲。離婚後，再嫁可朗達。」費雪先生接著說：「蜜娜今天早上去醫院撲了個空，珮兒拒絕會客。不過，剛才律師來電說：珮兒無法判定自己或齊雅飛，還是第三人殺害了喬許。」

「喔？」我只聽到齊雅飛和珮兒的父女關係，後來就對費雪先生接下來說的話聽而不聞，並提出心中的疑惑：「齊飛雅心甘情願地擔待了殺人的罪名，是不是另有隱情呢？我不覺得對於並非親生骨肉的珮兒能夠付出這般宛如山高海深的愛。或是受到脅迫，不得不如此，但是他到底有多嚴重的把柄落在珮兒或他的前妻手中？」

費雪先生似乎讀出我的心思，說：「你去拜訪珮兒的父母，了解一些她和家人相處、成長的過程，還有身為父母認為兒女的人生是否曾經發生過的大事或性格的變化。以你自己的方式自由發揮，隨時和我報告。他們住的地方有些遠，你自己決定最迅速的交通路線。」

我和費雪先生合作不久，彼此卻有深厚的默契，所以也沒多問，對著螢幕做了個

「我知道了」的表情。

費雪先生切斷視訊之後，我覺得還有些事情沒有交代清楚，於是趕緊寫道：依照依楓・羅素命案的司法解剖報告，刀傷集中在左頸左肩左背，共三十六處，傷口深淺不一，大量流血加上逃跑，最後衰竭而死。體內留有刀尖、兇刀不知去向。碧翠絲判定行兇的人是個左撇子，而且體型比被害者高。

訊息送出後，我開始去動用那盤冷掉的塔奎斯烤牛肉捲，同時試著和蜜娜連繫，她表示暫時無法回應。

第八章　可朗達公館的祕密

午後三點，快到目的地的時候，我打了通手機。有個女人拿起話筒，她的聲音溫和平穩。

「這裡是可朗達公館。」我一聽就知道是台灣腔英語。

「可朗達先生在家嗎？」

「不在。」

「什麼時候回來？」

「我不知道他什麼時候才會回來。」她的聲音逐漸加入高度和亮度，說：「你是外子的朋友嗎？」

「不是，我可不可以先過去和妳談談？可朗達太太。」

對方遲疑之際，才發現自己太冒失了，趕緊補報姓名。同時說明費雪偵探社的威靈頓太太已經和可朗達先生約好，如今我人已經快到了。可朗達太太在口頭上表達歡迎，但顯然是虛情假意。

可朗達公館就像是典型富貴人家的莊園，碧草如茵，花木扶疏，加上游泳池及維多利亞式的建築。只因為濃濃的雲層和霧氣，使周遭的氣氛看起來有些陰森詭異。

我本來以為可朗達太太是個高䠷、高雅、高貴的女人，誠如那些在台灣受過高等教育，然後來美國深造，畢業後找了個工作，很幸運地遇到個有錢人，兩人墜入情網，結婚之後，跟著老公晉身富貴人家社交圈的名媛。然而出乎我的意料，可朗達太太非常嬌小和俗豔。所謂的「俗豔」是以她的年紀，打扮為免太年輕了吧？我注意到她的飾品都是針對少女族群設計的名牌。

可朗達太太開口問我來訪目的，我婉轉表示等可朗達先生回來，再一起說。她有點不高興，不過知道我是來自台灣，態度有些改變，並開始講起台灣話來。腔調標準流暢沒話說，提到有些諺語，我連聽都沒聽過。原來她是宜蘭人，我立刻和她談起金棗、鴨賞和牛舌餅。當然不會忽略和她說說宜蘭腔的河洛話，例如滷蛋、盤子等等。她讓我想起很多位年輕的表姊、阿姨、阿姑，但是無法和其中任何一位有所重疊。

我隨著可朗達太太的視線，眼光望向牆上的一張海報。一位精瘦英俊的半裸男子，看起來像是個印度人。他盤腿坐在一朵蓮花造型的座椅，雙手朝外，掌心向上，拇指和食指圈成一個圓。斂首低眉，嘴角一絲神祕的微笑。背景是濃綠的森林和我看不懂的文字。

「他是我們大家的心海燈塔，導師彌榮．馬可索大師。指導安排的課程有冥想療愈、心靈瑜珈、釋放壓力、情緒管理、超越自我、性靈追求等等。我在『嵐峰心靈養生村』學習之後，效果奇佳。感覺越來越年輕、越來越有活力。」可朗達太太說得口沫橫飛：「彌榮・馬可索大師的中心思想就是釋放心中善的力量，任憑自己的想像力不受拘束地自由奔放，可以在冥想中幻化成一隻小貓咪、一朵小花或是你崇拜的偶像。」

「反過來說，如果有人原本就有人格分裂的傾向，那不就病情越來越嚴重了嗎？」我心裡這樣想，何況年輕和活力是如何定義？單是外表的打扮和自虐式的過度運動和減重，還是身心均衡的發展、健康快樂地生活。

可朗達太太或許習慣他人的疑惑，幾乎猜出我接下來的辯駁，笑著說：「一體總是有兩面，甚至三、四面，因此彌榮・馬可索大師才安排各種課程來馴化內心的野獸，平衡和抗衡伺機而出的惡的力量。」

可朗達太太邊說邊請我在游泳池畔的座椅坐下來，然後弄了兩杯看起來很有熱帶風味的冷飲，搞了半天才知道是加了椰果的西瓜鳳梨汁。

幾句無聊的開場白過後，顯然是經歷大風大雨的她試探地問：「黃先生是不是來打聽珮兒？」

我笑笑，顧左右而言他：「令嫒沒有和你們住在一起？」

可朗達太太自嘲地說：「是啊！女孩子長大了，總是迫不及待想離開父母。」

我不知道可朗達太太是否知道珮兒休學，然後和她的前夫住在一起，還有因為捲入複雜的命案，現在躺在醫院裡。我想也可能知道，只是對於我這個剛認識的陌生人，不需要說太多。喔！應該是全然不知吧！否則不會表現得若無其事，神閒氣定。

「常常回來嗎？」

「我們規定她每週回來度週末。大一上學期勉為其難遵守，後來從每月改成幾乎不回來。我擔心今年的聖誕節，只有我和外子在家。」

從這句話聽來，她似乎不知道女兒沒有去大學念書，我問：「妳知道珮兒是個犯罪小說作家嗎？」

可朗達太太眼睛一亮，表示已經得知珮兒在今年初，曾經有一篇小說在知名刊物發表。不少評論家認為謎團創意甚佳，紛紛給予好評，並寄予厚望。

「不過，這樣算是知名作家嗎？我一直以為像史蒂芬・金那樣名利雙收，或是有作品改編成電影劇本才算是知名小說作家。」

我引蛇出洞，若無其事地說：「寫得很好啊！」

可朗達太太從謙虛的表情慢慢轉換成懊惱的表情，說：「小珮在中學的科學成績一直很優秀，尤其是化學，還代表學校參加全國中學生實用科學比賽，得了很高的名次。不過後來改變心意去念文學，我認為女孩子嘛！念什麼都好，倒是她的父親發了很大的脾氣，可最後還是乖乖投降。」

我明知故問：「她的父親，妳是指可朗達先生嗎？」

「不然，你指的是誰？」

「令嬡看起來不像是帶有白種人的血統。」

「她的生父是台灣人，我們分手之後，發現已有身孕，只好擇人而嫁。前夫是個好人，對小珮很好。他是個科學家，但是隨著他學術生涯的提升，經過多年聚少離多的婚姻生活，我選擇離婚，帶著小珮嫁給我當時的上司可朗達先生。」

「妳知道她為什麼改變心意去念文學？」

「我的兩任先生都怪是那個喬許・約萊老師的影響而去念文學，但是我肯定地說，那是來自我的基因。少女時代的我，曾經在台灣出過一本愛情小說《春櫻若雪》。少女情懷強說愁，不談這些了！你還有哪些要問？」

我從蜜娜口中得知齊雅飛的豪宅種滿了櫻花，難道是為了取悅這名台灣女子。然而她的女兒唯獨鍾愛鄰居的一棵老梅樹。這之間的差異，頗耐人尋味。

「珮兒最近有發生什麼不尋常的事嗎？」

可朗達太太原先的警戒，再度出現，而且威力十足，追問她的女兒發生了什麼事。我只好敷衍以對，表示等可朗達先生回來再一起談。

「你問我珮兒最近有發生什麼不尋常的事嗎？」

可朗達太太重複我的問題之後，沉思了很久，不知道是不願意，還是想不出所以然，最終以無言的搖頭回應。然而經過毫不死心的我死纏爛打、明說暗示，才勉強說出了幾則。其中一則讓我覺得有必要深入調查，於是順藤摸瓜、開口追問。

「去年夏天，小珮的室友通知我們，她有一個禮拜沒有回宿舍，也沒有去上課。我們慌了，立刻報警。他們保證立案調查，然後跟我們說，在舊金山這個城市，每星期幾乎都有幾個年輕人失蹤。我們從未想過自己的女兒也會是其中之一。所幸，後來她沒事人似地出現，面對我們的指責，只默默承受。」

「所以你們到現在也不知道珮兒到底發生了什麼事？後來有沒有一些明顯的變化？」

「你這話是什麼意思？」

「例如親子關係的變化。」

「假如是這樣，那麼我們已經將近半年沒有見面，不過她偶而會打電話回來報平安。」可朗達太太面色黯淡、泫然欲泣。

我覺得可朗達太太能夠對我說這麼多，真的是不容易了，至於真假成分比例多少，只能事後追究，所以暫不提及她的前夫齊雅飛。

當我企圖套出更多的細節，可朗達太太說聲抱歉，迅速站起來，宛若蝴蝶般輕盈地向裡頭走過去。原來是有一個男人從屋子走出來，兩個人就在門口相會，說了幾分鐘的話，還頻頻望向我。最後，男人脫下大衣交給可朗達太太，獨自走過來。

我猜想他就是可朗達先生，當我們四目交接。他問：「費雪偵信社的黃先生？幸會、幸會，我是可朗達。」

對方是個很有魅力的中年人，穿著剪裁合身的毛料西裝，綁了一條色澤鮮豔的絲巾，但是不知道為什麼裡頭似乎有一層厚厚的紗布。他的雙眼睡眠不足，可是精神依然抖擻，動作也很敏捷。

握手致意，交換名片，可朗達是家房地產公司的負責人。那麼這座典雅的維多利亞式公館必然是低價購得，說不定這裡曾經發生兇殺案。嗯……我對於自己的預感很有自信。

「我想知道令嬡……」

可朗達揮了揮手，打斷我的話，凌厲地說：「她出什麼亂子嗎？不可能。她是個乖女孩，我絕對相信。威靈頓太太打電話給我的時候，我已經很清楚告訴她了。不過，她堅持要派人遠道而來，我總不能拒人於千里之外。好吧！你想知道什麼？」

可朗達氣勢逼人的談話被他太太適時端過來的甜點和更新的飲料所打斷。甜點放在典雅精美的大盤子，上面印著「嵐峰心靈養生村」幾個字，還有幾朵花菱草。花菱草原產於美州，也是素有「金州」之稱、美國加州的州花，在許多通往加州的公路號誌上都印有這種金黃色的花朵。

我們各自吃了甜點，喝了飲料，可朗達似乎忘了剛才的問題，抱怨地說：「我不太了解，你剛才問我太太的問題。我這樣說好了！我們一家人相處，幾句話就可以交代。平淡融洽、乏善可陳。小珮上了高中，逐漸和我們疏離，女大不中留。不過，這也是一般小孩成長的過程，不是嗎？你問到，最近我們的關係如何？小珮是否有些變化？天啊！被你一問，身為人父的我倒是感到萬分羞愧。」。

「我們一直都是個關係非常親密的家庭。」彷彿變成小女孩的可朗達太太表示她的先生喜歡說一些讓人誤會的話，再次重申，並舉例說明：「我們三人時常在一起。那時候，我先生剛開始創業，利用出差，順便帶我們到處旅遊。小珮也有她自己的活動，課內的化學實驗和課外的音樂課。」

「音樂，鋼琴嗎？」

「大提琴。老師說她很有天分，可是有一天，她忽然不想學。」

「妳知道原因嗎？」

可朗達太太欲言又止，最後決定不說。

「她曾和什麼樣的男孩交往呢？」我換了個看似輕鬆，卻是嚴肅的話題。

「她不太和男孩子來往，有時候參加一些正式的舞會。小珮對於同齡的男孩子不感興趣，她的社交圈僅限於熟識的大人和年紀相仿的女孩子。」

「這是什麼時候的事情，高中時代吧！」

眼前的可朗達似乎在微笑，我懷疑他是在追憶呢？還是努力想去忘記。

「女孩子長大了，我不相信沒有親密的異性朋友。」我覺得該進入主題了，於是拿出手機，秀出喬許的照片，問：「你認識他嗎？」

可朗達看過後，我轉給他的太太看。我補充說明：「昨天的新聞，一個被殺的年輕人，就是他，作家瑞德・雅契，本名喬許・約萊。」

「天啊！」可朗達太太開始大呼小叫：「該不會是小珮殺了他？」

「妳少三八。」可朗達一面怒斥她的太太，一面對我說：「我們見過他一次面，僅僅一次。難道你是為了這檔事來的，我還以為小珮破壞人家的家庭，對方派你找上門來。好吧！重回剛才的問題，你想知道什麼？」

「你和喬許什麼時候見面？還有在哪裡？」

可朗達的臉嚴肅起來，說：「他在去年夏天，曾經來過我家。我不喜歡那樣，他們一起坐在床上聊天。」

我開玩笑地說：「當父親的總不喜歡年輕的女兒交男朋友。」

可朗達不以為然地看了我一眼，我以視若無睹來反應，微笑地說：「你們大概有番脣槍舌戰吧！我是指你和喬許，我認為能夠和令嬡無所不談的男孩子，又是個作家，一定很有自己的想法。」

「人們總愛誇大其詞，哼！作家很了不起嗎？何況他是個無名小卒。」可朗達尖酸刻薄地說：「是的，我們是辯論過。我希望能糾正那男孩對人生的看法。當時誤以為他是小珮的男友，所以問他將來有何打算？他卻答說只求圖個溫飽，粗茶淡飯地過一天算一天。如果要做小珮的男友，我不認為那是一個令人滿意的說法。他又說了一些，我不太理解的話。總之，我就是看不慣他傲慢的態度和輕佻的口氣，於是索性告訴他，如果他有這種思想的話，請他立刻離開我家，並且不要再來。那傢伙竟說他正有此意，而且真的沒再上我家的門。唉！總算擺脫了這個無賴的糾纏。」

可朗達的臉色轉為黑紅，額頭的青筋微微抽動，嘆了一口氣，又說：「事後小珮解釋，喬許曾經是他高中時寫作班的老師。他們計畫要共同寫一本犯罪推理小說。她還說喬許的女朋友就是學校的生物老師，她這種迂迴的說法讓我感覺很不是滋味。」

我敏感地感覺到可朗達提到「喬許的女朋友就是學校的生物老師」時，看了可朗達太太一眼，後者把頭偏向一邊。

「事實的確如此，小珮所言不差。我有跟幾個家長確認過，約萊老師是個正人君子。」可朗達太太的補充說明卻換來兩道說著：「妳懂個屁」的眼神。

「可以談談去年夏天，珮兒的失蹤事件嗎？」我問，刻意把令嬡改口珮兒。

「咦？」可朗達迷惑了一下，看到他的太太低下頭，恍然大悟的表情出現了毫不掩飾的怒意。喃喃地責怪幾聲之後，帶著無奈和失落的口氣說：「當時，我花了好幾個夜晚尋找。到每一個小珮可能去的地方。那裡的青少年非常的放蕩和無知。小珮和他們完全不同，她時時都非常能夠約束自己的行為態度。但是……後來我開始懷疑，算了吧！」

可朗達把身體重重地往後一躺，彷彿這一小段談話，就讓他透支了所有的精力。但是當可朗達太太幾度欲言，卻又都被他制止。她終於忍耐不住，雙手掩面，迅速離開。

可朗達緊隨著他的太太進入屋內，當我走也不是，留也不是的時候，可朗達太太再度出現。她連聲道歉，然後遞給我一張名片，說：「或許他能夠釐清一些事情。」

第九章　黑色標籤

我依照可朗達太太給我的名片，抵達谷泰森的住家。此時天色已經黯淡，耳邊風聲細細。街燈如串珠般掛在街道兩旁，形成一條光河。谷泰森的家建築在斜坡邊，整棟房子的設計既簡單大方，又時髦明朗，而且不失豪氣和派頭。由於時間緊迫，我沒有閒情逸致去瀏覽，直覺和剛才可朗達所居住的豪宅，風格天差地別。

谷泰森走出屋外迎接，態度就像接待常常在自家門口遇見的鄰居。陣陣古典音樂悠揚而來，和屋外的聲聲鴉啼，譜成一首有趣的交響曲。他的身材高大，有一點點啤酒肚。寒風中，長褲上面只是穿了件運動衫，胸毛密密叢生。他搖晃手中的酒杯，從身上散發出來的酒氣，我猜想對方似乎喝了不少。不過穩健的腳步和清亮專注的眼神，頭腦應該還十分清醒。

「你是費雪偵探社的黃先生？」

「是的！請多多指教。我們曾經見過一面。」

「我有印象，可憐的喬許，翡絲還好嗎？」

「她是個堅強的女性。」

「你來電，想要打聽可朗達家小姐失蹤的事。」谷泰森舉杯喝了一大口，開門見山地說：「你認為和喬許命案有關？」

「說不定和伊楓命案也有關。聽聽您的意見，這是我此行的目的。」

「請進，請進。」

點頭說謝謝的我跟隨著谷泰森進入客廳，然後直接進入左手邊的娛樂室。吧檯邊的大窗，可以看到燈火通明的游泳池。如果可朗達家的游泳池是給小孩子嬉戲、貴婦聊天、男人偶而來回游一下的休閒場所。眼前這座奧運標準規格的游泳池，給人的感覺好像是專門給游泳選手訓練所使用。

池畔有張長椅，橫陳著一名泳裝女子。我只看到曲線玲瓏的背影及一雙閃著白金色的長腿。扭亮燈光之前，谷泰森用遙控器合上了百葉窗，池畔女子就像被橡皮擦抹去的素描，消失無蹤，然而還是深深留在我的腦海中。

谷泰森說他正在喝酒，問我是否也想來一杯。不等回答，他就伸手將吧檯上的威士忌拿起，倒入杯中，隨便夾了幾粒冰塊進去，然後遞給我。兩人各據小圓桌的兩端，面對面地坐下來，小圓桌的中心鑲嵌著百合花的圖案。

「當時可朗達夫婦認為喬許誘拐他們的女兒。」谷泰森補充說明：「據我瞭解，珮兒是一個來自良好家庭的好女孩。依照她父母的說法，她是一個非常懂得自我管理的女孩。天下父母心，兒女總是自己的好，不是嗎？」

「請問你和喬許的關係？」我想起喬許屍體被發現的那一天，谷泰森有點怪異的態度。

谷泰森一口飲完杯中液體，說：「很久以前就認識他了，甚至可以追溯到小學時代。」谷泰森眼神迷濛，用一種懷念的口吻，說：「喬許是個不幸的小孩，生下來不久，遭遇到大地震，父母雙亡，被送到孤兒院，直到五歲才被我的繼母領養。繼母後來和父親離婚，帶著十幾歲的喬許離開我家。」

懷念的口吻逐漸被傷感取代，谷泰森的眼睛有些濕潤，說：「由於父親和繼母並不是和平分手，所以我被警告和繼母斷絕來往。但是，我還是會私下和繼母有聯絡，不過僅限於電話。長大後，甚至生疏到幾乎是零交集。近年來，想起小時候，於是開始在每個聖誕節，互寄卡片問安。喬許來舊金山讀書，我們碰巧相遇。他很冷淡，我也懶得再理他。三年前，他從金門大學畢業。繼母給我打了電話，說喬許書唸得不錯，希望他能攻讀文學博士，將來當個教授。她要我經手，匿名資助他。我了解她的困難和苦心。他們母子關係很不好，因為繼母再嫁，夫家容不下喬許。如今，繼母的先生過世，所以她希望喬許可以原諒她，回到她的身邊，但是不被接納。」

我看到谷泰森再倒了一杯酒，一口氣喝了半杯，說：「我找上喬許，還沒開口，他搶先表示，他不會再回去那個冰冷的家。繼母對於喬許的無情，感到失望傷心。另外，他喜歡小說創作，不喜歡學術研究。我覺得他兩個決定都很好，並且轉告我的繼母，她自然沒有異議。我說我一有空會去看看他，說不定時間會改變他的心意。後來，他到寫作班當指導老師，不過終於還是為了寫小說辭去教職；或有另外一說，好像是和未成年的女學生走得太近而被開除。總之，他到處打零工，蠻悽慘的。不過令我敬佩，他還是拒絕回去，甚至不接受我繼母私下以我為名的資助。」

谷泰森一口氣說完之後，空氣開始沉悶。我舉起酒杯，淺淺喝了一口，問：「你最近一次和喬許見面或通電是什麼時候？」

「他還在寫作班當老師的時候，我忘了詳細時間。他寫一封電郵給我，主要是跟我討論他的寫作計畫，一些關於發生在本市的犯罪事件。他希望我能夠提供些資料，算是田野調查吧！我覺得並無不妥，依照他的要求，私下提供一些沒有在媒體上公布，又不涉及機密的案子。」

「方便透露哪件案子嗎？」

「一宗女服毒、男上吊的自殺事件，命案地點就發生在可朗達公館，當時可是社會大眾注目的大案子。」

「真的是自殺事件嗎？」我想到早上才去過可朗達公館，難免有些感觸。

「表面上是這樣，但是諸多疑點。不過始終無法破案，就不了了之，以無頭公案視之處理。」

「可以談談案情嗎？」

「上吊的丈夫和服毒的妻子，還介入一個年輕男人。說來話長，裡頭錯綜複雜。」

谷泰森伸出雙手，在臉上用力摩擦，最後露出一張無奈的臉。

「後來我們越來越疏遠，連他結婚，也沒有邀請我出席。」

「談談那次的失蹤事件，如何？」

「事過境遷，沒什麼好談。」谷泰森不耐煩地說：「我不是說過嗎？喬許是個不幸的小孩，生下來不久，遭遇到大地震，父母雙亡，被送到孤兒院，直到五歲才被我的繼母領養。其實喬許還有個大他七、八多歲的哥哥，很不容易打聽到他住在紐約，喬許帶著珮兒去找他的哥哥。」

我好奇地追問，為什麼要帶著珮兒同行，結果又如何？

「喬許為何帶著珮兒去找他的哥哥傑克・史東，到底是為了小說題材，還是兩人有了情愫，我並不清楚。不過兩人撲了個空。到達時，傑克・史東已經中毒過深，回天乏術。不過並非死於黴菌，而是濫用藥物。但是珮兒回來寫作時，為了深度寫作，請教齊雅飛博士。殊不知後者知情之後，竟然在某次毒物研討會時，公開演講他曾經在佛州的沼澤地帶，有個女助理辛苦採集了貝氏沙加菌、貝氏分枝孢子菌、密實芳沙加菌、疣性皮炎菌等屬於 Chromoblas-tomycosis 具有強烈毒性的黴菌。他還半真半假地開玩笑說，那個女助理或許、可能、好像就是利用這些毒黴菌慢性毒殺她那不忠實的情人。沒想到有些人信以為真，揪出了女助理的身分。伊楓・羅素氣瘋了，然而齊雅飛沒有指名道姓，硬不肯道歉，最後事情怎樣，外人就不得而知了。」

當時費雪先生正辦理依楓・羅素與傑克・史東的遺產法律關係，也有了以上的聯想，所以附註在案號：2075C013-7的歷史檔案，並列入保密級文件，因為純屬猜測。或許因為這段過節，難怪蜜娜的調查紀錄，很清楚寫出齊雅飛對伊楓的不滿和惱怒。

齊雅飛說者無心，珮兒聽者有意，甚至把這個「假設」當作「事實」告訴喬許。後來喬許接近依楓應該是別有目的，或許因此有了殺害依楓的動機。珮兒竟然會隱瞞這一段重要的線索，而且睜眼說瞎話地跳出來當證人。不過這完全是我個人的推測，沒什麼佐證資料。

谷泰森鏗鏘有力的語氣使我不得不閉嘴。此時此刻，他的雙眼灼灼，彷彿具有透視人性弱點的能力，並且可以看到到一般人類都無法發現細枝末節，或是遙不可及的遠處。我們沉默地對坐，我凝視桌心的圖案，百合花似乎輕輕搖曳，心想該是告辭的時候了。

我們談話期間，室內演奏著輕柔的古典音樂，我本來想問谷泰森是否喜歡「鬼影漢客」的歌曲，一時開不了口。起身離開時，心中閃過一個念頭，想再看看那位池畔女子。念力感應？還是心電感應，那名女子就在我離開娛樂室，走進客廳時，驚鴻一瞥地在二樓的迴廊飄閃而過，可惜還是沒有看清楚她的面貌。

回到住處，開門入屋，早上匆忙離開時，忘了拉上布簾的窗口，已經呈現萬家燈火。對街的廣告看板，矯情地炫染成闔家共餐的溫馨氣氛，令我感覺格外疲倦。伸手扭亮壁燈，先前住戶所營造的居家環境，立刻粉紅、鵝黃、嫩青地繞射出來。彷彿是剪斷的虹彩，然後一段一段地貼在牆上。我望著面前這小小的空間，段段的彩虹化成千層萬層的漣漪，每一層漣漪的頂邊，都鑲嵌了一片又一片的寂寞。

我打開電腦，游標滑來滑去，不經意地點了玄霧出版社，看到李安美，也就是珮兒在日前發表的新作：〈兄弟情〉，於是點開閱讀。

艾智或許是因為很早就失去了母親，每到五月的時候，越接近母親節，總是會想起那些在他生命中，扮演母親角色的女人，包括早逝的生母、後來的繼母、老邁的祖母和一些視他如兒子的女性師長親友。但是給予他最濃烈的親情，首推年輕美麗的繼母。

記得繼母嫁給父親之後，不久就是聖誕節。由於平時吃的都是索然無味的飲食，所以小小的艾智就拚命吃，尤其是那一盤五彩繽紛、香氣襲人的蘑菇鴨肉派。當天晚上，他肚子好痛，以為自己快要死了。想到自己死了，就可以去天上和母親在一起。但是，自己和母親的關係似乎好像也不怎麼親密……想著想著，就睡著了。醒來時，發現自己被焦急的繼母抱在懷裡。父親開車，正趕著去診所。那個時刻，繼母在小小的艾智的心中已經是永遠最愛的女人。

年輕的繼母是一個非常美麗的女人，長得和影壇巨星珍・芳達格外相似。她的美麗是明亮而外放，像一朵盛開的紅玫瑰。雖然年華老去，依舊美豔動人，每當看到她穿著華服、精明幹練地處理事務或面面俱到地交際應酬，或是一個人優雅而安靜地吃著下午茶，艾智總是幻想自己就是站在她身後的護花使者。

然而與父親離婚的繼母領養了一個孤兒之後，自己在她眼前就化成了一縷輕煙。如果……如果她的養子能夠克盡人子的孝道也就罷了！偏偏長大成人之後，為了狂妄的自尊和不值一提的文學理想，竟然把繼母一個人拋在家鄉不聞不問。

一陣睡意襲來，我的眼睛開始朦朧，於是直接跳到最後幾行：艾智忍無可忍，殺了那個不孝子。本來神不知鬼不覺，卻因為遺產的問題而露了餡。

警方終於宣告喬許・約萊命案的犯人就是「艾智」，「艾智」是誰啊？當我要詳讀網路新聞，竟然一片模糊。然後不知為什麼，「艾智」又變成殺死依楓・羅素的凶手。不是的、不是的！「艾智」絕對不是殺死依楓・羅素的凶手！

我被自己的吼叫聲吵醒，才知道是一場夢。我思考了很久，才想起「艾智」不就是珮兒寫的那篇〈兄弟情〉中，那個為忌妒和錢財而謀殺自己兄弟的「艾智」嗎？谷泰森似乎就是「艾智」的翻版，那麼珮兒在那篇〈兄弟情〉中是不是想要影射什麼？我在胡思亂想中，再度沉沉墜入夢中。

好像睡了很久，又好像才閉了一下下眼睛。晨曦穿過百葉窗，整間臥室開始由灰而白。一隻小鳥在陽台上的欄杆上跳上跳下，還發出清脆的聲音。我起身離床，伸手去逗弄牠。牠一點也不怕人地躍上我的手心，宛如彈鋼琴似地輕啄著我的手指頭。

這小鳥是來自何方？難道牠是我前世相遇過的人？化身飛羽，在今生的人海中找到我，娓娓訴說曾經的愛恨情仇？當小鳥飛向海闊天空，我竟然也想與牠比翼雙飛。哈哈，只不過一介天涯過客，引來這麼多的情思。自嘲一笑，依然洗脫不了這一身討厭的文青氣息。

第十章　冰冷的火焰

午前休息時間，我在樓下的蝴蝶咖啡廳享用早午餐。手機響起……，威靈頓太太告訴我，她已經安排好，我九點半和玄霧出版社資深編輯雪蓉・碧特相見，地點就在她們出版社附近的咖啡廳。我好奇地問原因，威靈頓太太說明費雪先生希望對方能夠表達她對兩樁命案的看法，還有珮兒的一些較為私人的觀點。

昨天我將蜜娜這幾天的調查報告仔仔細細讀過，其中有些前後矛盾的地方。於是打電話過去，確定一些案情之外，並徵求她一些看法。

我首先談起委託人Z先生，因為翡絲的陳述，雖然未經證實，我仍然認為可能就是號稱「漢客」的谷泰森。至於他們約會的地方——斯翠賓植物園附近的白樺公寓。後來得知這間公寓竟然也是喬許和珮兒不定期創作、討論他們合寫小說的場所。

警方如今已經證實白樺公寓就是命案現場，他們也聯絡上房東，他人在歐洲長期旅遊。依據他的說明，他在旅遊網站貼示公寓出租的廣告。有個署名「漢客」留言，願意租住三個月。房東收到錢之後，在指定的地方放好鑰匙。警方有去看那則廣告和雙方在旅遊網站私訊的對話內容。別說是「漢客」的真實身分，連訊息來源更如茫茫大海之一粟。至於曾經和死前死後的喬許共居一室的珮兒，當時意識模糊地躺在病床上，一問三不知。

關於我認為「漢客」就是谷泰森，蜜娜認為不太可能。因為她了解的谷泰森是個愛好古典音樂人士，不太可能和現今當紅非主流音樂的「鬼影漢客」沾上邊，自然不會用「漢客」這個假名。兩人的親屬關係，似乎不可能產生男男戀。

我自信滿滿地反駁，喜歡古典音樂，難道就一定會排斥其他類型音樂嗎？只有法律關係、沒有血緣關係的兩個男人，一個是有婦之夫，一個有了固定的異性密友，就不會搞「斷背山」嗎？

意見分歧，一時間也說不清楚，於是我決定暫時不繼續談下去。

「不管神祕的『漢客』是誰，關於依楓被殺一案，綜合整理下來，讓我更篤定我的假設沒有錯。」我忍不住得意地說：「其實早在妳去找珮兒時，就已經罪證確鑿，只是我並沒有想到竟然是某人。」

「嗯哼！聽起來好像是犯罪小說中，作者寫到一半就向讀者挑戰的意味。」

「那妳要不要接受挑戰？」

「抱歉！我沒興趣。請問到底是誰？」

當我說出那一個名字，蜜娜除了大感意外，同時要我再三確定，不可視同兒戲。然後拋下一句，我有急事，就斷了我們的通話。

我看看時間已到，悠閒上樓，走入辦公室。威靈頓太太看到我，立刻揮舞雙手，衝到面前，大聲地說：「敏家！昨天早上，珮兒擅自離開醫院，不知去向。費雪先生立刻派人去找。剛才接到蜜娜的緊急情報，珮兒．可朗達人在卡斯楚街的『火焰夜總會』。麻煩你趕快過去，弄清楚到底發生了什麼事情，然後護送她回家。齊雅飛先生還在羈押，所以就護送她回她父母的家。」

我立刻記下威靈頓太太所說的地點，為什麼是我？這不是蜜娜的工作嗎？

當我到達火焰夜總會時，立刻以手機和蜜娜聯繫。經過她的指示，我在角落的ＶＩＰ包廂發現戴著口罩的她們。珮兒正半躺在沙發，似乎睡著了。蜜娜像一名盡職的衛士，保護著落難的公主。

蜜娜對急忙對趕來接應的我抱歉，她曾經在發生確診病例的地方出現，剛剛被通知隔離，這是她最後一個任務。我立刻安慰她，鐵定沒事。

蜜娜情緒沒有受到影響地說：「珮兒顯然吸了過量的迷幻藥，曾經醒過來，瘋瘋癲癲地，然後口齒不清地、不停說著小貓咪和大怪物的故事。」

為了方便我接下來的工作，蜜娜急流勇退，自選了一個不遠不近的位置，表現出隨時等待差遣的態度。她的體貼，讓我有點小感動。

蜜娜眼中的搪瓷娃娃，如今是一朵飄零的落花。我輕輕推醒珮兒，企圖和她說話。

珮兒睜開雙眼，一看到身邊陌生的我，尖聲鬼叫。火焰夜總會是個龍蛇雜處的地方，除了火災之外，沒人理會身邊發生了什麼事。

「我不要去談，也不要去想。你不能強迫我。」珮兒的聲音包含一個個狂野的單音，使我不由得心頭煩躁、皺起眉頭。

「我的律師叫我什麼都不要說，警察不能強迫我，你也不能。」

「我沒有強迫妳，我是來幫助妳，珮兒。」我要蜜娜拿一杯水過來。

「我不是珮兒，我是李娟……我不是珮兒，我是李娟……我不是珮兒，我是李娟……」

當我正要問李娟是誰時，眼前這可憐的女孩又陷入喃喃自語的瘋癲狀況。夾雜聽到幾個關鍵字，於是盡量不當一回事地問小貓咪和怪物最後怎麼了？

「小貓咪終於殺死了大怪物。」

我自認不是一個有耐性的偵探，也不是懂得說話技巧的談判專家，更不是深諳人心的心理醫師，所以直接問：「好吧！請妳跟我說，到底發生了什麼事情？」

「我試圖釐清一些謎團。」珮兒低下頭去，美麗的頭髮像黑紗般遮住她的面龐。接著又低聲地說：「但是徒勞無功。」

「什麼謎團？小貓咪終於殺死怪物的謎團嗎？」

「你是誰？」珮兒宛如被人解開穴道，一下子清醒過來。

我簡短自我介紹，同時指指蜜娜，蜜娜因為防疫法規，只能遠遠地看著我們。她迅速拉下口罩，用點頭、揮手和微笑回應。

我再問一次：「什麼謎團？關於齊雅飛博士動手殺害喬許嗎？」

「齊雅飛博士並非殺害喬許的凶手！」珮兒的聲音轉為低沉，表示內心的起伏變化。

「可是他自認是凶手！」

「因為他以為我是凶手，所以代我擔起殺人的罪名。」

「那妳為何不向警方承認。」

「我一開始本來以為我是凶手，可是後來……後來我發覺我好像不是凶手！」彷彿被人刺了一針似地，珮兒痛苦地呻吟，手中的杯子傾倒，幸好我眼明手快，及時穩住。

「妳有沒有殺人，自己不清楚嗎？」我心中的疑問沒有說出口，倒是說出我自以為是的答案：「案發當時，妳神智不清，是喝了酒，還是嗑了藥？」

珮兒開始沉思，她的臉龐被牆壁的燈光照映得異常蒼白。她將頭低垂下來，彷彿那些燈光會暴露她心中的祕密。此時，有一群帶著各種樂器的男女進入。他們大聲說話、吼叫，有幾個男的拿出樂器練習，其中有個女的站在椅子上，抱著肚子練習海豚音。那些聲音刺激著珮兒，迫使她雙手掩耳、縮成一團，不停地呢喃：「我不知道……我不知道……」

我試圖去安撫她，但於事無補。蜜娜走過來幫忙，我放手讓她發揮，自己則去設法和可朗達先生取得聯繫。回到座位，珮兒的身體介於發抖和痙攣之間，斷斷續續地呻吟、滿臉淚痕。我在蜜娜的協助下，攙扶著珮兒，在附近人士猜疑的眼光下，離開火焰夜總會，慢慢走向停車場。蜜娜再度收到警戒訊息，於是我獨自擔起護花使者的任務。

可朗達夫婦似乎很早很早就在門口等我們。車子一停，珮兒慢慢打開車門，低著頭，腳步沉重地走向他們。她的母親飛跑過來，把她摟在懷裡，不斷地叫著她的小名。那種宛如姊妹的母女親情，使我對他們的未來產生了美好的希望。

可朗達則不發一語地站在一旁，忍住不去看她們。他帶著游移不定的眼光和步伐走來，宛如地球正由他的腳下緩緩停滯，而我是唯一能夠把它繼續轉動的人。

「費雪偵探社果然名不虛傳。」當我們握手致意，我發現他脖子上的紗布已經不見了。

「謝謝你的讚美，只是盡力而為。」

「你把費用報給我，我立刻匯款過去。」他下意識用左手去摸錢包。

「我想那並不是很重要，你為什麼不安慰她幾句？可朗達先生。」

可朗達偷瞄他的女兒一眼，說：「我不知道要說些什麼。」

「告訴她，你很高興她的歸來。」

可朗達否決我的建議，說：「我不想誇大其詞，而且她或許會認為我太虛偽。」

「我不認為女兒會對父親產生那種想法。何況，你不表現出關心，可能對她傷害更大。」

可朗達目視兩個女人穿過走廊，走入屋內，悲傷地問：「珮兒有沒有受到傷害？」

「我不知道她生理和心理是否受到傷害。」我語帶保留，沒有辦法對一個焦慮無助的父親說出以下的話。但是不能不說：「您的女兒或許被迫吸毒，或許被強暴，而且可能目擊一次或兩次的血腥事件。如果沒有經過治療，您不能期望她能獨自承擔那些打擊。」

可朗達似乎讀出我的心聲，全身慢慢僵硬起來。我感覺到他的身體中，有個力量的核心，然後慢慢散發出來。

「唉！可憐的母女，她們需要心理治療，我會盡力幫她們消除那些可怕的陰影。」

我想起可朗達公館中，牆上掛著一張海報。「嵐峰心靈養生村」的主導大師彌榮・馬可索，盤腿坐在一朵蓮花造型的座椅上。

「我建議你要帶她們去看真正的醫師。」

「我本來就不相信彌榮・馬可索大師，他不是神棍，但是改變了內人的心靈，或許內人本來就有這種傾向，只是被加速活化反應。她的改變似乎也影響了珮兒。」

因為彌榮・馬可索大師，我心頭一動，問：「請問李娟是誰？」

「內人的中文名字，怎麼了？」

「令嬡對我自稱，她是李娟。」

我不理解可朗達先生為什麼會露出哀傷而無奈的表情，所以我更不能當面說出，如果齊雅飛不是殺害喬許的凶手，那麼罪嫌的燈光勢必轉移聚焦到珮兒身上。

對了！離開火焰夜總會，我發現珮兒把一本筆記簿遺落在椅背的夾縫。於是決定暗自留下研究，然後再找機會歸還。我知道這是不對的，但是沒辦法，真的沒辦法克制我的手。

我開了約十分鐘的車，心念一轉，決定暫不回辦公室，轉向附近一個人煙稀少的公園。這個公園的東邊出口靠近費雪偵探社，西邊出口正是地下鐵站，所以這個交通路線常常是我不想開車上、下班的另外一個選擇。

幾年前，我曾經在這個公園目睹一個變態的男人拿著手搶射殺遊客，包括小孩在內野餐的家庭。或許因為那個緣故，從此公園給我的感覺總是春意闌珊、秋色蕭瑟、夏日落寞、冬來清寒寂寥。有時候，整個寬闊的綠色空間就只有我一個人繞來繞去地慢跑，或是邊走邊大聲唱歌唸詩，或扭腰甩手跳舞，甚至興致一來演起獨角戲。

我喜歡這個公園還有一個理由。因為這個以各類火車頭和車廂當作裝置藝術的公園總是讓我想起嘉義民雄火車站。假日時候，我會自己準備野餐，坐在花草樹木間，戴著耳機聽音樂和閱讀。然後不知不覺睡著，醒來後拍拍身上的落花和落葉，飄然離去。如今歲月匆匆過去多少年，不知道民雄火車站是否如舊，還是搖身一變成為現代化的建築。

到達公園。我選了乾淨的長椅，迫不及待打開珮兒的筆記本。隨手翻閱，密密麻麻寫了很多字句。依照費雪先生平日的指導，從最後一頁開始往前讀，果然先找出幾個重要的線索。其中最完整的句子，顯然是珮兒在齊雅飛坦承殺死喬許之後、接受警察的訊問之後，聽從律師的建議記錄下來的文句。

當晚（喬許被殺的那晚）我和喬許在斯翠賓植物園的白樺公寓討論小說情節，不知為何原因竟迷迷糊糊睡著了，還做了怪物和小貓咪的夢，我好久沒有做類似的夢。

當我醒來發現自己在樹林裡，模模糊糊看見齊雅飛先生正在挖土，喬許躺在一邊。當意識逐漸清晰，首先閃入腦袋，齊雅飛先生殺死了喬許。我全身無力，看著他把喬許的屍體埋入土堆。我們回家後，齊雅飛先生交代了幾句話，警告我務必保持沉默。

然而當喬許的屍首被發現，齊雅飛先生立刻向警方坦承殺人。我從他看我的眼神和對我所交代的每一句話，感覺自己才是真正殺死喬許的凶手。但是我實在想不起來當晚的情形。另外，我並沒有任何理由去殺害喬許。

我忽然想起我高中時代時常做的夢，還有吸食大麻的經驗。我決定再冒險一次，看是不是能在迷離幻境，確定誰是殺害我的好老師、好朋友，這樣好的創作夥伴……。

後面的敘述非常混亂，但是我猜得出來她為何會跑去卡斯楚街的『火焰夜總會』，因為要去購買毒品。因為迷幻的感覺能夠讓她重溫喬許的死亡之夜的氛圍，證明自己是不是凶手。

另外，她還記載了一些與谷泰森私密的關係。我恍然大悟，昨晚我在谷泰森的住處所看見的女子正是珮兒。她昨天早晨離開醫院，沒有回齊雅飛或可朗達公館，而是投奔谷泰森，然後午夜時分獨自跑去『火焰夜總會』。難道可朗達太太知情，所以故意遞給我谷泰森的名片，還是另有原因，值得探討。

我再往前翻閱，許多地方都被刻意塗抹、修改。筆記本中間幾頁，邊邊有雲狀的汙漬。珮兒似乎並沒有心想事成。但是卻給了我一個強烈的想法，必須立即聯絡珮兒。她的手機號碼就寫在她的筆記本的最前頁。但是想到剛才她的身體和心理狀況，便打消了念頭。

我想起本來要找雪蓉・碧特，但是因為珮兒的突發事件而被耽擱。拿出手機打給威靈頓太太，除了報告完成她交代的事情「將珮兒安全送回家」，拜託再幫我約雪蓉・碧特。

聯絡完畢，望著滿地的落葉和偶而出現在公園小路的人影，想起今早與我相遇在舊金山天空下的小鳥，不知不覺走至池塘的盡端。當眼前出現遼闊的雲空，不由得想起「行到水窮處，坐看雲起時」那首詩。

當年初讀此詩，總覺得人生總是美好，有著希望。但是過了大半輩子，雖然初衷不忘，可山窮水盡之處，都是風捲殘雲，淒風苦雨。所以與其坐看雲起時，不如加緊腳程，尋個柳暗花明又一村。

是的！人生應該要有這樣的態度。於是我把詩心、詩靈、詩魂一股腦地隨手丟棄，跑步回偵探社。

第十一章　窗外的男人

我提前到達和雪蓉・碧特約見的咖啡廳，找了個適合談話的座位。等待期間，除了思索這次和雪蓉見面的談話內容之外，再次複習珮兒的筆記本。

除了最後我認為和喬許命案有關的幾頁，再往前閱讀。剔除了日常瑣事和不相干的部分，特別挑出一些和喬許、依楓、雪蓉、翡絲、谷泰森和兩名繼父有關的紀錄。其中和喬許命案有關，箭頭直指谷泰森。然而不知為什麼我反而覺得有些惡意抹黑，理由有些牽強。至於方才珮兒在接近瘋狂的情緒中，吐露自己很可能就是殺死喬許的人。然而為什麼又說自己是可朗達太太？

這篇小說中的艾智分明就是谷泰森，喬許明顯就是他繼母領養的孤兒。我異想天開，難道珮兒用這種方式，對社會大眾暗示谷泰森確實有毒害喬許的動機嗎？不過作者未免也太高估自己的影響力，或是低估讀者的判斷力。

如果從珮兒的筆記，還有我到身為舊金山警察局行為科學部高階官員的谷泰森居處，看見珮兒的身影，推斷兩人的關係，那麼他就有殺害喬許的動機。至於故佈疑陣，嫁禍珮兒，事後匿名以公共電話通知齊雅飛，讓他收拾殘局，這也不無可能？珮兒顯然沒有如同我這樣的想法，所以才會在命案發生後的隔天晚上，再去找谷泰森，並在他家的游泳池悠哉悠哉地游泳，或是……。

蜜娜曾經對於關於我認為「漢客」就是谷泰森，持有不認可的態度，建議我要更深入地探討。或許這也是費雪先生要我和雪蓉面談的用意。

雪蓉・碧特來電表示她有個急件要處理，可能要遲到個十幾分鐘，我說沒關係、慢慢來。耳邊似乎聽到有人說：「鬼影漢客」要開演唱會了，他們的寫真書要加快進度。於是，我的預感又加深了一些。

對方現身的時候，差五分三點，並不過分。雪蓉並沒有合乎我對美女標準的要求，似乎還要差一些，可能是因為神態，那種「自以為是」和不怎麼看得起人的輕度傲慢。我沒有站起來，草率打了個招呼。她坐下之後，不知是我的職業還是外國人身分，先是饒感興味地凝視我一回，再來就從容不迫地展露笑容。雖然說是穿著上班的套裝，還是有點過時，和我心目中，大出版社總編輯的形象有些出入。我發現她平光眼鏡後的眼睛有點鬥雞眼，不過並不嚴重，反而有種魅力。她不喝咖啡，所以點了檸檬茶。

窗外是再平常不過的社區園地，卻讓我想起我的母校中正大學，生化實驗室外頭的校景。一個園丁正在修剪樹木和整理花圃。除了園丁之外，我注意到還有一張男人的側影。當我想看仔細，他迅速閃開。至於是離開，還是躲在死角，我不得而知。

我把想要確認的事情以閒談的方式說起，首先是有關珮兒的一些網路消息。

「珮兒原本寫作技巧並不成熟，想像力和說故事的能力也算尋常。基本上算不上作家，可是自從和喬許合作之後，雙方突飛猛進，簡直是天作之合，讓我刮目相看。」

當我正要開口談珮兒的那一篇〈兄弟情〉，侍者剛好端來檸檬茶，還有幾片餅乾，暫時打斷了我們的談話。

雪蓉用右手旋轉了一下杯子，高雅地端起，淺嚐一口，再放到桌上。過程中的姿態和氣質，與我看過電視劇中，典型都會女子毫無差別。

自從聽了驗屍官赤川說過：「依楓‧羅素是被亂刀砍死，傷口集中在左頸左肩左上背，共三十六處，傷口深淺不一，大量流血加上逃跑，最後衰竭而死。」之後，我特別注意相關人士的身高和使用左、右手的習慣。從雪蓉幾次表現出來的的手勢判定，她不是左撇子。我忽然想起可朗達似乎是慣用左手，至於可朗達太太，我確認她不是左撇子。另外，可朗達太太和雪蓉的身高都比較矮。

當我提起喬許的小說，原本面帶微笑的雪蓉慢慢悲傷起來地說：「喬許的小說有一種魅力，總會讓讀者在閱讀的過程中，隨著文中優美流暢的描寫、愛恨糾葛的布局和引人入勝的編排，找到合適自己的角色。然後宛如演出一齣戲般地讀完整本小說，甚至意猶未盡。珮兒剛好相反，她是走寫實路線，很多故事情節都是依照真實事件引申或改寫。這可能和她具有豐富的理工知識，事事求是的訓練有關。他們合寫的小說真是精采絕倫，保證轟動文壇，橫掃書市。」

「他們的小說書名是什麼？」

「《幽魂夢影》，原名 *The Shadow of Phantom*，後來他們聽從我的建議，改成 *The Shadow of Ghost*。」

「鬼影漢客」宛若一顆沙子掉入我的小心眼，我問：「可以透露一下故事大綱嗎？」

雪蓉拿出手機，以平常說話的腔調念了約十幾分鐘，然後表示就這樣了。

我聽了之後，說：「聽說那一篇故事的原始大綱是谷泰森說給喬許聽，故事的背景是來自曾經發生在珮兒住家的命案。」

「不是這樣。《幽魂夢影》是珮兒從她媽媽那裡聽來的，似是而非。不過按照珮兒的說法，她大肆修改過。如果你看過，應該了解最精采、最恐怖的章節是來自珮兒寫的部分。喔！應該不是珮兒的想像力，而是來自她的媽媽，聽說她媽媽在台灣曾經是個早慧女作家。」

我想起可朗達太太少女時代曾經在台灣出版過一本《春櫻若雪》的愛情小說，提供小說情節給自己的女兒寫作似乎無可厚非。

「說得也是，小說家的想像力海闊天空，搞不好是把以上兩個事件融合在一起。谷泰森提供給喬許發生在可朗達公館的命案，加上珮兒從她媽媽聽來曾經發生在自家的傳言，再溶合成一本新小說。這種類型的小說，在文壇司空見慣，不足為奇。」

我說了個聽來的故事：「自從臉書和各大文學平台崛起，『作家』這個頭銜就愈來愈大眾化。不論是白紙黑字的筆寫，使用電腦的敲打或憑藉語音軟體，甚至AI，都是要花些腦力和時間。然而，這些瓶頸都已經被突破——想要以『著書』而立千秋萬世之名的人有福了！首先，他們下載了很多資料，使用一套名叫『乾坤大挪移』的軟體系統，就可以把需要的部分全部相連在一起。再用另一套名叫『綠了芭蕉、紅了櫻桃』的軟體系統做完美的修正。如此一來，有些作家的詩、散文、小說，通通會跑到另外一個作家的創作裡也就不足為奇。」

「沒那麼誇張啦！我們三人有個群組，有時我會參加他們的視訊討論。如果我沒有時間配合，他們會把結論寫好，給我過目。」雪蓉略為停頓一下，然後接下去，說：「你看看這一段……」

我接過雪蓉手機，仔細閱讀。

沈虹霓的故鄉有兩條常常被三姑六婆掛在口中的「大某街」和「細姨巷」。當時有辦法的男人都會三妻四妾，甚至引以為傲。如果不是這樣，很可能被嘲笑「驚某」或「不行」。

得寵的細姨驕傲得不得了，失寵的細姨可就很淒慘，不但奴婢全無，有時候還失去了經濟來源。還沒有讀小學的沈虹霓看過氣勢凌人的大某帶著一群人，到細姨家潑大便，或是命令粗壯的婦人把細姨打得遍體鱗傷。更危言聳聽，細姨在三更半夜睡夢中，被一群人架走。

沈虹霓之如此清楚，因為當時年紀小，曾經被一個鄰居的細姨叫去當跑路的小丫鬟，幫她買東西或假裝是她小孩陪她去看戲。屋後有一棵櫻花樹，她常常站在樹下看著天空，不知道在想些什麼？她喜歡插花，美麗的花瓣總是沾滿了顆顆粒粒、晶瑩剔透的水珠。那些水珠總讓沈虹霓想到她清亮的眼睛，但是卻不曾看過她掉下一滴眼淚。

沈虹霓是喬許和珮兒合寫的小說《幽魂夢影》中的女主角，從人設可以看出是以珮兒為樣板。我跳過幾行……。

那個細姨叫阿桃，她的運氣不錯，流產了幾次終於生了個兒子，所以有分到財產。後來，聽說和兒子移居到美國。她絕對不知道十多年後的今天，沈虹霓會因為自己的不倫戀而想起她，還有那些許被狂風捲去、宛若殘雲似的過往歲月。

「我不認為小小年紀的珮兒，有能力寫出這麼成熟的情節。經過我的查證，時代背景和小說中女主角的童年有所衝突，也就是說那個時代的台灣男人不可能這樣明目張膽地擁有三妻四妾。我心知肚明，但不說破，只能部分刪除。」

「妳懷疑珮兒將她媽媽早期的作品中翻英地拿來用？」

「不無可能。但是據我這些日子，珮兒寫作時，常幻想自己是她媽媽，然後沉浸在那個時代。所以是不是抄襲，也很難講。我遇到很多類似狀況的作家，通常寫出來的東西既逼真、又感人肺腑。」

「所以，珮兒的突飛猛進就是這原因嗎？」

「我說了這些個人觀點，主要是上級要我配合你們費雪偵探社的辦案。不過我也要請你聽聽就好。」雪蓉嘆了一口氣，說：「我也真是『遇人不淑』，負責的兩名作家，喬許成了死者，珮兒被懷疑是凶手。」

我看雪蓉早就轉悲為喜，心想搞不好出版社高興得要死，這下子《幽魂夢影》必定洛陽紙貴，排行榜第一名非它莫屬。然而珮兒被懷疑是凶手，雪蓉怎會知道？不過出版社編輯，負責的作家出了大事，竭盡心力去打聽並無不妥。

我重新提起〈兄弟情〉，然後詢問是否真人真事？

「我沒有深究，畢竟只是一篇聊備一格的網路小說。書海浩瀚，根本沒人在意。如果你不是在辦案，壓根兒不會注意到這篇，連我都懶得一讀。」

「珮兒筆下人物會有依據某特定人士的個性或行為而書寫嗎？」我情不自禁地再問一遍。

「你的意思是影射某某人嗎？我不知道。如果作者本身不說，責任編輯的我不會管這些。但有些例外，譬如一眼就看出影射某位名人，我會警告他們小心行事，還有可能發生的後果。」

「我倒覺得〈兄弟情〉裡面的兩位男主角，他們的人設非常有可能是『喬許』和『谷泰森』。」

雪蓉聽到我如是說，似乎想到什麼，逐漸落入沉默。她或許不知道谷泰森是何許人物，但是熟識喬許的她，當然知道「不孝子」寫的是誰？我知道她想的和我一樣，然而我不喜歡沉默帶來的壓力，開口問道：「妳知道喬許和珮兒何時開始一起寫小說？」

「如果是喬許聽我建議的話，那應該是半年前。」

「他們去紐約之前嗎？就是搞失蹤的那檔事。」

「可能更早。當時我也不知道他們已經開始在一起……寫作。我以為……」

我從雪蓉略為尷尬的表情，透過蜜娜的消息和我歷年來的情場經驗，大略猜出她和喬許之間或多或少的私情。我本來想再探索一些，有助於對喬許被殺的內情，然而又不知從何說起。

「他們是怎樣合作，除了通信、視訊，應該會見面討論吧？」

我提起喬許命案，雪蓉避重就輕地推說毫不知情。當我想繼續談下去，雪蓉開始用頻頻看手機來暗示。於是，我只好說：「不好意思，占用妳那麼多寶貴的時間。」

「不會、不會！如果能夠早一點將凶手逮捕歸案，這算不了什麼。」

「冒昧一問，喬許和珮兒合寫的小說完成了嗎？」

「出版社目前只有評估時候的初稿，勉強可以說是完成。但是發生了作者之一的喬許被殺，珮兒的現況很糟，根本無法執筆，所以我們會請人潤稿和校對，盡快出版，滿足讀者的渴望。」

「為了多了解案情，是否可以把目前的稿子讓我先一睹為快。我保證出版之前守口如瓶，絕不劇透。之後，我一定會買一本。不，多買幾本分送朋友。」

「沒有問題。那我就照著你名片上的 E-Mail 寄給你。」

雪蓉表示還有公事待辦，無法久留，問我是否還有什麼話要說、要問。

我點點頭，嚴肅問她：「妳下個月會不會去聽『鬼影漢客』的演唱會？」

雪蓉露出疑惑「你怎麼會知道」的眼神，然後微笑點頭，同時表示自己是他們的鐵粉。

「最後，冒昧問妳一個問題，有關『鬼影漢客』的『漢客』。」

雪蓉非常驚訝我的發問，我們起身離開咖啡廳，一路並肩同行，她不但坦白地回答了我的問題，還把前因後果說了一遍。

冷冷清清的人行道，斑駁落漆的路燈和欲振乏力的枯樹，讓我失去了和雪蓉交談的興致，因為我有了緊張的感覺。

走過轉角和下一個街口，前景一換，熱熱鬧鬧的商業街。眼睛看著紅男綠女，耳朵聽著時下流行的音樂，三不五時飄來濃烈的烤肉香或是咖啡的芬芳。不過，我還是繼續沉默。因為自從到「費雪偵探社」工作，隨時眼觀四方、耳聽八面。至於到底是不是過火了呢？無法確認，當我送雪蓉回出版社的途中，總感覺有人在跟蹤，難道就是那位在咖啡廳窗外偷窺的男人？

第十二章　凱庫勒的夢中之蛇

第二天上班時間，接連打了好幾次手機給珮兒，結果不是拒接，就是立刻掛斷，後來乾脆把我封鎖。挫敗之餘，想起足智多謀、能言善道的勇猛女偵探蜜娜。

「那就拜託妳了。」

「沒問題，我試試看。」蜜娜似乎想到什麼，鄭重其事地說：「你依照谷泰森的說法，跟我說喬許就是傑克・史東的弟弟。我仔細查了一遍，根本就不是，天差地遠。」

「喔！」

「如果是的話，他是可以分到傑克・史東的財產。」

「傑克・史東不是把財產都給了伊楓？」我把喬許拒絕養母的經濟資助說給蜜娜聽。

我跟蜜娜道謝之後，便開始著手整理幾件被耽擱的調查報告。這時候，雪蓉・碧特寄來喬許和珮兒合寫的小說《幽魂夢影》。雖然是初稿，但是密密麻麻的註解、修改、意見等等各種事項。雪蓉貼心地附上一篇故事大綱，同時再三說明，結局可能逆轉。

我暫時放下手邊工作，先閱讀故事大綱。閱讀過程，我發現很多場景其實就是喬許本人的親身經歷。至於珮兒，則是局外人的視點。各自發展的故事，然後在某個章節交融，再發展出另外一個故事。以我的閱讀經驗，有些情節根本不連貫。

讀完故事大綱，不經意地往窗外望去，只見天空出現一大圈旋轉的雲，就像是著名化學家凱庫勒的夢中之蛇。我閉上眼睛，想要去除驟然出現的幻影。然而當我再度睜開眼睛，夢中之蛇一分為二，變化成宛如威而剛的雙人舞標誌。雙人舞解離之後，其中之一往前奔跑，另外一位握著利刃緊追不放。我很清楚看見不支倒地、滿身鮮血的伊楓·羅素，還有雙眼燃燒火焰的凶手。

胡思亂想時，費雪先生要我去他的辦公室。

費雪先生一身正式西裝，揹著電腦包，腳邊放著一只輕便的行李箱。他表示應某位政壇重要人士的委託，即刻就要前往華盛頓辦案。由於蜜娜暫時被隔離，無法出外辦案，所以他要我接辦尚未完成的部分。

「依照警方要求，我們已經規定期限，『暫時』證明齊雅飛並非殺害喬許·約萊的犯人。」費雪先生看我一臉迷惑，便說：「我將碧翠絲·瓦尼醫師提供的喬許驗屍報告詳加分析，依據傷口深度，珮兒顯然沒有那麼大的力氣。而齊雅飛自訴行兇的經過，然而有關站立的位置，刺入角度，和留在喬許身上的傷口位置根本不吻合。還有無法清楚凶器的來處、樣式和下落。目前他全權交給律師處理，所以暫時具保釋放，必須隨傳隨到。大家心中雪亮，齊雅飛是個名人，警方自然給予禮遇，不過『棄屍』的罪名是跑不掉的。接下來，他委託我們去追查真兇是不是珮兒。喔！應該這麼說，他要我們證明珮兒不是凶手。」

「聽起來，他好像很有把握，珮兒不是凶手。話說回來，如果是的話，他會大義滅親嗎？」

「如果是的話，他也無話可說。不過調查報告只能給他一人看，我們這裡不可留底。我知道齊雅飛委託我們去追查，只是虛晃一招，你就按照我們的標準作業程序去執行，不需要太費心力。」

既然如此，珮兒可要更努力替自己爭取清白，雖然她有行兇的動機，然而事實顯示沒有行兇的能力和機會。

當我正想報告依楓・羅素的案子，費雪先生看看手錶，又說：「我這幾天會非常忙碌，一切事情就要麻煩你和威靈頓太太了！」

非常明顯，費雪先生忙到沒有時間看我的報告。當我正要說出「Z先生」的真實身分就是「某某人」時，威靈頓太太開門探頭，表示計程車已經來了。

費雪先生調整一下背包，提起行李箱，快步離開辦公室。行前慎重表示他不在的這段時間只能書寫溝通，不可用語音交談。

我看著他離去的背影，多麼希望他轉身過來，笑眯眯地問我：「我猜，你已經知道誰是殺害依楓・羅素的凶手了，是不是？」

然後，當費雪先生看著我自信滿滿地點頭，他碧藍色的眼睛閃過一絲訝異，笑著說：「那殺死喬許・約萊是誰？」

「很多人選，但是我必須弄清楚殺害依楓・羅素的凶手的動機才能確定是誰。」

「這不是本社的業務範圍。不過，你可以在不妨礙公事的範圍內去進行你的調查。你也可以參考社內資料庫，但是不提供任何人力支援，你必須自己想辦法。至於私下和當事人洽談，我不贊成、也不反對。記住，發生任何事故，你自己必須負擔所有的責任。」

「謝謝你，費雪先生。」我想了一想，說：「我會將調查的經過和結果，放入我們的資料庫。」

「有關這一點，我要說聲：謝謝你。然而無功不受祿，我會買下你的智慧財產權，以示公平。」費雪先生閃動他那充滿智慧的藍眼睛，微笑地說：「你不是在作夢吧？敏家。」

是嗎？我是在作夢嗎？我不是在作夢，而是短暫的神遊，不過我真的有把握誰是殺害喬許的凶手。回到自己座位，手機響起，一組陌生的手機號碼。

「請問是費雪偵探社的黃敏家先生嗎？」

「是的！」當對方自報姓名，我心中讚許蜜娜的能力，果然不負我的委託，竟然說服珮兒主動打電話給我。

「蜜娜說你撿到我的記事本？」珮兒的聲音清晰淡定，顯然恢復了正常的狀況。

「是的。」

「昨天為什麼不立刻歸還給我？」

「我本來想立刻歸還，但是看妳當時候的狀況，我就先替妳保管，然後仔細放在車內。可是當妳下車，卻忘了提醒妳。等到我發現，為時已晚，不停聯繫妳，卻等不到回音。」

「你真會亂掰，不寫小說實在是太可惜了！如果你有好的題材，我願意推薦出版社購買，再請人寫下來。」

「原來有些作家是靠人家提供故事的。」

「我警告你，不要太超過喔！」

「對不起，玩笑開得過火了。總之，謝謝妳，我就當作恭維好了。不過，與其說為了掩飾侵占他人的物品而亂掰，不如說我是為了幫忙妳和齊雅飛博士。」我以正經、關懷的口吻，說：「我真的很高興知道齊雅飛博士暫時洗清殺人的罪嫌，接著下來……」

「與你無關。」珮兒彷彿明白我接著下來要說些什麼，斬釘截鐵地打斷我的話。

「與我有關，我的老闆命令我接手，並且全權負責。」我盡量輕描淡寫地說：「這是妳的前任繼父委託的案子，我可要費盡心思證明您大小姐的無辜，或者有辜。難道妳不想知道殺害喬許的真凶？」

「你查出是誰了嗎？」

「妳現在有空嗎？我們找個地方談談，同時將筆記本當面交還給妳。」

「沒有必要，你用快遞送到出版社就可以了。」

「好！一切遵照妳的指示。」唯恐對方結束通話，我緊接著說：「齊雅飛博士既然不是凶手，可是卻在第一時間投案自首，是為了保護他摯愛的人。是這樣嗎？」

「喔！看來你沒有好好研究我的筆記本，『魯莽』是你一向的行事風格嗎？」

「倒不盡然。不過，難道妳不表明妳的立場？」

「我的立場？我不明白你說這句話的意義何在？」

「齊雅飛博士是為了妳，才謊稱自己是凶手。因為妳是他的女兒，妳們之間的關係，大家都知道了。關於齊雅飛博士的供詞……」

「不要再說了！你說的人不累，我聽的人很累。」

珮兒再度保持沉默時，我知道這個話題乾掉了，於是趕緊再丟出一個假設性的話題：

「我詳細讀過妳寫的小說〈兄弟情〉，裡面的情節……」

「你想是誰就是誰！」

「所以妳認為谷泰森殺死喬許，動機十分明顯，可惜沒有把行兇過程寫出來。」

「你亂說一通，連基本的邏輯都錯誤百出。」珮兒嘆了一口氣，說：「老實說，很早很早之前，我就有預感。我每次獨自在家練習大提琴時，那嗚嗚的聲音總是讓我聯想到似乎有人在低泣或哀訴。我知道你不會相信，所以我也不想多說。當我從喬許那裡，得知有關前屋主上吊和他太太服毒的事情。後來，我就不敢再演奏大提琴。」我聽過這一段，然而珮兒會刻意說出來，難道意圖表達些什麼嗎？

「不是從妳媽媽那邊聽來的嗎？」

「都有吧！廣納意見和資料是我寫作的基本原則。」

「那妳認為依楓命案的主嫌犯是誰呢？我的意思，假如妳要寫小說的話。不論齊雅飛或可朗達都非常討厭喬許，但我懷疑是否會討厭到置之於死地的程度。」

珮兒再度用嘆息聲打斷我充滿質疑的言語，我只能耐心等待她的內幕消息。其實不需要太多耐心，因為珮兒很快地再度開口。

「話說從頭，依楓曾經在齊雅飛博士手下工作。齊雅飛博士因為她非法培養毒黴，所以懷疑她毒害傑克・史東。喬許為了要將發生在我家的凶案寫成小說，找上我。我為了故事更有戲劇性，就利用那個從齊雅飛博士聽來的故事說給他聽，然後編出新的故事。我們相偕一起去紐約，結果他的哥哥早一步過世。從他的醫生口中得知，傑克死於服用過量止痛劑，導致心臟衰竭死亡。但是他的耳朵曾經遭受感染黴菌而有嚴重的後遺症，引此才會長期使用止痛劑。我們還從傑克・史東的律師那裡知道，喬許並非傑克・史東的弟弟。他的弟弟是一個名叫傑夫・亞當斯的人。」

案號：TGA-2-1-8-NY-63C018-XI-1，有關「依楓・羅素與傑克・史東的遺產法律關係」的案外案，還有威靈頓太太說的故事開始在我心頭徘徊。

「本來只是齊雅飛博士隨隨便便的一句舉例說明，經過悠悠眾口之後，有手有腳地活靈活現起來。因此引起一直想重回學術界的依楓的憤憤不平，找上門來理論。雖然沒有指名道姓，但是齊雅飛還是自知理虧，為了息事寧人，私下和解。」

「莫非妳和喬許決定要繼續查下去，所以惹禍上身。但是為什麼只有喬許惹禍上身，妳卻置身事外。」

「請你注意口舌，我很不喜歡你含血噴人。事過境遷、無憑無據，怎麼查？只能靠捕風捉影、寫寫小說。」

「所以這本小說還有男上吊、女服毒的情節。」我已經看過《幽魂夢影》故事大綱，所以心中明白。

「有關這一部分，喬許知道的比較詳細和深入，他有個任職於舊金山警察局行為科學部的朋友，他可以提供更多真實的紀錄。」

「我知道谷泰森博士，喬許遇害，他親自陪同驗屍官一起驗屍。當時，他還對約萊太太獻上深深的關懷和哀思。」我想了一想，明知故問：「妳知道他們是什麼關係嗎？是不是和妳寫的〈兄弟情〉一樣？」

「我不是很清楚，他好像是喬許的親戚。」珮兒忽然語帶笑意，說：「喬許說的話常常讓我弄不清楚是真是假，我懷疑他是不是故意提供故事給我寫，所以我才會想像谷泰森博士具有強烈殺死喬許的動機。」

珮兒說謊了，我斟酌是否說出她和谷泰森的私情。她應該知道我昨晚去找過谷泰森，但是卻能夠這樣裝迷糊，我真是服了。腦海閃過另一個念頭，她為什麼要把谷泰森貼上黑色標籤呢？只是為了寫一篇小說嗎？可朗達太太是否別有用意地把谷泰森的名片給我，引導我往谷泰森的方向調查。可朗達太太到底知不知道她的女兒正和一個年齡比她媽媽大上許多的男子交往？珮兒沒等到我開口，便已經收線。

存在於犯罪推理小說中的名偵探似乎沒有日常，不論工作或瑣事，他或她可以專注辦案。可是現實上，為了圖一口飯吃的我，手邊還有很多雜七雜八的事情。

費雪先生滯留在華盛頓，顯然偵辦進度嚴重落後。我想縱然是破案天才的費雪先生遇到牽涉到國家體制的政治案件，恐怕一時也難以招架，更別說迅速釐清真相。大人不在家，被委任重責的我因此忙於費雪偵探社本身的業務，其餘之事一概不管。但是有一件事，我不能不管，而且列為「priority」。

第十三章　千絲萬縷一點靈犀

妖豔的女人斜坐在旋轉椅上，左手拿著酒杯，右手玩弄著長長的珍珠項鍊。金色的高衩禮服，露出修長的玉腿，抬起的腳尖勾著晃來晃去的高跟鞋，和上面滴溜溜的耳環形成二部合唱。她魅惑地笑著斜視我，我冷漠地回望著她——對街大型電視廣告中的模特兒。

電視廣告下方停著工程車，四周堆滿了支架和木板。零散地或站或坐的幾個修建工人，津津有味地喝著啤酒或可樂，等待上級分配工作。有個金髮胖妞從工地經過，大多數的男人仰頭來注視她。有人吹起口哨，有人顯得很興奮地說著挑逗的笑話。金髮胖妞低著頭，像要擺脫糾纏似地，加緊腳步繼續往我的方向走過來。

我微笑地向她招手，她也遠遠地揮手回應，陽光把她龐大的軀體映照成大象的身影。

「黃先生！黃先生！」

「喔……喔……」

我揉揉眼睛，現在可不是三更半夜的辦公室。窗外望去，只見天青雲白，不遠處的高樓大廈中，不知何時出現了一座金字塔造型的建築。

「你被太陽曬暈了嗎？還是喝了酒。」

我再次揉揉眼睛，來人正是月石超市的員工，夜班主管翡絲・韓恩的下屬，一個可愛的金髮胖妞。我昨天約她今早見面。因為，她是我推理「某人是殺害依楓・羅素的凶手」的第一個證人。

「妳是仙女？」

「嘻嘻……你們亞洲人，發音真有趣。我不是仙女，我是仙妮。」

「不好意思、不好意思。」我真的很不好意思，不是因為我的發音，而是剛才的白日春夢。不過金髮胖妞如果知道我想的「仙女」的意思，應該會羞紅了臉。

「你說你想打聽一些消息，希望我能提供些線索。但我不知道能夠幫忙到什麼程度。」金髮胖妞一屁股在我旁邊坐下，一陣髮香隨風飄來。

「沒事、沒事。」我露出自以為萬人迷的笑容，柔聲說：「我聽說有個叫雪蓉・碧特的女人介紹喬許來月石超市打工。我還聽說他們兩個人關係不單純，可是為什麼喬許後來會和翡絲結婚？」

「翡絲是個想要得到什麼，就會不擇手段去得到的女人。她一眼看見喬許就想要得到他，七搞八搞，弄到喬許裡外不是人。她便私下去找那個對手談判，兩人一言不合，大打出手。翡絲被對方用木棍打斷了鼻子，於是揚言要告死對方。」

喔！當時初見面，我還以為翡絲為了要更美麗而去整容。

「對方好死不死正在打離婚官司，如果被判傷害罪，勢必失去女兒的監護權。於是，黯然退出這場兩個女人的戰爭。」

「原來如此。」依照我對雪蓉的第一印象，穿著打扮似乎不太符合堂堂一家大出版社總編的身分，或許她把錢都花在打官司和付給翡絲整容費用。至於她為何能夠支付另一筆「租金」，供給喬許和珮兒寫作呢？

我不留痕跡地轉移話題：「對了！喬許被殺的時候，妳是翡絲不在場證人。換句話說，她整晚都在月石超市。」

「你是不是暗示什麼嗎？翡絲那麼愛喬許，怎麼可能殺死他？難道是由愛生恨嗎？」

「我能夠對天發毒誓，我並沒有認為翡絲殺死喬許！」這是我的真心話，但是……。於是我問：「但是前一次命案發生的時候呢？我是說伊楓・羅素被殺的那一個晚上。」

「一樣。」仙妮自信而篤定地回答

「有沒有不尋常的事情？」

「沒有。」

「有沒有把自己關在辦公室，不讓人進入的情形？」

仙妮想了一想，回答：「有啊！她說身體不舒服，所以趴在桌上睡覺。同時交代任何人都不可以打擾。第二天，她果然感冒了。」

「所以妳不能確定趴在桌上睡覺的人是不是翡絲本人？」我看了看仙妮猶疑不定的表情，又問：「我記得我那天去找翡絲，看見有人偷東西，你們超商管理這麼鬆散嗎？」

「我也不知道，那一天翡絲為什麼會這樣這麼仁慈。」

「妳幫我查一下失竊清單，是不是包括這項物品？」

我遞給仙妮一張紙，她不看則已，一看花容立刻失色。我豎起食指，緊貼著嘴脣。她理解地點頭，默默離去。

不知何時，電視廣告下方的工程車已經啟動，原來那些修建工人已經開始工作。兩個大塊頭在小路中央挖土，另外一個大鬍子則觀看指揮，他們之間已經積了一小堆土。一種熟悉的感覺刺痛了我的心，如果不將喬許的冤情釐清，這樣的埋葬和挖掘，將日以繼夜的重覆，直到永遠。不過當務之急，先解決伊楓・羅素的死亡之謎吧！

好不容易拿到仙妮提供的證據，等到我認為整理到差不多時，窗外已經暮色蒼茫。忽然有種「紫陌紅塵，抬頭前望；夕陽無限好，不必怨黃昏」的情緒。懷著複雜的心情站在喬許・約萊家的門口，一棟顯得暗淡陳舊的公寓。

翡絲沈默地打開門，她穿著絨毛上衣和栗鼠色長裙，不像是她的風格。

客廳裡的擺飾很雜，我注意到一條感覺躺下去，會很舒服的黑皮臥榻。靠近窗邊角落有隻陳舊的櫻桃木小桌，桌上擺滿書籍雜誌。牆壁掛了幾張畫和生活照片，其中有張喬許在某齣話劇的獨照，留著鬍子，穿著高領禮服，正從花俏的相框笑咪咪地看我。

人生啊！人生，我才見過他的年輕和俊美，然而轉眼間，化成一道遊魂，消失在人間。

同樣道理，出現在我面前的翡絲，我不久前才見識過她的冷豔和驕傲，然後在喬許的埋屍之處，她彷彿大病一場，顯得不堪一擊的柔弱。如今她讓我想到人生如戲，女主角不是文君新寡，而是像失去愛子、憂傷的聖母瑪麗亞。

「你是來告訴我警察抓到凶手，是不是？」

「很抱歉，不是。」我衷心感到抱歉地回答，為了不讓我負面的情緒擴展，我明知故問：「警察來過了吧！」

「是的！」

「他們走了之後，我就懶得整理。不過，你還是可以找到地方，讓自己舒適些。對不起，我去弄些喝的東西。」

她的說話用語讓我回想到不久以前，我們在月石超商初見面的情形。

「至少要十分鐘之後，但願你不要介意。」

「我不會介意的！」

看見她的背影消失之後，我先試試那一張黑皮臥榻的柔軟度，不過沒有坐下去的慾望。我翻閱小木桌上的書籍雜誌，幾乎都是推理犯罪小說和知名文學獎系列小說，還有幾本類似如何增進寫作技巧的工具書。我算是私家偵探，不太在乎什麼別人的隱私。拉開抽屜，裡面似乎沒有什麼值得參考的物品或書面資料。

我在右上方第一個抽屜中，發現了一本筆記簿。

翡絲端著兩杯咖啡走出來，看到我在桌子上東看西看，說：「喬許生前總會帶支筆，一本小冊子，隨時隨地想到什麼就寫什麼。那些紙條是他過往生活中片段的紀錄，也是筆下小說的一個場景。」翡絲站在我的背後，聲音充滿哀傷。

「他的稿件呢？」

「全部存在他的電腦，電腦被警察拿走了，還有手機和他們認為可以參考的東西。」

「他們沒有拿走這本筆記簿？」

「這本筆記簿是喬許隨身攜帶，那一天沒帶走，放在海邊小屋。」

我隨手翻閱……字跡或整齊、或凌亂，還夾帶許多張格式不一的紙條，裡面有一張卡片，慎重地放在夾鏈袋內。上面寫著：白天時陽光不會對你微笑，否則黑夜時月光會對你微笑。後面有「靈感」兩個字，讓我想起我和喬許第一次見面，曾經看過這張卡片。當時他還說了一個用塑膠袋謀殺自己的故事，然而殘酷的事實證明是被暴烈的手段致死。

睹物思故人，難免多花些心思。讀起來拗口，意義不明，可能是一首詩或是散文的節錄或是某某人的語錄。對了！蜜娜曾經轉述珮兒說過的話：「兩個月前，喬許說伊楓送他一組陶壺。他不喜歡，要轉送給我。他還說他已經跟伊楓說了，所以就當作伊楓送我的禮物。他還將篤信基督的依楓引用聖經中，詩篇的121章第6節的金句：『白日太陽必不傷你，夜間月亮必不害你』。照抄下來。」

可是「白天時陽光不會對你微笑，否則黑夜時月光會對你微笑。The sun will not smile

you by day, or the moon by night.」和「白日太陽必不傷你，夜間月亮必不害你。The sun will not smite you by day, nor the moon by night.」顯然有一點差異，我看出端倪，於是詢問是否可以帶走筆記本，包括紙條和卡片，翡絲點頭同意。

「有些事情想告訴妳，不知道應不應該。」

「說吧！」

我把依楓、珮兒和喬許的事情說了一遍，誠如我所預料，翡絲早已經知道。於是，她的雙目凝固，好像有一朵陰影飄過她的面前。

「那個晚上，妳和依楓在斯翠賓植物園見面，是因為……」

當我說出我的猜測，翡絲眼光恢復流動，點點頭說，說：「沒錯！的確如同你所猜測。當時依楓就是要我去『捉姦』，我考慮是否要跟依楓說出實情，後來覺得沒必要。我想了一想，就假裝對依楓生氣，然後甩頭離開。」

「妳說『漢客』可能是……」

「你真的當真了？還好你不是警察。」

「總是有個根據吧？」

「你不是也發現了嗎？『漢客』不就是谷泰森嗎？」

我想這是攤牌的時候，說：「警方目前假設喬許是殺死依楓的嫌犯，而齊雅飛自承殺死喬許。但是從種種跡象看來，齊雅飛似乎在說謊。」

「所以，那個台灣女人是凶手嗎？」

「I don't know.」

翡絲厭惡地把頭別過去，大聲地說：「I don't know 是什麼意思，是不認識呢？還是不知道。」

「不知道。」

「你到底知道多少實情？」

「很多，但是缺乏證據，所以一切還在努力中。」

「很好！」翡絲搖搖手中的杯子，喝乾裡面的液體。

我伸手碰一下杯子，才發現是空的，為了等待翡絲接下去的談話，我保持不動聲色。窗外是乏善可陳的街景，天空霧濛濛一片，彷彿太平洋上安靜的波浪。

「黃先生，你似乎有話要說。」

「是。」

「說吧！我雖然有的是時間，可是不願意這樣子毫無異議地和你耗下去。」

我將手機上的一張圖檔秀給翡絲看，不等對方發問，先說：「這是妳很熟悉的月石超市盤點單，庫存不合的地方都有合理的備註。其中失竊物品清單中有一把尖刀，那把尖刀和伊楓・羅素身上的刀痕完全相符。」

翡絲的臉色霎那刷白，我了解她畢竟不是殺人不見血的魔女。

「當我從伊楓的驗屍報告得知她身上的刀傷集中在左肩、左臂左背的上方，追殺她的兇手很顯然比她高一些，也可能是左撇子。每一刀都是偏左上方，但是仔細看分布和力道似乎又有點不自然。我必須強調是『似乎』。我不由得回想起，我和兇嫌初次相見，因為閃亮簇新的婚戒，她很敏感地用右手護住。後來我再度注意時，戒指有點歪，指背有受傷烏青的痕跡。當時，我還以為可能是因為搬重物時受傷。」

翡絲不由自主用右手去撫摸左手，我視若無睹地繼續說：「不是左撇子的兇嫌想要混淆警察的辦案方向，殊不知她的不熟悉手法不但讓自己受傷，也留下不自然的傷口。」

老實說，這是我的猜測，或許是翡絲右手受傷或無法使力，以至於改用左手行兇。

「我除了注意到兇嫌左手背有一大塊烏青。另外，還有她身上清潔劑的味道。這代表不了什麼，但是如果按照我接下去的陳述，那就意義重大，也就是說兇嫌行兇之後的清潔滅證，消除死者留在兇手身上的證據。」

我望著翡絲，希望她能如推理劇中兇嫌般反駁、狡辯，甚至嘲弄我的推理、指出其中的錯誤和荒謬，但是她始終保持沉默。

「兇嫌曾經和依楓生前會面而被警方約談，但是因為她的同事仙妮替她做了不在場證明，所以被剔除於犯人名單之外。不過，當我深入和仙妮探討，她開始對兇嫌的不在場證明產生質疑。第一：兇嫌自稱身體不舒服，要獨自在辦公室休息。我曾經去過妳的辦公室，關上門後，只有一扇小窗，如果從外頭往裡面探視，的確是可以看見兇嫌趴在桌上睡覺，但是依照仙妮的回憶，當時的兇嫌整晚幾乎動也不動。第二：當時，我走入妳辦公室，感覺非常雜亂，還有那一張似乎放錯地方的辦公桌。我問過仙妮，她說原來的位置不是那裡。我猜兇嫌的這個動作就是讓經過窗口的同事，可以剛剛好看見她趴在桌上睡覺，但是又不會看得很清楚，其實趴在上面睡覺的可能是個假人，是不是？。第三：妳還記得嗎？仙妮曾經跟妳說，掛在冷藏庫的防寒衣不見了，然後妳立刻拿給她！這又意味著什麼呢？」

「這又意味著什麼呢？」翡絲似乎想測驗自己是否還有說話功能，如鸚鵡般學著我說話。還是因為我不知不覺將指控中的「兇嫌」改成「妳」，所以引發她提問的慾望。

「妳感冒了。」

「是，我感冒了！那又怎樣？」

「妳是組長，妳有權調配物品配送車。我曾經看過貼在佈告欄上的車輛運送路線和時刻表，當時我就覺得怪怪，為什麼我停車時，旁邊就是冷藏配送車，按照排班表，不是應該早就上路了嗎？後來，我拜託仙妮去問冷藏車司機，得知依楓被殺的當晚，冷藏車曾經在斯翠賓植物園附近的倉庫取貨，大約一小時之後，又折回卸貨，這段時間恰好包含了依楓的死亡時間。我猜想妳應該早就知道喬許和谷泰森的姦情，但是因為妳深愛喬許，於是忍了下來。但是聽到依楓指控之後，觸動妳心中的痛處，為了維持喬許的名譽和妳自己的尊嚴，於是就啟動了殺機。妳約了依楓之前，先布置好假人，指揮配送車到斯翠賓植物園附近的倉庫取貨。殺死依楓之後，妳跑去倉庫，利用配送車折回月石超商。很不幸，當時只有冷藏配送車。妳穿了放在車子裡面的保暖衣，卻忘了放回去，而且還感冒了。」

「很好！看來我的罪證鑿鑿，逃也逃不掉了！」

我忽然想到翡絲曾經說過：凶手難道不是漢客嗎？他可以利用安眠藥讓喬許沉沉入睡，穿上他的衣服，再到斯翠賓植物園行兇。因為依楓知道他的身分和龍陽之癖，而慘遭滅口。然後做賊的，搖身一變、變成喊捉賊的，不是這樣嗎？當時我的心弦震動了一下。

「妳知道漢客是誰嗎？」

「不就是那個貓哭耗子、假惺惺的谷泰森嗎？」

「如果我說不是呢？」

「不是他，那是誰呢？你說是誰呢？」翡絲開始激動起來。

「你知道那一個晚上，喬許和誰在一起嗎？妳應該沒想到，他和珮兒在一起，他們在一起寫小說。」看到翡絲慘白的面孔，我又說：「漢客就是玄霧出版社的資深編輯雪蓉・碧特小姐。」

為了加強可信度，我把警方開始調查斯翠賓植物園附近的白樺公寓。得知這間公寓竟然也是喬許和珮兒不定期的創寫、討論他們合寫小說的場所，一一說出來。當時浮上心頭就是除了雪蓉之外，還有誰知道呢？所以我在和雪蓉見面，離開咖啡廳之後的問句，就是漢客的身分。當然，最後我也得到雪蓉本人的確認。

跟著下來是一段冗長的沉默，我指著翡絲，說：「都是妳！喬許隱瞞妳是害怕，萬一妳知道他正在玄霧出版社主編雪蓉的計畫下，和美女作家珮兒一起寫小說，恐怕妳會做出失去理智的行為。這麼一來，雪蓉可能失去了孩子，喬許和珮兒鐵定無法出書。」

翡絲平靜地問：「要不要再來杯咖啡？」

「好，麻煩妳了。」

我望著翡絲的背影，開始在去瀏覽這個曾經破了一半，如今全毀的家庭。眼光最終落在架上的擺飾中，有兩隻杯子。一隻完好，一隻破損，讓我聯想到眼前的翡絲，還有曾經在這屋子住過的喬許。

翡絲很快地再度出現，注意到我正凝視架上的兩隻馬克杯，便說：「喬許曾經無意中發現一間餐廳，他非常喜歡那種典雅安靜的氣氛，從此我們就成了常客。餐廳經理很會做生意，常常額外送我們甜點，也送了兩個馬克杯。他選白色，我選綠色。」

我有種幻覺，喬許正在這個屋子走動。不，他正在那張小桌子旁，埋首寫作。

「後來我去月石超商工作，就不再去那家餐廳，那兩個馬克杯也不知被我收到哪裡去。後來喬許躲到海邊小屋，發現好端端地放在架子後面。我也弄不清楚，怎麼會在喬許離開這個家之後，忽然再次出現。」翡絲閉上眼睛，讓一滴淚滑下來。

「那一天，心血來潮地拿出喬許的杯子，沖杯咖啡喝。不知怎麼搞的，一失手就把杯子的把柄摔斷了。記得以前，喬許常常把杯子掉落，可是總毫髮無傷。為什麼在我手中，堅固的杯子變得如此脆弱。幾乎同時間，警察來電要我去情人步道認屍。我愣愣看著那只掉了把柄的杯子，還有地毯上濺開成宛如潑墨畫的液體，看著、看著，越來越像喬許……」

翡絲垂下頭來，宛如聆聽喬許在另一個空間所發出來的電訊。她猛然發現我的眼光在她的臉上徘徊，便把雙手放在胸口。那宛如交叉的兩把劍，正慢慢刺入心窩。我不知不覺用手撫摸椅背，分不清是安慰翡絲，還是弔念死去的喬許。

「我想我沒有其他的地方可去了。」

「監獄。」我為自己的殘酷感到噁心，恨不得把說出去的話再吞下去。

「我還保留另一個選擇，只要你不阻止。」翡絲語意雙關地說：「黃先生，你真的讓我有被救贖的感覺。」

我非常同情這個女人，這個為愛情付出慘痛代價的女人。但是為了工作，我正在毀滅她生命中的某些東西。如今真相大白，然而我還是感到罪惡感。

「喬許是我一生唯一的愛。我愛他，他應該也愛我，我不相信他會甩掉我。但是他真的甩掉我，而且又是那麼令人措手不及。我為了愛而殺人，這是我自己對自己編造的理由。其實是來自忌妒，我的原罪。對於依楓，不論如何，除了抱歉，我無話可說。」她抬高的雙眼無視我的存在，充滿回憶地看了喬許的照片，說：「黃先生，能不能幫我找出殺害喬許的凶手？」

我還沒來得及應答，翡絲緊接著說：「你要陪我走一趟警察局嗎？」翡絲的聲音牽絲繞線、餘音裊裊，帶著共鳴後的回音。我點頭答應之後，決定載著翡絲，繞道經過倫巴底街，中國人習慣稱它為「九曲花街」，是舊金山的名勝之一。那是個坡度陡峭，呈S型的道路，兩旁種滿了美麗的花卉，美得簡直像是天上所有的仙女在舞弄彩帶。我想翡絲應該了解我的用心。

三十分鐘車程的「沉默之旅」終於結束，到達目的地。令我驚訝，翡絲竟然煥然一新，放下重擔的表情宛如早晨微風般的清新雋永。

舊金山市長對於高中生物老師命案能夠在時限內破案，公開表揚警方的能力和效率。由於費雪偵探社和舊金山警察局簽有保密合約，所以我們如常閉口不談，至於下一年度的合作合約已經是囊中之物了。

費雪先生在百忙之中打電話給我，嘉獎我的機智和辛勞。這是我替他工作以來，唯一打破他自己設定下來的工作規則。比較遺憾，他沒有提到獎金或什麼福利之類的！

我雖然很想解開喬許的死亡之謎，但是手邊工作太多，一時也沒有精神去關切。何況費雪曾經對我說過：「我知道齊雅飛委託我們去追查真兇，只是虛晃一招，不需要太費心力。」

第十四章　最後的一片玫瑰花瓣

自從費雪先生去了華盛頓，我們的業務開始轉向調查舊金山政客的背景之類，例如學經歷、誹聞的真偽，財產來源流通之類的查證。當我看到舊金山警察局行為科學部的高級專員谷泰森博士也列在調查名單，不由得嚇了一大跳。他的存款在本月之內劇增大約五十萬美元，於是我將之列為第一急件。

正在思索如何向銀行調取匯款來源時，耳邊忽然響起威靈頓太太的聲音……。

「敏家，銀行確認谷泰森博士的存款所增加的五十萬美元來自約萊女士的遺產收入。」威靈頓太太的聲音打斷了我的沉思，她說：「我剛才發現你把調查谷泰森博士列為第一優先，於是我就先幫你處理掉了。谷泰森博士的財產紀錄清清楚楚，沒有黑金收入，也沒有洗錢的嫌疑。我只能羨慕地說，那小子太幸運了！」

我從威靈頓太太傳給我的資料得知，約萊女士是谷泰森的繼母，嚴格來說應該是前任繼母。這些我早已經知道，約萊女士也是喬許的養母，然而接下來的敘述簡直就是抽掉愛情成分的奇情小說。

約萊女士是迪惠斯可林・善勝少將失聯多年的後裔。

迪惠斯可林・善勝少將是麻州有名的軍人，卓越的商人和慈善家。他曾經參與了南北戰爭，在一八六三年五月三日的 Chancellorsville 之役中受傷，並且幾乎失去寶貴的性命。然而貴人多福，他依然活到很老，同時留下許多令後人讚賞不已的光榮事跡，其中之一是創辦無名氏救濟會。

無名氏救濟會誠如其名，默默無名，成員都是社會低層，收入不多，但是極為虔誠的教徒。很多人過世之後，把身後的財物悉數奉獻。累積下來，數目極為可觀。其中最為人津津樂道，某個拾荒老人的遺物竟然是中國明朝的骨董，某個寡婦的破屋最後被某個財團高價收購等等……。經過一百五十多年，無名氏救濟會早已名廢實存，化成無數營利事業，並由迪惠斯可林・善勝的眾多子孫掌管。

去年約萊女士被證實是第五代孫女，然而幸運之神來了之後，接著是死神。約萊女士被確診染上新冠病毒後，不久宣告不治身亡。迪惠斯可林・善勝集團在處理約萊女士的遺產時，按照親疏比例，三分之二留給養子喬許・約萊，剩餘其他則按比例分別贈予給包含谷泰森的親朋好友和捐獻給教會、慈善團體。如今喬許・約萊身亡，他的那一份遺產悉數為他的未亡人所有。想當然爾，翡絲可以用來聘請舊金山最厲害最昂貴的律師。

當我知道了谷泰森財物所得的來源和原由時，珮兒那篇影射谷泰森的小說由虛幻轉為真實地浮上腦海，故事的結局慢慢凝聚成心上的一塊大石頭。

但是如何盡快放下那塊大石頭呢？接下來，我以犯案動機來決定心目中的兇嫌。他是誰呢？想到滿天花雨繽紛時，看見桌上一朵垂頭喪氣的紅玫瑰。

只好這樣吧！幾天前，有個女客戶感謝我在短短的時間裡，替她取得她先生外遇的證據。成功離婚之後，送給偵探社一大束玫瑰，威靈頓太太特意在我桌上擺上一朵。我從花瓶取下，一面撕著花瓣，一面念著是、不是、是、不是、是……當我唸到「是」，手中只剩下最後的一片的玫瑰花瓣。所以，谷泰森果然是殺害喬許的凶手！然而真的是這樣嗎？

我不自覺地拿出喬許的筆記本，隨便翻了幾頁，眼光立刻被一則標題「謀殺自己的方法」的文章緊緊鎖住。雖然才短短百餘字，卻引起我的思緒萬千。同時回想起長得和萊恩・艾格爾德十分神似的喬許，他拿著船長帽的模樣。他的小馬尾、飽滿晶亮的前額和彷彿戴上假睫毛、又圓又大的桃花勾魂眼。

記得當時我說得口沫橫飛，彷彿自己是文壇大老。如今回想起來，對於這位曇花一現的作家、萍水相逢的朋友，感到愧疚和傷感，發誓一定要把元凶揪出來，加諸最嚴厲的法律制裁。

許久沒有聯絡的阿方來電問我一些問題。

阿方就是介紹我去費雪偵探社工作的朋友，當時還是個低階的菜鳥警察。這幾年來，由於出色的表現，已非等閒之輩。他雖然不是重案組的探員，但是行政事務方面還是有所串聯和交集，所以我們除了私下見面，有時會在警局、法庭或犯罪現場碰面。

廢話少說，言歸正傳，我將阿方的問題一一回答之後，忽然想到……。於是，趕緊喊住阿方：「喔！等一下，我這邊剛好有件事要請教你！」

就在我把我對於殺死喬許的兇嫌說出來時，阿方如我所料，嚇了一大跳，嚴厲警告我：東西能夠亂吃，話不能亂講。但是聽出我不是信口雌黃，於是放鬆口氣，要我舉出證據。我答說沒有，但是可以把作案的手法和動機說出來。

「動機是出於愛情的忌妒和龐大的遺產。我大膽假設，谷泰森事先把含有大量安眠藥的飲料先放在白樺公寓的冰箱裡。他可能不知道喬許是和珮兒當晚在一起寫小說，更不知道珮兒也喝了飲料，然後兩人都被迷昏。」

我的想法來自警方確認喬許死前，服用大量安眠藥。至於曾經被判定兇嫌的珮兒是主動還是被動喝了同樣的飲料，目前沒有直接的證據，但是依照醫院的檢驗，她精神異狀和服用藥物後的臨床反應是一致的。

「谷泰森訝然發現屋內還有個女孩，而且是他正交往的對象。他心生一計，讓昏迷的珮兒手握尖刀，然後從手機或筆記簿中挑上齊雅飛，謊稱自己目睹珮兒殺人。急奔而去的齊雅飛看到昏迷不醒、手握尖刀的珮兒，不假思索地信以為真。為了護女心切，謊稱自己是凶手。但是谷泰森犯了一個錯誤，珮兒顯然沒有那麼大的力氣，而他留在喬許身上的傷口位置也顯得不自然。這些警方努力蒐集的資料，不都是可以拿來和谷泰森比對嗎？」

我娓娓道來、頭頭是道，阿方不斷發出似乎是同意的讚嘆聲。嗯！應該不是似乎，而是真誠崇拜吧！不過，這是我自己一廂情願的想法，無憑無據。

「可是，我不太認同谷泰森會嫁禍給自己的女朋友。而且齊雅飛不一定會護女心切，謊稱自己是凶手。」

「會不會護女心切，謊稱自己是凶手，事實擺在眼前。除了我剛剛說過，谷泰森殺人的第一個動機是龐大的遺產，那第二個就是愛情的忌妒。雖然谷泰森有錢有勢，但是喬許年輕俊美許多，又有才華。他可能不認為珮兒會腳踏兩條船，而是已婚的喬許橫刀奪愛。」

嫌疑犯是警界高階人士，阿方不得不慎重行事。

我強力建議：「我們找個時間，再去白樺公寓，以谷泰森為對象，應該還會找出一些警方需要的證據。」

阿方待我說完，慎重答應替我私下收集相關證據，並且安排我重返犯罪現場。

就這樣又過了三天，關於假設谷泰森博士就是殺害喬許・約萊的嫌疑犯，阿方遲遲未給我答覆。由於只是純粹我個人猜測，自然沒有理由催促對方盡速給我答案，何況他又是僅憑一己之力，更不能施加壓力。

我屢屢光臨在舊金山警察局行為科學部的官方網站，谷泰森博士的照片依舊在人事組織圖屹立不搖。我也發現他在社交平台的貼文貼圖，活躍依舊，不過沒有看到他和珮兒的合照。畢竟堂堂的警界高官，如果和嫌犯公然在社交平台出現，一定會引起嚴厲的批判。

焦頭爛額之際，我想寫信請教費雪先生，但是想到他正被那些政壇重要人士的偵查案件纏身時，也只能自我鼓勵繼續前進，意圖和舊金山警察局的辦案人員一爭雌雄，務必小心謹慎，因為我心目中的兇嫌並非等閒之輩。

當工作告一段落，我決定出去逛逛走走、曬曬太陽吹吹風、呼吸一下外面的空氣。到了一樓的美麗蘭書店。直直走到華文小說區，隨便翻翻看看，買了兩本葉桑的最新小說《塵封之謎》和《天堂門外的女人》，還有一盒花系拿鐵。

手機響起。看清來電人名，慌慌張張地手指一滑，竟然把對方掛斷。急忙回撥，卻換成對方通話中。我耐心等對方，殊不知對方好像也在等我打過去。我打過去，對方又是通話中，陰差陽錯、手忙腳亂之際，終於線路暢通。

「阿方，如何？」

「谷泰森有完美的不在場證明，喬許被殺的那個星期，他到邁阿密開會。不過，我們找到殺害喬許・約萊的嫌犯了！」

「誰？」

「可朗達，但是我們晚了一步，他已經畏罪服毒自殺身亡。」阿方聽到我模糊的驚嘆號，便說：「對！就是那個可朗達，我已經將事情的經過寄給你。」

我一邊聽阿方講述，一邊閱讀寄來的資料，包括發現時間地點、何種毒物、死亡時間、身體外觀和生理初步鑑定。最重要的當然是遺書。

「遺書鑑定結果呢？」

「至少到目前，那份遺書沒有被鑑識出任何偽造的可能性。」

我重新再讀一遍……。

我最摯愛的娟（珮兒母親的閨名）：

對於沒有和妳攜手走完人生最後的旅程，我不僅遺憾，更是抱歉。

選擇用這種方式結束我的生命，是萬萬不得已，真是對不起。

我沒有權力奪走別人的生命，因此我用自己的生命贖罪。

請好好照顧自己，我的身後之事和之物已經全部詳細記載在遺囑。天上人間，永遠愛妳。

喬治・可朗達絕筆

西元2022年8月12日

一時間搞不清楚狀況的我，有些不好意思地問：「那……你要我怎麼做呢？」

「我也不知道，目前先這樣吧！我個人的想法，最後還是由上級裁決。」

雖然喬許的案子有了新的嫌疑犯，但是由於可朗達的自殺，讓原本膠著的案情更多了幾分迷離。我覺得應該再去和阿方談一談。說真的，我並不很在乎可朗達的自殺，只是想多知道一些喬許的死亡真相，如果是他的動機只是因為已婚的喬許和自己的繼女糾纏不清，而狠心下手。那理由……簡直是稀薄到將一滴墨水滴到舊金山海灣。但是幽冥的人性，不無可能。

我走進外勤業務分署，填好訪客單。全副防護裝備的警衛嚴格執行防疫措施之後，指示我直接去巡邏單位。阿方屬於行政支援組，我來過很多次，知道他辦公的地方。

剛進入門口，剎那間以為進入夜店。一看就知道，剛破獲了一個大豔窟。一群濃妝豔抹的妓女、衣冠楚楚的嫖客中，夾雜著彪悍的保鑣和一眼就讓人看出身分的老鴇。

我正東看西望，穿著警服的阿方出現了。神采奕奕的狀態，就像岩縫裡噴出來的清泉。我將一盒牛肉乾禮盒遞去，阿方「謝」字不說地又傳給另一位女警。

當阿方心不在焉地正眼看我時，我知道他的腦子可能還在惦記未辦的公事。

我不浪費時間，單刀直入地問：「關於那個可朗達，警方是不是已經畏罪自殺結案？」

「喔！什麼？」阿方的注意力總算被喚起，聽完我的陳述和建議，以及了解意圖之後，兩道濃眉就漸漸地靠攏起來。

「是啊！可朗達的家人表示一切按照法律程序，她們並不打算答辯。不過法庭那邊還在審核文件，希望證據再充分一些，喬許命案應該很快就會宣布破案。看來你深深不以為然，有意深入調查嗎？那麼你要我怎麼做呢？」阿方提出這句問話時，我猛然想起自己也曾如此「無助」地請教過對方。

我也不知道——我可不能如此作答。在毫無心理準備之下，脫口說出：「讓我親眼看看那封遺書吧！」

「好吧！」阿方無奈地答應，然而在站起來之前，鄭重其事地說：「那份遺書可是經過警方一流專家鑑定過，不論是文字外觀、筆劃順序、形態結構、筆勢及整篇文字的佈局皆非他人偽造。我們以疑問筆跡和標準筆跡做對照，因為同一個人在不同時間書寫同一個字，其筆劃不可能完全吻合。而且，我們以立體顯微鏡查視遺書上是否有描繪的凹痕。」

「至於以物理或化學方法來偽造的話，在螢光試驗法中，會呈現變色反應。而且在翻印的過程，會因為油墨不均而露出破綻，同時也會缺乏直接書寫的那種靈活氣勢。」阿方繼續說：「唯一可疑之處是遺書中的西元２０２２年８月12日，原本是西元２０２２年８月２日，那個１字是事後填上去。專家解釋，填寫日期的人往往當時弄錯，事後修改也是人之常情，因此不列入異常事項。」

經過重重關卡，我憑著費雪偵探社的特權證件，所以才可以跟隨阿方進入證物收藏室。

「所以，這趟你鐵定是白跑的啦！」

我不理會阿方的奚落，以戴著塑膠手套的手，小心翼翼地接過那封遺書。

「怎麼樣？」阿方跟著我凝目注視。

「目前看不出端倪，我可以拍照嗎？」

「當然，你目前是費雪偵探社的當家調查員。」

拍照之後，我再詳細地將觀察寫下來，然後懷著一種「可能有所斬獲」的心情離開。

第十五章 《幽魂夢影》第33頁（作者：瑞德・雅契／李安美）

我走在舊金山的街道，望著舊金山的天空，忽然有了寫詩的衝動。但是靈感的缺乏，表示對於手邊的案件沒有突破的想法。邊走邊滑手機，不由自主地上了喬許的臉書，再度找到他那些以瑞德・雅契為筆名，發表有關犯罪推理的貼文。懷著哀傷的心情再逐篇閱讀，讀到其中一篇，眼淚滴了下來。

海明威曾經說過：悲慘的童年是寫作的養分。但是，我寧願有個快樂單純的童年，不喜歡有這麼悲傷豐富的回憶。無可奈何地有了那樣悲傷、那樣豐富的回憶，所以我不得不寫下來，包括真實的我和虛幻中的我。

真實的我呈現在臉書上的每一篇雜文，包括過去和現在，每一次活生生的經歷。虛幻的我化身在我寫的每一篇小說。我不在意你對真實的我如何的評價。但是，我真摯地希望你喜歡虛幻的我，在小說中喜怒哀樂的我。

我忽然想起雪蓉寄來的《幽魂夢影》初稿。當時我只看了「故事大綱」，就從其中的情節，找出一些有關「喬許命案」的機關線索。假如仔細閱讀，說不定會大有斬獲。

本來想找家咖啡店，沒想到不遠處竟然有間小小的圖書館。外表平凡的建築物，毫不起眼地位於商業街上。一進到裡面，報章雜誌五花八門，排列十分整齊。以小型圖書館的標準，藏書算是豐富，分門別類，應有盡有。這個時段，沒有什麼人。我選擇靠窗的位置，打開雪蓉寄給我的電子稿件，不受干擾地閱讀。當我讀到第33頁，心臟用力地收縮了一下。

喬許這樣寫著：兩顆炸彈在加州大學舊金山分校人文科學學院爆炸——英國文學系指導小說創作的雲生教授和就讀於經濟系的四年級女生沈虹霓雙雙身亡。

沈虹霓不定期到英國文學系旁聽雲生教授的課，近期兩人有較為頻繁的接觸，在同學眼中並不代表什麼特殊意義。令人起疑的是死亡時刻，各自戴著款式相似的「情人戒」，似乎存在著某種曖昧迷離的情誼，因此各種傳言紛紛出籠。

一看到這樣的句子，我自然想到多年前發生在可朗達住家的夫妻死亡事件。我繼續閱讀……。

雲生教授來自愛爾蘭，五十八歲，外表清秀飄逸，體型略嫌單薄，渾身上下散發仙風道骨的氣質。炯炯有神的綠色眼睛，令初見面的人彷彿見到兩粒翡翠珠子。他是個好老師，發表的文章也頗受好評，生活平靜正常。不知道為何原因，在自己的研究室裡上吊，遺書則還留在印表機的出口架上，上面沒有指紋。

沈虹霓則是服毒，死在雲生教授研究室的窗外，一株蒼老的大榕樹下。關於她，同校不同系的小帥印象深刻。

小帥是化學系三年級生，曾經在某個場合，認識了來自台灣的沈虹霓。她的美貌和嫻靜的氣質完全符合他對東方女性的遐想，立刻展開追求。當小帥張口告白，就被對方很霸氣地拒絕，為時七天的「類愛情事件」即刻雲消煙散。

記得是認識沈虹霓的第六天，商學院舉辦音樂會。搞不懂舒伯特或是莫札特的小帥，只看到海報上那串歪歪曲曲的藝術字，其中主辦人名單有沈虹霓的名字，宛如黑夜中的明燈吸引了他。於是懷抱著一顆綴滿玫瑰與百合的心，踩著華爾滋的舞步去了。

不知出自哪位仁兄或仁姐的創意，舞台上垂掛了很多布條，有點平劇的山水意象。日光燈用彩色玻璃紙包起來，顯得很陰森。幾塊從美術系借來的木雕，強迫小帥聯想到被盜墓人弄壞的棺木。牆上貼了一些音樂家的畫像，被框在紅紅綠綠的縐紋紙中。當「他們」瞪著小帥時，小帥也不甘示弱地瞪著「他們」。

大部分的觀眾都是他們自己院系的來捧場，少數外系的都像是來散步似地進進出出。首先是頗負盛名的福音合唱團登台演唱，曲目有〈古舊十字架〉、〈微聲盼望〉等宗教歌曲。每個人都唱得很愉快，與主同行，唱作俱佳。可惜音響不時發出干擾的雜音，於是增加了許多不必要的伴奏。

小帥的心深深地被感動，雖然這個音樂會這麼粗糙，氣氛這麼胡鬧，人聲這麼喧吵，而且心目中的美麗佳人又始終沒出現。或許等她出現時，那個薰衣草色的月亮已經碎成滿地閃閃的流沙了。但是，他已經不再抱怨和後悔。獨自走過灰黯的校園，然而那縷縷歌聲依然不斷地跟著他，跟著他踩過那滴滿露水的小路，也跟著他走進那彎彎的長廊。

薰衣草色的月亮！我想起了喬許的第一本小說：薰衣草色的閃閃流沙。讀小說容易沉醉其中的我，不由得想起，那一年的那一個夜晚，我不也是黯然走出校園音樂會的會場，孤獨地在花圃裡看月亮嗎？

我發現我花太多時間在回憶，還有浪費在思索小說中小帥的心靈獨白，於是迅速換頁……。

男二翰霖登場了，他是小帥的室友，歐美文學系的大四生，是雲生教授的得意門生，他的志向是成為一名大作家。當他得知最景仰的老師發生不倫之戀，然後和女學生殉情時，整個人彷彿被丟入絕望的冰河。

作者形容「翰霖」這個人物時，喬許憂鬱俊美的臉立刻浮現在我的腦海。而那位來自台灣的「沈虹霓」理所當然地和同樣來自台灣的「珮兒」畫上等號。

小帥和翰霖在圖書館門口相遇，前者有些擔心地問後者：「你還好吧！」

「一點都不好。」翰霖的目眶又潤紅起來，他說：「我剛才去雲生教授的家，望著哀傷到無法站立的師母，竟然說不出半句安慰的話。」

對於翰霖，小帥也一樣說不出半句安慰的話，只能嘆息。

「他的作品和思想都充滿了死亡的幻夢和華美，所以這樣的結局，稍微認識他的人都不會驚訝。令人驚訝的是……你該懂我的意思，我怎麼也想不透他會和同校不同系的女學生糾葛在一起，那是令我感到最困惑的地方。」

小帥嘆息之後，又是嘆息。

「雲生教授怎麼可能做出這種事呢？我不相信、不明白，滿頭霧水。我修他的課將近一年，從來就不曾懷疑他的道德和操守。和一個認識不到半年的女學生殉情？簡直荒謬絕倫，別說把自己名譽毀於一旦，更讓師母情何以堪。」

「雲生教授是個文學家，思想是超脫凡俗的浪漫，也比較難以捉摸。所以……」小帥剎那間也不知如何說明，便說：「或許雲生教授有不為人知的一面！」

「這就是令人納悶之處，縱然他會有婚外情，可是怎會激烈到這種驚天動地的境界。」翰霖不知想到什麼，忽然有些吞吞吐吐。他望了眼神充滿好奇的小帥，有些毅然決然的意味，說：「我想這話只能對你說，因為我信任你會保守這個祕密。」

這個時候，天色向晚，校園四周只有稀稀疏疏的人影，而且是成雙成對。

「雲生教授婚前有個男性密友，如今他們倆人都遵守發乎情、止於禮的道德規範。」

翰霖說：「這麼一個不論對妻子或密友都情有獨鍾的正人君子，可能會為一個認識不到半年的女學生付出這麼大的代價嗎？」翰霖不停強調最後一句話。

時間有限，我迅速看完兩人的反覆辯證。至於雲生教授的同性戀愛情故事，一字不讀。

星期六下午，小帥上完生化實驗之後，就到後山。遠遠看到翰霖正在滑手機，看來已經等候多時。小帥走近一看，翰霖的神情雖然有些黯淡，但是比起前些時候，很明顯地有了改善。尤其是眼光和唇色，流放著微薄亮彩，依舊是那個英俊的學生王子，只是多了些令人心痛的憂鬱。

翰霖似乎急著想傾吐他今天打聽後的心得，所以省去客套話，直接了當地說：「我再去拜訪師母，除了慰弔之外，同時大略問起雲生教授。但是師母是個傳統的愛爾蘭婦女，並不瞭解雲生教授的內心世界。傾聽她訴說自己先生生前的點點滴滴，我忍不住心酸而掉下眼淚。另外，她堅持認定雲生教授和那名女學生之間是清白無瑕。她無法認定雲生教授是不是自殺。」

翰霖的聲音驟然斷弦，因為他的視線被不遠處的一道人影牢牢吸住。

那一道被學生們簇擁著的人影，小帥認識他——林衛。他是經濟研究所的客座教授，每週兩小時來教授高科技產業的經營管理。林衛是加州知名企業的第二代接班人，大學畢業之後，旋即像遊玩似地在世界各個知名學府拿了理工、企管等碩士學位，然後在中國的雲貴地區定居一段時間。三年前，奉父命回國，主持一家高科技公司，同時來舊金山大學經濟研究所兼課。

順便提起，校園師生殉情事件被媒體新聞炒翻天，不過都沒有提及林衛。

金髮碧眼的林衛長得高大英挺，在打扮上喜歡學名士派的不修邊幅，但是價值不斐的破破牛仔褲配上落魄藝術家設計出來的外套，再弄雙某某名牌的限量版球鞋，不知不覺中就散發出既高貴神聖，又平易近人的魔力。他的高顏值加上談吐高雅和菁英教育的背景，以及顯赫的家世，雖然吸引了大部分的學生和任職的同事。然而也有一小撮人，討厭他、嫉妒他、排擠他。其實這一小撮人又分為幾種類型。有的是單純的討厭和嫉妒，就像是怨老天不公平。有的只是想引起他的注意，然後在靠過來靠過去之中，撈些好處。有的則是像看連續劇的觀眾，只因為前面兩種人的鼓譟，於是就跟著起鬨。

小帥猜翰霖應該不認識林衛，所以談不上所謂的喜歡或討厭。至於小帥自己呢？雖然也談不上所謂的喜歡或討厭，但是比翰霖多一層感覺，因為兩人曾經握過手、打過照面。

什麼時候呢？

十天前，沈虹霓邀小帥和幾個亞裔同學到唐人街的「舉杯高歌」KTV唱歌。那個時候，小帥已經沒有把沈虹霓放在心上，反而是沈虹霓頻頻主動請小帥唱情歌。小帥點了英文版的〈吻別〉和〈我的歌聲裡〉，不過兩個人的KEY不對，所以歌聲不甚悅耳，卻造成另一種「笑」果。

小帥回想起來，才瞭解那是女孩慣用的技倆，因為另外一個中國籍男同學對她有意思，所以就抓小帥來做擋箭牌。大家唱得正「嗨」時，沈虹霓表示有事先走時，小帥表示要送她。她堅持小帥留步，不過小帥還是堅持送她到櫃台，因為包廂外的走道，又長又暗，看起來有點危險。

走到櫃檯，沈虹霓一直要小帥回去。當小帥轉身的時候，有個四十多歲男人推門而入，沈虹霓有些僵，只介紹說——我的朋友，那個男人很有風度的伸出手來。

望著兩人雙雙離去，耳畔響起櫃檯小姐和端飲料的少爺在交頭接耳，小帥才知道那個男人就是大名鼎鼎的林衛。

我又跳躍過幾頁……。

「師母跟我提及那個人，約翰・林衛。」翰霖收回視線，說：「半年前，某出版社曾經向雲生教授邀稿出書。雲生教授一口答應，並收下訂金。但在一個月前，雲生教授表示無法如期完成著作，提出解約，並退回訂金。出版社方面不肯，要求巨額賠償。於是，雲生教授請求林衛出面擺平此事，因為該出版社是林衛家族集團的關係企業之一。」

「林衛基於什麼理由幫這個忙？」

「師母說雲生教授在愛爾蘭時曾經和林衛有一面之緣，算是泛泛之交。然而他真的替雲生教授出面，說服出版社解約。不但如此，他還答應請人替雲生教授彙整生平著作，然後系列出版。」

翰霖覺可能自覺說了太多無關緊要的廢話，自動校正回歸地問道：「據你所知，警方依舊認定雲生教授和沈虹霓是殉情嗎？」

小帥望望圖書館的屋簷，說：「一切都還在調查過程中，所以警方採取保留態度。」

關於小帥和舊金山警方的淵源，可能在小說的前面已經交代過了，只是我沒有詳讀。谷泰森博士和喬許的關係不請自來地在我腦海出現……。

「經過這幾天的反覆思考，我深深不以為然。」

小帥看著翰霖，請教他的看法。

「會有什麼看法，感覺過分浪漫和淒美，就像被導演出來似的。只是，我有些不明白，既然要殉情，為什麼不同在一起，一個在室內，一個在室外，給人咫尺天涯，不能相聚的遺憾。還有，沈虹霓選擇喝有毒的飲料，雲生教授卻選擇上吊，似乎又不像是同心的戀侶。」翰霖俊秀的面龐，並不因為移動的樹影而受影響，反而平添幾許憂鬱的美感。

「那遺書呢？雲生教授的遺書是不是洋溢著對沈虹霓的愛戀，或是什麼強烈的感情。」

「明眼人一看就知道，他是寫給師母的。你看！」翰霖從書包取出一張紙，說：「這是雲生教授的遺書，師母影印給我的。」

雲生教授是指導小說創作，很多句法和單字都刻意修飾過，甚至還有隱喻，所以讀起來有一點點吃力。

「你認為如何？」

「一篇文情並茂，精彩絕倫的好文章。」

「有沒有發現任何的疑點？」看著搖頭的小帥，翰霖繼續說：「你看這一段：春天的容顏終於失去了色彩。還有另外一段：生命列車在黑暗的地下道奔馳。」

「嗯，有什麼問題嗎？」

不知不覺地，兩人遠離了圖書館，來到後山。

後山就像一朵朵倒過來的鬱金香，花瓣的裂口處則是一簇簇的松樹。天色忽然暗了下來，那幾座重疊的山又變成了倒蓋的水晶碗。上面的松紋，模糊一團，像是散化開來的油畫。孤獨的野狗，叫起來有一聲沒一聲的，更襯出荒涼的氛圍。黯淡的夕陽，依戀在山頭，沒來由的顫抖，像害病似的忍不住一點一點地收斂起光芒。狗聲沒了，卻來了陣風聲……風聲沒了，只剩下一種淡淡漠漠的聲音，分辨不出來，卻使小帥聽得耳膜微微發麻發痛。

我讀到如此詩意的句子，抬頭望著窗外，明朗的陽光下，可看見遠遠近近的建築。其中一棟仿日本合掌村造型的大賣場，一塊塊菱形的瓦整整齊齊地排列在屋簷，就像一本本攤開的舊書。每一本有它自己的故事，有它自己的悲歡離合。但縱使有輝煌的過去，卻只能留下那陰晦的氣息，供人憑弔罷了。我對於自己多愁善感的胡思亂想，感到好笑。不是才暗暗發誓，要洗去一身文青氣息，努力成為冷硬派偵探嗎？

小帥大聲朗誦：The face of spring loses her color finally 以及 The train of life runs into subway。

「是的，你想想看。」

小帥想到什麼似的，說：「我懂你的意思！雲生教授是愛爾蘭人，而且一直秉持愛爾蘭傳統文學之美，並視愛爾蘭詩人葉慈為偶像，所以拼寫 subway 這個字時，應該是 tube，而色彩的英文是 colour 而不是 color。Subway 和 color 是美式英文，所以你認為遺書有誤，很可能雲生教授並非自願上吊，而是被謀殺。」

「我是有這種想法。」

「你是雲生教授的得意門生，是否加入過多主觀的因素。而造成先入為主的偏見。畢竟詩的語言有太多的可能性，所以……」

小帥想多說些什麼，但是又吞下去，凝視著滿臉不以為然的翰霖。

「雲生教授從來不用美式英文說話或作文，甚至連口音也堅持愛爾蘭腔調。姑且不論這些，我的直覺告訴我，如果雲生教授會自殺，絕不可能是為了沈姓女學生，而且這封遺書有疑點。除了那兩個字的用法之外，整篇文章中的句法嚴謹，用字精闢，的確是出自雲生教授的手筆。」

「會不會有人刻意模仿他的寫作風格？」

「我本來也有同樣的想法。」翰霖的臉出現了堅毅的線條，說：「三思之後，我發現雲生教授曾經寫了不少有關死亡的文句，也說了不少有關自殺的名言。長年累月的醞釀，致使他在面對死亡的一刻，那些華麗的文采必然如晶瑩剔透的泉水，在月光下不斷地湧出來，所以這篇遺書才會如此動人。」

「可是……」

「你或許誤解我的意思，我是說那篇遺書中的文句似乎沒有出現在雲生教授公開發表的文章。」翰霖拍拍小帥的肩膀，說：「遺書是雲生教授所寫的，沒錯。只是出現了不該有的兩個單字，所以看起來有些奇怪。唉！或許你是對的，由於我單方面的堅持和否認，所以讓整件事變得複雜無比。」

小帥反過來拍拍翰霖的肩膀，說：「或許你才是對的！一個講究穿著品味的人，絕對不會配錯飾品。你看天色暗了，先去解決民生問題，然後再研究關於雲生教授的生前著作和人際關係吧！」

校園裡的圓球立燈都亮了起來，彷彿無數顆黃色的泡沫，從烏黑的大地慢慢飄起。只有一顆飛到天心，褪成蒼白色，而且被削去了三分之二體積的月亮，寂寞而衰弱地躺在雲霧的臂膀裡喘息。

當我翻回幾頁，再去讀「The face of spring loses her color finally」以及「The train of life runs into subway」時，想到喬許的筆記本曾記載一段，賦予他靈感的文字「The sun will not smile you by day, or the moon by night」。這段謎樣的文字來自依楓送給他一組陶壺，附帶卡片上的文字。至於如何讓喬許有了靈感，寫出雲生教授死亡訊息之謎，對我來說也是一個謎。我邊想邊讀，不知不覺又翻過好幾頁……。

晚間八點，小帥在女生宿舍的會客室等待海瑟，她是沈虹霓生前的死黨。對於小帥的來訪，海瑟有種不知所措的興奮。燈光照在她的臉上，金光水亮，彷彿一粒從油鍋裡撈起來的麵丸，不知包著什麼餡。耳朵和鼻子是捏不均勻而凸出來的，至於凹進去的是張開的嘴和略為塌陷的雙頰。眼睛是不小心沾上去的黑渣，由於是外來物，顯得特別靈活有神。

小帥說明來意時，海瑟表示沈虹霓絕對沒有和雲生教授有任何感情上的糾葛。

「他不是她喜歡的那種型。」

小帥心血來潮地說：「難道她喜歡的是林衛？」

「你也知道？」海瑟顯得很警戒，立刻改口說：「那只是謠言，他們之間只是單純的師生關係。」

「可是，我看見他們在『舉杯高歌』KTV唱歌，很親熱的樣子，而且沈虹霓也很大方地替我介紹。」那天晚上，海瑟並沒有參加，所以小帥可以隨口亂蓋。

海瑟終於在小帥軟硬兼施的計謀下說出實話。

「沈虹霓和林衛是有不尋常的關係，只因為男方是有婦之夫，又是個來頭不小的名人，所以一路走來，格外辛苦。沈虹霓好幾次想斷，又割捨不下，看她痛苦的樣子，連我都感到不忍。」

「難道林衛沒有給她任何承諾。」

「我想沒有吧！或許只是玩弄她的感情，誰知道？偏偏沈虹霓吃他那一套。」

「沈虹霓是否表示過輕生的念頭？」

海瑟點點頭，然後雙手一攤，說：「不過僅限於說說而已，並沒有任何實際行動。年輕女孩，誰不會把死啊活啊掛在嘴上。」

「關於沈虹霓死的時候，她戴上雲生教授的戒指，妳有什麼看法？」

「我也不知道為什麼會有這樣的事情！我是看過那枚戒指，絕非廉價品，根本就是名家設計。或許可以送去給老經驗的珠寶師鑑定，很多高價值的飾品都有來歷的，甚至出售給那個顧客都會有記錄。」

小帥苦笑地回答：「據我所知，警方已在這方面下了功夫。可是那只戒指雖然精緻美麗，卻不是出自於什麼名牌設計師之手。我猜極可能是由藝術學院的高材生，或是剛出道卻極有天分的年輕藝術家的設計。」

時候不早，小帥起身告別，然後走出大門。外面濃霧密佈，幾盞路燈根本起不了作用，反而將眼前的樹影鎖住，成了飄不走的遊魂。

小帥回到宿舍，看見翰霖坐在床上發呆，關心問著：「怎麼啦？」

「上吊而死，舌頭不是會伸出來嗎？可是為什麼我去參加雲生教授的葬禮，瞻仰遺容時，並沒有見到那可怕的樣子？原來是殯儀館的化妝師先將死者的舌頭用熱水泡軟之後，塞捲進去，然後把嘴巴閉起來。」

翰霖彷彿打開了話匣子，滔滔不絕地說了一大堆莫名其妙的話後，忽然激動地說：「我不是去和師母談嗎？除了她之外，我又找了雲生教授的男性密友談。他們兩人終於都認定雲生教授是自殺，他們有共同的感覺，雲生教授在一個多月前，整個人忽然變了，變得時而自暴自棄，時而積極進取。」

「為什麼呢？」

「據那位男性密友透露，雲生教授的人生起了極大的變化，所以才選擇自殺。」翰霖神情黯淡地說：「他和師母一樣，不肯告訴我原因。」

「既然如此，為什麼又會扯上沈虹霓呢？」

「這就是令我不解之處。」

「有一個可能。」從海瑟口中所收集的資料，小帥已經完成某種程度的推理，加上翰霖的說詞，益發有把握地說：「我的疑惑是如果兩人不是殉情，為什麼戴著款式相同的『情人戒』？還有他們有什麼理由，非死不可呢？雲生教授所寫的遺書是否本人所寫？還有，兩人死亡的地點只有一窗之隔也讓我感到迷惑。」

小帥對翰霖做了個「走」的手勢，然後率先快步往外走。

「你要去哪裡？」

「重返犯罪現場，雲生教授的研究室。」

將近晚間九點，小帥和翰霖跟在雲生教授的助理身後，進入研究室。靠近窗口和窗外樹下的地方有黃色布條和人形標記，不用明講，那裡就是雲生教授和沈虹霓兩人的人生終點站。

翰霖介紹雲生教授的助理，竟然暱稱他「莎翁粉」。「莎翁粉」顧名思義，就是莎士比亞的粉絲。幾句輕鬆的開場白過後，立刻進入主題。

我略過喬許對「莎翁粉」的詳細描寫，但是「新人物」的登場，令人有一種是否將會有「峰迴路轉」呢？我的腦海飄過一朵疑雲。由於太淡太輕了，稍縱即逝。

小帥指著書桌上的個人電腦，問：「雲生教授敲打鍵盤是一指神功，還是按照英文打字的標準模式？」

「雲生教授受過嚴格的打字訓練。當時沒有電腦，打字機還是手動的，所以十指的力道必須控制得宜，否則打出來的字，色澤不一，尤其是用左手小指打出來的A，會顯得模糊不清。」

「如果雲生教授用一指神功，或是用十個指頭隨機按鍵，那麼重疊的指紋就看不出所以然。然而，他卻是照英文打字的標準模式來按字鍵，縱然是重疊起來，同樣的指紋仍然依稀可辨。」

翰霖在一旁聽小帥和「莎翁粉」腦力激盪，不甘寂寞地插話：「如果整篇遺書都是雲生教授所寫、敲打出來，為什麼會有突兀的兩個單字？所以會不會是凶手用筆尖，刻意去按那幾個特別的字鍵，避免留下指紋。」

「莎翁粉」不明就裡，經過小帥的說明，他非常同意翰霖的看法。

小帥對翰霖說：「你所推想的，這字鍵上有沒有留下任何細小的圓點，我們也不知道。詳細的科學認定就交給警方去傷腦筋，目前只有證明我們的假設成立。」

「什麼意思？」翰霖和「莎翁粉」異口同聲。

「我們暫時把這個問題擱下，研究另外一個吧！」

小帥指著佈滿濃霧的窗口，說：「這裡是你們文學院的地盤，應該很熟吧！」

「嗯！」又是異口同聲。
「那一帶算不算人來人往的地區呢？」
「很難說！如果說是上下課之際，同學們懶得走研究室門口那邊的走廊，就會選擇走這邊。平時人跡罕見，因為有一排研究室的窗口，談情說愛總是不方便。」
小帥微笑說：「我曾經看過一份有趣的報導。依據統計，男性進入公廁時，百分之七十以上會選擇比較往裡面的小便池。至於女性嘛，則會選擇比較靠門口的幾間方便。你知道為什麼嗎？」
「莎翁粉」搶著回答：「我也看過那一份報導，所以知道答案。小便池是半公開的場所，所以愈往裡面的隱密性愈高。相反的，女性方便的地方本來就是個封閉空間，隱密性相等。但是愈往裡面的話，反而會造成一種不安全的壓力。」
「那麼假如沈虹霓要自殺的話，死亡地點的選擇是否草率了一點。」
「生命都可以丟棄了，還有什麼顧慮的呢？」翰霖頗不以為然地說。
小帥把從海瑟口中得知的事情說給兩位聽，然後做了結論：「我覺得那是兩回事。不過，我直覺沈虹霓可能是被殺。」
「那……凶手可能是林衛！」
「是的！因為他有殺死沈虹霓的動機，基於糾纏不清的男女關係。」
「可是他沒有殺死雲生教授的動機呀！」

鑑識人員皆認為不可能是被謀殺。唯一的可能性就是自殺，然而遺書的措辭又讓你們覺得不自然？所以你們所說的修改遺書，也可能是林衛的傑作，讓眾人以為他們相約殉情，你們認為呢？」此言一出，立刻引起身邊兩人的默認。

第十六章 《幽魂夢影》第125頁（作者：瑞德・雅契／李安美）

方才進入圖書館時，陽光普照。當我閱讀到「凶手可能是林衛！」時，開始感覺陰涼透心。原來館外開始下起傾盆大雨。煙霧茫茫、氣勢驚人，還劈空閃了幾道電光、響了幾聲雷鳴。我看了幾分鐘窗外雨景後，低頭繼續閱讀……。

小帥輕呼一聲翰霖的名字。

「什麼事？」翰霖轉過來，看著小帥的側臉。

小帥的眼角看見翰霖乳白色的牙齒含著下唇，淡紫色的上唇則微微地顫抖著。

「同樣是死亡事件，我們會不會比較偏袒雲生教授這邊，忽略了沈虹霓呢？」

「你的意思……」

「首先讓我來整理一下我們曾經討論過的。那封遺書，以你的判斷，確實是雲生教授所寫的。那麼……color 和 colour，Tube 和 Subway 之間的差別。如果不是剛才我們所說的陰謀論，我們也可以大膽假設，或許、我說或許，那是不是雲生教授刻意留下來的訊息，可能是給「莎翁粉」、你，或是其他的有心人。不太可能給師母，她不會理解。對了，他不是有個男性密友嗎？」講到這裡，小帥看了「莎翁粉」一眼，掩飾似地擺了個投降的手勢，說：「對不起，我想太多了。」

「我也覺得雲生教授不會多此一舉，太幼稚了！」假裝沒聽見「男性密友」四個字的「莎翁粉」熱心加入討論：「我這幾天在思考到底是誰改了那兩個字，林衛、沈虹霓或是其他的某某人。林衛最有可能，那麼他如何辦到？如果我們能找出他修改遺書的方法，縱然不是他，或許也可能找出真正的人，以及竄改人為什麼要修改雲生教授遺書的動機。」

小帥建議：「太混亂了，今天就先談到這裡吧！」

兩人跟「莎翁粉」道聲晚安，然後離開雲生教授的研究室。校園中有人在張貼電影海報，那是一部以駭客入侵電腦為背景的科幻電影。

小帥看到海報中那個令全球少男少女為之瘋狂的偶像明星時，忽然想到什麼，立刻打手機給「莎翁粉」，吩咐他暫時不要離開，然後拉著翰霖迅速地回頭往雲生教授的研究室跑去。

看到去而復返的小帥和翰霖，「莎翁粉」訝異地詢問：「有什麼事嗎？」

小帥氣吁吁地問：「我可以借用你的電腦嗎？」

面對「莎翁粉」的遲疑，翰霖雖然不知道小帥葫蘆裡賣的是什麼藥，仍然挺身而出地鞠躬要求。

小帥說：「我不需要看你電腦裡面的東西，我只要……反正我只下指令，由你動手查詢。一有新發現，我們馬上通知警方。」

「莎翁粉」打開電腦，照著小帥的指示，找出舊金山大學人文科學學院的網站。小帥要他在「教授欄」尋找雲生教授，然後找出死亡之前三天的使用電腦紀錄。

「先確定那封遺書的檔案位置。」

「可以了！我們再進入檔案夾。」

小帥指示「莎翁粉」快速點兩下之後，出現「屬性」。助教在滑鼠的左鍵點了一下，並在「內容」點了一下。看到三個標籤出現時，小帥的心跳不禁加快。果然在反白的一個欄位，顯示作者（使用者）是林衛，日期是雲生教授「自殺」的前三天。

翰霖迫不及待地問：「有關凶手……」

「不錯，林衛用他的研究室裡的電腦打了那封遺書，然後再拷貝到雲生教授的電腦檔案裡，自殺的時候再列印出來。因為還放在印表機上，所以沒有指紋是再自然不過的事。」

「可是林衛有這份能耐嗎？我是說偽造遺書。」

「你不是說過，林衛答應請人替雲生教授彙整生平著作，然後系列出版。那些著作應該有未曾對外發表，類似的文章，林衛就抄寫下來。」

「莎翁粉」覺得很有道理，不過還是表示他的疑慮，說：「那些著作浩如煙海，要找本來就不容易。如果被林衛改寫，或是當下刪除，根本死無對證。」

翰霖憤恨不平地大吼出聲：「雲生教授竟然是被謀殺！可是動機呢？」

當我讀到「雲生教授竟然是被謀殺！可是動機呢？」時，心情非常激動。這只是一本虛構的小說，誰被殺、誰是凶手，只是一種燒腦的娛樂，與現實的我全然無關。但是當作者喬許寫到有關解謎，也就是證明雲生教授的遺書並非本人所寫。身為讀者的我不自覺地參與推理，首先浮現腦海是……雲端。

雲端是目前流行的一種運算和儲存模型，隨時、隨處靈活地存取數據。但是也因為這種方便性，功力強大的駭客可以運用電腦病毒的定義／感染途徑／感染目標／發作期／預防來達到入侵目標、竊取資料、破壞系統等動作。據我所知軟體系統的搜尋或解密途徑還可以延伸到Internet、電子郵件、網頁瀏覽、即時應用程式、區域網路、網路芳鄰、檔案共享和文件傳播。

然而小說沒有提到功能強大的電腦系統、或有關深奧的IT知識，所以是不是會使用甚麼簡單的手法，例如外接隨身碟的手法。如果按照這個理論，林衛不一定是凶手。如果到此就認定林衛是凶手，那麼這本小說就遜掉了，也證明喬許不是一個優秀出色的犯罪推理作家。我內心疑竇叢生，前幾頁，有關疑團的產生和解謎的過程，喬許都會詳細說明靈感或依據。可是，我認為最精采的這一段，喬許卻避而不談。

風吹草不動、無風卻起浪，我的腦海再度吹起「谷泰森博士是不是殺害喬許凶手」的旋風。

離開雲生教授的研究室，走在在濃濃的夜霧中，小帥不禁又想起那場音樂會，疑惑那輕盈的歌聲，如今是否也像那看不見的流星，墜落在太空荒涼的一角，或是像那枚孤獨的貝殼，埋葬在海洋深深之處。

這個星期天，小帥和翰霖決定留在校內，因為考期近了。看了一上午的書，吃完午飯後，小帥建議到附近的小漁港走走。

經過一條掛滿魚網、魚竿和漁具的小路，在一條壞掉的小漁船邊，停好腳踏車。兩人一前一後地爬上堤防，那是一道有趣的堤防，上面畫著舊金山海域常見的魚類，極具教育意義。但是也讓人聯想到，如果照這樣濫捕下去，或氣溫異常變化，也許以後只能在圖畫裡看到那些魚類了。

眼前成排的松樹，可看見密實的針葉和深綠色的小球果。透視過去，禁不住要問，是誰用尺畫了一條線，上面是天，下面是海。天的部分，捨棄了尺，只在上面畫著各類的線條——有圓狀、有巨塊狀、有細絲狀、也有鱗片狀，再塗上乾乾淨淨的白色。海的部分，重複畫了無數微微凸起的曲線。完成了之後，陽光就悄悄地將每一條橫線敷上了金彩。

我讀著這樣極富想像力的文句，情不自禁回想到我第一次、也是唯一一次在海邊小屋，看見喬許……。因為胡思亂想，於是錯過幾行。回頭再讀，所幸不是重點，也懶得再細讀。

風浪平靜，岩石長滿了碧絨絨的海草，不知不覺走到堤防的盡頭。小帥發現腳邊的岩石，上面有一隻白色的螃蟹在爬行，好像是按鍵打字的手。

「我想來想去，會不會是某人用自己的隨身碟拷貝了雲生教授的遺書，再把隨身碟裡的遺書轉貼到林衛在研究室裡的電腦。然後利用那台電腦，把遺書中的 color 改成 colour，Tube 改成 Subway。可能還有我們沒有發現的地方，用意就是要讓閱讀遺書的人起疑。」

「某人？你不是說就是林衛吧！」

「遺書是在林衛研究室裡的電腦寫的，這是無庸置疑。但是令人費解的是，鍵盤上面乾乾淨淨，並沒有林衛的指紋。」

翰霖鬆開眉頭，興奮地說：「會不會林衛打完之後，不管有沒有擦掉指紋，後來助理再使用呢？」

「據我從林衛的助理口中得知，林衛從來不用研究室的電腦，都是用他自己的筆電，也不熟悉學校的電腦系統。換句話說，如果不是林衛的話，顯然是另外有人想嫁禍於林衛。」

不知何時，陽光隱然消失，海浪逐漸大起來。小帥想起海瑟說過的話，沈虹霓和林衛之間糾纏不清的戀情，必然是悲劇收場的宿命。沈虹霓明知山有虎，偏向虎山行，這是致命的愛情，浪漫的死亡遊戲。遙望那幅海天巨畫，大自然把原來的天空景緻完全抹去，潑上深淺不一的墨水。原本畫了無數曲線的海平面，一律換成大大小小的三角形，強勁的風勢把整個畫面上下左右地搖動起來。

我讀完小帥的推理，心中暗暗喝采，果然另有玄機。由於我是採取跳躍式閱讀，所以有關林衛被冤枉，還有兩位死者的心理描寫就不包含在裡頭。看看手錶，已經午後兩點多，雨勢依舊強勁，似乎對應著書中所描寫的情境。我感到有些昏眩和睏意。打起精神繼續閱讀，但是由於精神無法集中，所以走馬看花地一頁、一頁翻過去，直到文中出現兩個關鍵字——隨身碟和海瑟。

不知何時，海瑟悄悄走過來。

「海瑟，妳怎麼知道我們在這裡？」翰霖問。

不等海瑟回答，小帥開門見山地問：「妳有什麼話要告訴我們嗎？」

在海風的吹襲下，海瑟的五官在飛舞的髮絲中，放射出淡淡的亮光。

「虹霓曾經告訴過我，你很喜歡她，她也很喜歡你。但是，相見恨晚，她已經走上不歸路。」事到如今，小帥還能說什麼呢？

海瑟揉揉眼睛，略帶哽咽地說：「當我看見林衛和另一個女孩親密地走在一起，女孩還踮起腳來吻他。基於好友的立場，我立刻用手機拍照，即刻傳給虹霓，告訴她這個殘酷的事實。我是基於路見不平的心理，希望虹霓能早日掙脫那場畸戀。她對我說她已經知道林衛想要拋棄她，她已經有了心理準備。」

「沈虹霓她……」翰霖有些沉不住，怨氣難消。

「也許是既將消失的愛情令女人的觸覺格外敏銳起來。首先，她感覺林衛對她的態度有一百八十度的轉變，但每一次的甜言蜜語和親密的接觸，都讓她有虛偽的感覺，另外，她感覺到高傲的他最近時常和雲生教授扯在一起。虹霓是個聰明的女孩，就開始調查。」

「難怪我從上幾個月就看到旁聽的沈虹霓不但非常認真聽課，還很努力寫作業。然後，頻頻親自上門請教雲生教授。」翰霖除了怨氣，還有些「後知後覺」的自責。

「她幹嘛要這樣做？」

「其實那些作業都是我們一個喜歡寫小說的朋友的創作……學生接近老師是天經地義的事。虹霓很快博取雲生教授的信任和喜愛，然後刻意布置兩人是親密關係的假象。」

「刺激林衛。」海瑟有點難為情地說：「林衛好像跟雲生教授邀稿出書，還是要討論什麼文學活動。總之，虹霓就是這樣任性。反正雲生教授是個正人君子，不會真的對她怎麼樣。」

「不是任性，是愚昧無知。」

「虹霓在去世的當天午後，約莫四點左右，打手機給我。虹霓說，我將會寄一封信給妳，因為我預感似乎有什麼大事要發生。妳收到信後，如果我發生什麼意外，就交給警察。」

海瑟一面從背包中拿出一封信，一面繼續說：「她的那番話是我事後拼拼湊湊起來，實際上是非常混亂，我根本不知道她在說什麼，加上手機收訊不良。所以當案發之後，我無法提供完整說詞給警方，直到剛才我收到虹霓生前寄給我的信，才恍然大悟。」

翰霖看了看小帥，先伸手去拿信封，然後又交給小帥。

「我覺得交給警察之前，還是先交給兩位過目。」

信封上面收件人是海瑟，郵戳表示寄信的日期是沈虹霓死亡的那一天。裡面除了信紙，還有一個可愛機器人造型的隨身碟。信中大意如下：

那一天，沈虹霓和往常一樣，走入雲生教授的研究室。發現他的表情十分嚴肅地在鍵盤上打字。不敢驚動他，靜靜地等了約十幾分鐘。正想離開時，他似乎剛好寫完，也發現了站在門口的沈虹霓，便招手要她過去。兩人聊了約半個鐘頭，雲生教授被系主任叫去開會。他看見沈虹霓對於書架上的書很感興趣，就讓她獨自留在研究室。

沈虹霓等雲生教授離開後，因為好奇心作祟，便去動他的電腦。因為雲生教授只是把電腦蓋上，所以只有進入「睡眠」。眼前的文章，不看則已，一看驚心動魄，原來是一封寫給妻子的遺書。她一看時間充份，於是從遺書中的某些敏感字眼當作關鍵字，利用搜尋和快速存取等功能，找出多篇文件。

想不到溫文儒雅的雲生教授是個同性戀，不過沈虹霓並不驚訝，令她驚訝的是雲生教授自認即將消失於人間。沈虹霓又從雲生教授的郵件中，發現了他和林衛的協定，還有罹患愛滋病的證據。一個念頭悄悄在腦海形成。時間差不多了，她拷貝了雲生教授的遺書，悄然離去。

沈虹霓接著下去的所作所為就如同小帥先前的推理，毫無差異。

「很簡單，沈虹霓用自己的隨身碟拷貝了雲生教授的遺書，再把隨身碟裡的遺書轉貼到林衛在研究室裡的電腦。然後利用那台電腦，把遺書中的 color 改成 colour，Tube 改成 Subway。她的用意很明顯，就是讓閱讀遺書的人起疑。然後，沈虹霓去雲生教授的研究室，將自己隨身碟裡的遺書覆蓋到雲生教授原先寫的那一封。於是，這封遺書的作者就成了林衛。」

我回頭過去看文中主人翁的推理過程，沒有瑕疵。這封有關沈虹霓的自白書，在推理小說的寫作方式當然沒有偵探親自解謎的好，但是無可厚非，因為作者想要凸顯的是故事情節，而且太多燒腦的閱讀過程對於大多數的讀者而言是一種負擔。另外，我原本以為需要高深的電腦知識，竟然如此簡單易懂，對於喬許更增加了幾分敬佩。但是我更佩服我自己，因為在前幾分鐘已經做了相同的預測。

小說就是小說，喬許忽然把場景拉到舊金山大地震。喬許為什麼會忽然插寫那一段？

必然是感懷自己的身世，因此文字特別生動感人。喬許非常詳細地描寫，例如後援物資堆置如山地被棄置在災區，待援的災民卻在一邊枯等數小時。事實上，喬許在發生地震時，還是個嬰兒，根本沒有親身經歷。因此我猜測，他一定花了很多時間去研讀當時的文獻和資料。另外，他又寫到希望得到棉被或帳篷的的災民，卻得到數十桶鮮奶的場面，不由得回想起台灣二十多年前的九二一大地震。

「同理可證，在雲生教授和沈虹霓的死亡事件中，我們也犯了同樣的錯誤，我們缺乏自己的獨立思考，只靠零星片段的資訊。或許我們也像那些資深的高級公務員，一律照章行事。發生了大地震，不是只知道往上呈報，就是往其他部門推責任。」

小帥剛說完，手機響起，「莎翁粉」來訊如下：神通廣大的媒體開始鉅細靡遺地報導林衛和死者沈虹霓的關係，還有出資幫助雲生教授出書等等事情。經過嚴密調查，認為值得深查追究，於是約談林衛。

翰霖和小帥立馬各自上網。

不論是以正派公正為經營理念的報刊雜誌，或是擅長羶色腥的刊物論壇，甚至名嘴網紅紛紛以年輕英俊企業家、名校教授與美豔女學生的校園三角戀等聳動的題目強烈吸引住廣大群眾的注意力。

翰霖看完，瞪著小帥問：「那下一步，我們該怎麼走？」

小帥想了一想，回答：「你曾經說雲生教授有個同性密友，我們去找他。」

「可是……」

「我知道你有困難，而且很可能你曾經發誓保守那個人的身分。但是事關雲生教授的死亡之謎，或許可以通融一下，也為了讓你更有自信地接受我的推理。」小帥睜大雙眼，故意露出天真無邪的笑容，說：「他是個藝術家，對不對？」

翰霖表現出驚慌的神情，點點頭，說：「不錯，他是個藝術家。」

小帥看著遠方的天空，彷彿那個人就站在雲端，自言自語：「他可不是個不修邊幅的藝術家哦！對於生活非常有品味，喜歡設計珠寶飾品。」

翰霖眼光隨著小帥的視線飄向遠方，自嘲地說：「你曾經提起那枚戒指，可能是由藝術學院或剛出道卻極有天份的年輕人所設計。很可惜，當時我並沒有聯想到他。」

小帥推推翰霖，說：「打手機給那個人，告訴他、我們現在要去拜訪，反正地方不遠，幾十分鐘就到了。」

「你……你已經知道他是誰？」

「這不重要，你快點去吧。」

大約二十分鐘後，小帥和翰霖到了「驛咖啡」門口。

「驛咖啡」是間位於海港區倫巴底街，一家再尋常不過的西餐廳，由於提供物美價廉的簡餐和飲料，廣受中下階居民或上班族的歡迎。至於老闆的拿手咖啡，就只有老顧客才能享受。

一個年輕的男侍者親切地詢問，是否和蘭笛老師有約。

得到答案之後，便帶領翰霖和小帥往閣樓上去。然後對掛著中國山水的門窗，略為大聲地說：「大師，您的客人來了。」

「請他們進來。」

門被打開之後，裡面坐著一位穿著墨綠色長袍的男子，側著光所以看不清楚面孔，但整個輪廓看來，算得上英挺。坐姿優雅，聲音也十分悅耳。

「好久不見了。」中年男子向翰霖招呼。

翰霖回應之後，就向蘭笛老師介紹小帥。

看起來像是來自中東的蘭笛老師顯得肉壯高大，寬闊的雙眼皮下，眼神柔和清澈，眉色的濃度也恰到好處。鼻型有些鉤起，嘴唇因豐厚而凸出。平易近人的態度，一點也看不出是個名揚國際的金屬雕塑家。

「剛才翰霖大略地把事件說了一遍。首先，我感到好奇，你怎麼會想到是我？」

小帥有些不好意思，搔搔頭，說：「我也是亂猜的，是翰霖做賊心虛，自己招認的。我又沒有指名道姓。」

「你耍我？」翰霖狠狠地用手肘敲了小帥一下。

此時，剛才那位侍者端來咖啡，小帥若無其事地端起來喝。

「你也不要太謙虛。我想你必定是由雲生戴的那一枚戒指所產生的啟示吧！」

小帥點點頭，說明是利用圖像和特徵去網路搜尋，找出幾個合乎條件的人選，然後再從憨厚老實的翰霖口中套出標準答案。蘭笛老師似乎很欣賞小帥，不停誇讚他，直到翰霖高聲強調此行的目的為止。

「當我聽聞雲生和那名大學女生相約殉情，心中開始產生疑問。但是由於我和雲生的關係特殊，如果主動向警方說明，對於已婚的雲生的名譽有所損害。因此我只能保持沈默，靜觀其變。必要時再挺身而出也不晚。」

蘭笛老師喝了一口咖啡後，繼續說下去：「雲生婚後，謹守神聖的盟約，而我依舊追逐年輕的肉體。但是在心靈深處，認定他是我此生的摯愛。我製作了一對戒指，一枚送給雲生，一枚則自己保留，紀念我們曾經的愛情。」

小帥和翰霖互望一眼，有點坐立不安地聽著兩個初老男人的愛情故事。

「兩個月前，雲生告訴我，他得了愛滋。說來諷刺，淫蕩的我反而沒事，潛伏多年的病毒卻找上改邪歸正的他。改邪歸正不是個正確的說法，但是我也只能想到這個成語。我勸他要堅強、堅持地和病魔奮戰，他說他非常害怕。不是害怕病痛或死亡，而是害怕他那傳承皇家貴族血統的家族將遭受愛爾蘭媒體無情的報導，家族的政敵更會大肆渲染。如此一來，他無法想像，陪伴他多年、用整個生命愛他的妻子，將會如何面對兩人從此以後的人生。不論怨他、恨他，還是繼續愛他，他都沒有辦法面對殘酷的現實。」

蘭笛老師說完長長的一段話，停頓許久，嘆了一口氣，再說：「唯一值得安慰，有出版社願意將他畢生一系列的著作出版，所以更不希望因為自己的絕症造成負面影響。所以，他要用自己的手結束自己的生命。我無法說服他，只能私下希望他能改變心意。」

小帥一邊聽著他們纏綿感人的交情，一邊思考沈虹霓為什麼會有那枚戒指。

翰霖用手肘輕輕點了小帥一下，原來失神的小帥對於蘭笛老師的訴說，置若罔聞。小帥趕緊致歉，並說出心中的疑惑。

「那個女生戴的戒指是仿冒品。我雖然沒有看到那枚戒指，但是只要詳細鑑定，不論從材質或手藝，必定可以證明不是出自我的原創。」蘭笛老師語氣沉重地說：「我說過由於我和雲生的關係特殊，不方便主動向警方說明，只能靜觀其變。必要時再挺身而出，那枚戒指就是證據之一。」

小帥聽到蘭笛老師輕聲嘆息之後，接著又說：「原本以為那個女生戴著我送雲生的戒指自殺。後來好像又說是他殺，嫌疑犯是工商界鼎鼎有名的林衛。」

小帥想不到蘭笛老師也是個有心人，除了和他分享實際上的發現，又附加了一些個人的猜測。

「林衛要替雲生教授出書，您認為他知道雲生教授患愛滋的事嗎？」

「以雲生浪慢多情的個性，他會掏心掏肺地全盤托出。至於有關你個人的猜測，雲生會不會介入林衛和那名女大生之間，那是萬分不可能的事。我和林衛也稍有交情，他的公司曾向我採購一些作品。我認為林衛是個聰明進取，對前途充滿野心的企業家。他或許花心了一些，但總是適可而止，現在他惹上麻煩，是老天給他一個教訓。」

「老師，您不認為林衛是殺人犯嗎？」

「為什麼你們會這樣認為呢？」

小帥讓翰霖向蘭笛老師詳述海瑟的話，還有書信和隨身碟。

「所以，沈虹霓到底是自殺，還是他殺？」蘭笛老師問小帥。

小帥無法回答，翰霖插嘴說：「沈虹霓和林衛之間糾纏不清的戀情，必然是悲劇收場的宿命。沈虹霓明知山有虎，偏向虎山行，這是致命的愛情，浪漫的死亡遊戲。」

當翰霖和蘭笛老師說話之際，小帥收到「莎翁粉」的簡訊：最新報導，校園殉情命案中的女學生沈虹霓，原先判定是硫仿汀致死。屍體解剖之後，真正的致死原因是硫可汀……」

當我讀到：警方發現沈虹霓體內殘留過量的硫可汀。然後喬許又花一大段章節說明：硫可汀是種控釋型／Control Release 或是緩釋型／Slow Release 的毒藥，也就是說吃了之後，不會立刻起作用，大約在兩、三個小時之後才會起作用。因為硫可汀會被胃酸抑制，所以只能在腸管處被吸收。嗯！這會不會又是珮兒從齊雅飛得來的藥學知識？應該不是喬許自己想出來的！

依照珮兒對於硫仿汀和硫可汀的描述，兩者的化學結構幾乎一模一樣，運用在殺蟲劑上。硫可汀在結構式上多了個環狀物，所以具有緩釋作用。一般使用方法是將兩者混在一起，硫仿汀可馬上殺死成蟲，而硫可汀則在四、五小時後再發揮毒性，慢慢殺死孵化的幼蟲。然而由於這個處方尚在專利期間，硫仿汀隨處可以購得，硫可汀則大大不易，這也為什麼警方開始懷疑沈虹霓是否有能力取得。硫可汀正是林衛家族企業中正在開發中的化學物質，不啻加重林衛殺人的嫌疑。

沈虹霓知道了雲生教授的自殺計畫之後，便著手自己的自殺計畫。不同於雲生教授的自殺計畫，自己的自殺計畫必須驚動「整個校園」、「整個舊金山」、「整個加州」、「整個美國」，而最不可缺的男主角是移情別戀的林衛。

她藉機接近雲生教授。雖然沒有辦法無時不刻的監視，但還是可以估計雲生教授的自殺時間。當雲生教授上吊，她立刻趕往「現場」，戴上仿冒的戒指，再更換遺書。這份遺書是三天前，利用林衛的電腦修改的。把遺書列印出來之後，走到研究室外，服毒自殺。在飲料罐子裡滲入硫可汀，而從服毒到發作之間，有四到六個小時，林衛無法提出不在場證明，自然脫不了嫌疑。然而她低估了林衛背後強大的律師團，提出硫可汀和硫仿汀的差異，同時調出沈虹霓盜取硫可汀的證據。

我讀到這裡，抬起頭來，圖書館外面雨後放晴、碧空如洗，還出現一段彩虹。天氣詭譎多變，世道未曾不是如此，我不得不搖頭嘆息。

第十七章　夜間月亮必不害妳

記得那天我去舊金山大學醫學院法醫學系，觀察伊楓和喬許的解剖結果時，曾經將驗屍官「赤川英二」誤讀為「赤川英一」，當時腦海閃過一些模糊不清東西。如今想起來，應該是我的潛意識已經知道「白天時陽光不會對你微笑，否則黑夜時月光會對你微笑。The sun will not smile you by day, or the moon by night.」和「白日太陽必不傷妳，夜間月亮必不害妳。The sun will not smite you by day, nor the moon by night.」的差異。原來喬許也發現個差異，引發靈感，而在《幽魂夢影》中，設計了雲生教授的遺書之謎。

喬許命案中那些模糊不清的東西，如今因為「雲生教授的遺書之謎」的解破，化成一道彩霞射入我的心谷。

於是，急忙打電話給阿方，交代他找時間去證物室，將可朗達的遺書拿出來嗅一嗅，然後對著日光燈觀察。

阿方答應之後，我繼續閱讀思考。半小時之後，阿方回電，並且照實回答，然後寄來遺書圖檔。

我把阿方傳過來的遺書和我先前拍下來的遺書做一比較。只見遺書上本來深藍的筆跡，右上方的部分卻呈現淡綠色。

阿方和我皆有共識：當初看到遺書時，並沒有這種現象。

「難道在保存期間，這封遺書受到有機溶劑的浸潤？」

「那是不可能的事。」阿方語氣斬釘截鐵。

「既然如此，那麼……可朗達就不一定是自殺了！」

「何以見得？」

「以後慢慢再說，不過我還是沒把握。你就賭一把，破案功勞全歸你，如果我的預感有誤，你也要承擔接下來的後果。」我邊說，邊把我認為的疑點和要求阿方照辦的事項用e-mail寄過去。

「單憑你的直覺？未免太一廂情願了！不過看在你單憑一己之力，協助我們找出殺死高中生物老師真兇的面子上，我冒著被打臉和羞辱的風險再次和上級爭取結案後再審的可能性。」

我和阿方結束通話，再度思索「白天時陽光不會對你微笑，否則黑夜時月光會對你微笑。The sun will not smile you by day, or the moon by night.」和「白日太陽必不傷妳，夜間月亮必不害妳。The sun will not smite you by day, nor the moon by night.」的差異。

「The sun will not smile you by day, or the moon by night.」和「The sun will not smite you by day, nor the moon by night.」的差異是在於前者的「smile、or」和後者的「smite、nor」。後者是引用聖經中，詩篇的第121章第6節的金句，前者卻是讓人感到莫名其妙、不知所云的

詩句。然而我從喬許手中見到卡片上的句子是後者，而從蜜娜口中聽見，喬許送給珮兒的卡片所寫是前者的句子。

如果名字是「赤川英二」的驗屍官，他的名牌可能因為沾到某種液體兒褪色成「赤川英一」。那麼，正確的「smite、nor」是不是因為同樣道理，褪色成「smile、or」？

如果是這樣，可朗達的遺書就非常可疑了。

費雪偵探社因為偵查介入政壇醜聞的調查，大量減少接案，或直接轉介給外包商。費雪先生准許文書工作交給兩位來兼差的年輕人，減輕威靈頓太太的工作負擔。

調查美國政壇醜聞，對於我這個外國人而言有些使不上力，所以費雪先生就交給阿孟和大牛。雖然樂得袖手旁觀，不過我是閒不下來的。因為心中還是有個芥蒂，我不認為可朗達殺害喬許。但是證據呢？總不能單憑我的直覺。

週三午前，雪蓉・碧特來電表示想找我出詩集，雖然我搞不清楚到底是怎麼一回事情，然而霎那之間眼前彩雲滿天、耳畔仙樂飄飄，讓我靈魂出竅。她在電話中表示，她想自創出版社，挖掘璞玉般的無名詩人，實現她長久以來的夢想。目前以非英語系國家詩人的初試啼聲之作為主。蜜娜積極推薦我，誇稱我是台灣極具盛名的詩人。雪蓉希望我可以將我寫過的幾首詩，最好是有關歌頌台灣民俗風土的詩寄給她過目。

我記得李安美曾經揶揄地建議我去寫小說，所以雪蓉一開口，我還以為是她，沒想到竟然是對文學一點興趣亦無的蜜娜。不加思索答應之後，便問雪蓉為何認識蜜娜。

雪蓉笑而不答，繼續說：「你只要寄原文過來，不要自己翻譯，我會請精通漢學的朋友幫忙翻譯。你可以先寄給我嗎？至少三首。」

「當然可以，當然可以。」

我迷迷茫茫聽到雪蓉指定約談的時間地點之後，才趕緊拾起散落的三魂六魄，期期艾艾地答應準時赴約。等到恢復理智，立刻去電蜜娜，追問到底是怎麼一回事。

蜜娜聽到我說明之後，覺得我這麼興奮激動簡直是不可思議，慢條斯理地說：「事情是這樣子的……前天晚上，雪蓉和我一起討論案情。」

「討論案情，For what？」

「她覺得最近好像有人在跟蹤她，所以委託我調查。」

「妳有線索了嗎？」

「有一點點，確定是個男的。我認為是她的前夫，可是雪蓉認為不可能，因為她的前夫離婚後就出國去了。沒多久，他才和他們的女兒視訊。」

視訊？能夠證明人在國外嗎？我正要反駁，蜜娜話題一轉，說：「哇！我已經違背職業倫理，洩漏了客戶的機密。總之，這是我的業務，不關你的事。」

終於等到約談的那一天，我在雪蓉訂好的餐廳附近停車場下車，比約好的時間早了一些。幽靜的步道，樹影森森、路燈濛濛，因為雨絲開始飄了，感覺有點不勝寒意。食物的香氣隱隱約約，提醒我餐廳就在眼前。

當我走近大門，發現不遠處的窗戶站著一位男子。深灰色的風衣披在瘦瘦高高的身子，被屋內往外射的燈光籠罩，顯得落寞孤單。我不由得多看他一眼，雖然隔著口罩，還是可以看到削凹的面部輪廓。

窗外的他到底看著窗內的誰？窗內的誰知道窗外的他嗎？當我想再看清楚一點，卻因為接待小姐開門迎接而作罷。我說出雪蓉的名字，她告訴我對方已經到來，然後領我入座，安排我在雪蓉對面坐了下來。

我轉頭去看窗外，那個男人已經不見蹤影。會不會是蜜娜所說的那個男人？我想開口問雪蓉，但是顧及到蜜娜的警告，又想到今天晚餐的目的，於是忍住滿腹滾滾的疑雲，讓原本如旭日東升的振奮和期盼，更加燦爛地化成臉上的笑容。

雪蓉問我剛才看什麼？我豈能實話實說。開口聊些不關痛癢的話題，同時注意雪蓉的盛裝打扮。

一襲香奈爾粉藍色套裝，裡面透明蕾絲襯衫上面幾顆扣子沒扣，領子往外翻，露出撲上銀粉的V型胸口。這種集中火力的性感，往往讓男人忽略了她刻意整理出來的髮型和兩面銅鑼似的耳環，更別說她那張精心畫出來的臉。相對之下，我的穿著顯得寒酸草率。我想是不是因為翡絲的入獄，暫時紓解了她的經濟壓力。但是有那麼大的落差嗎？

寒暄過後，各自點餐。雪蓉便啟開今晚的話題，我又開始編織成為美國桂冠詩人的美夢。

雪蓉可能誤解了我的目瞪口呆和失魂落魄，略為調整一下領子，笑笑地輕咳一聲，略為提高聲調地說：「我為了你的詩集和幾位詩壇的友人開了幾次視訊會議，他們同意讓你的詩在他們的刊物發表，也會撰文討論和推薦。後來的幾次，李安美加入了我們的討論。我希望時機成熟時，你可以直接用英文寫詩。」

「我受寵若驚。」

「我特別聲明，珮兒‧可朗達已經正式改名換姓為李安美。從此以後，李安美既是筆名，也是本名。我們經過幾番討論之後，因為李安美的建議，我們另外有了計劃。」

果然，事情並非我想像般順利。但是，我還是心平氣和地聽她說下去。

「我自己將來的出版社是以出版類型小說為主，並不標榜曲高和寡的學院派作品，也不會自命清高地以揹負文學使命自居。我的出書方針，不論小說、散文、詩或名人傳記、繪本、寫真集和記錄文學，都是以引起話題性，讓大多數的讀者注意，然後閱讀和購買。換句話說，我們除了注重書本的內涵和品質深度之外，更注重閱讀的趣味性和可接受的廣度為主。」

我默默聽著，等待殘酷的結論。

「討論的結果，決定出版你的詩集。」

「啊！」我情不自禁地欣然歡呼一聲。

「不過……」

「不過？」我無法自控地黯然哀鳴兩聲。

「我想在正式替你出詩集之前，先做不留痕跡的宣傳。」

「喔！」我默然在心中嘆息三聲。

「我的做法，挑選合適的詩，置入李安美新創的小說中。」

「李安美已經有了新作？」

「啊！我不小心說漏了嘴，那是最高機密。你絕對不可走漏一點風聲喔！」

「相信我，我是偵探，我有受過『守口如瓶』的專業訓練。只是，有必要這樣搞神祕嗎？」

「我不想見光死，何況我對李安美的寫作能力還沒有百分之一百的信心。她和喬許不同，還年輕，缺乏人生歷練，也缺乏豐富的想像力。短短的大學寫作訓練根本於事無補。你從她寫過的小說可以清楚，她都是靠改寫實際上發生的事件或從她的母親口中聽來的故事。」

雪蓉那兩面銅鑼似的耳環好像是問神的筊杯，依照或然率應該是「聖筊」才對，可是出現在我眼前的，不是「陰筊」就是「笑筊」。

「所以我擬定一個祕密計畫。」

既然是祕密，當然不能說，所以我識大體地不聞不問。不過我想，雪蓉應該會再找一位代替喬許位置的不具名作家。這種替名人捉刀的「影子作家」在文壇屢見不鮮。

「其實也不算是祕密計畫。我計畫在李安美的新小說，每一章的前面都要有你的詩來前導。詩的意境合乎對應章節的故事，然後請心理學專家解析說明。當然，每首詩都標註上你的大名。」

「聽起來很有創意，也很有趣。李安美的新小說，我可以先一睹為快嗎？」

「當然可以，順便幫我們挑bug！不過至少要等初稿出來。」雪蓉很興奮地說：「依照本社行銷部門的預估，《幽魂夢影》不但得到名家好評，還沒出版就被推薦角逐『這本小說好好看』。喬許無法享受這份尊榮，但是李安美的名氣勢必如日中天。她將來都會在我的出版社出書，以後一出書必會列入暢銷排行榜啊！所以你的詩和你的人會悄悄地烙印在讀者的腦海之中，而當李安美宣傳新書的時候，也會大力宣傳你，然後我們就可將你的詩集順水推舟地出版。」

「我真的不知道要說些什麼！」我說完這句，接下去也是真的不知道要說些什麼！這百分之一百是我的真心話。

「沒關係！一步一步來，我的出版社會做最完美的安排。除了李安美小說的銷售量保證之外，你也會一炮而紅。」雪蓉舉杯，說：「祝我們成功，詩家偵探！」

「詩家偵探？」

雪蓉的笑容越來越嬌豔，她說：「你的外號啊！既是詩人，也是偵探。」

接下來幾天，我不斷更換原本選好的詩。選好之後，內容也不斷被修飾。我和已經洗清罪嫌的李安美連袂參加各大文學盛典，是我腦海中最常出現的畫面。我幻想自己頂著「當代最偉大詩人」的光環回到台灣，被總統召見時，忽然被威靈頓太太丟過來的工作單潑了一大桶冰水。

原來，來偵探社幫忙的兩名工讀生一個確診、一個家中有事，同時離職。於是他們留下來的工作，我必須限時交件。即刻拋開所有雜念，專心工作。就在忙到頭昏眼花、幾乎不支倒地時，阿方來電。

「敏家，當時我們在看那封遺書時，你不是發現在上方的字跡變色？可是最初我看到這封遺書時，記憶中並無此現象。保存期間也沒有受到任何影響。好！你要我嗅嗅看，真的是某種特殊的有機溶劑。所以我按照你的指示，去問化學鑑識人員，她覺得很可疑，於是幫忙分析。」

「嗯。」既然這樣，我可以大言不慚地說出我的推理：「如果可朗達是以沾有溶劑的信紙來寫遺書的話，那麼鐵定是寫不出來的！假如不信的話，你可以試試看，就像在沾油的紙上，原子筆是發揮不了作用一樣。然而遺書的字跡卻是明顯而工整，表示有機溶劑是事後沾上去的，那麼這意味著什麼樣的玄機呢？」

我不知道阿方是否明白，所以繼續說下去：「另外一條最有力的線索，藍色的字跡沾上那種有機溶劑，無法立刻變色。如今，字跡變成綠色。其變化所需的時間可以倒退推演。所以化學分析師給你的答案是……？」

「我對化學只有小學程度，念不出正確的發音，我把她給我的答案直接照相給你。至於你另外的問題，我有特別去調查。可朗達曾經試圖上吊自殺，結果被救回來，後來再度自殺。這次選擇服毒，自殺的方式不一樣，運氣也不一樣。不過總算遂了自殺的心願。所以本案再度以自殺結案，上級沒有怪罪，倒是說了幾句不知道是諷刺還是真心鼓勵的話。」

掛上電話，我想起阿方所說，可朗達的兩度自殺，除了不但和多年前發生在可朗達公寓中夫妻雙雙自殺的死亡之謎，還有《幽魂夢影》中，一開始出現的校園命案，女大生服毒、教授上吊的雙屍命案，都有異曲同工之處。我看著阿方傳來的化學名稱和長長的分子式，大約整理出一個頭緒。

關於喬許命案，我自信我對於凶手行兇的過程大致沒錯，只是弄錯了對象。如今警方判定是可朗達，我卻深深不以為然。

第十八章　謀殺自己的方法

當我正要外出，蜜娜剛好從電梯口走出來。

「急事嗎？敏家。」

「還好，正要去調查一些事情，都是些芝麻綠豆餅乾屑，可去可不去。」

「那麼就不要去了。因為我手邊發生一宗槍殺案，或許要借重你這位名偵探的一臂之力。」

蜜娜力作鎮定的話撩起了我的好奇和興致，正要提問，被她一把拉住，然後走向走廊的轉彎。那裡是公眾區，有桌有椅，我們找了地方坐下來。

「不到辦公室談嗎？」

「我本來想進去找你，可是你出來了，再一起進去，威靈頓太太會起疑心。」

「聽起來像是神祕刺激的大案子。」

「雪蓉昨晚被人槍擊。」蜜娜結結巴巴地說。

「玄霧出版社的主編，雪蓉・碧特嗎？傷勢嚴重嗎？」

「一槍打到頭部，非常嚴重，還在手術中。」蜜娜此時此刻的表情出現難得一見的恐慌及哀痛，沉重地說：「是的……我的客戶竟然因為我的疏忽而死，我太差勁了，我……」

「現在不是自責的時候，趕緊先把事情發生的先後順序告訴我。」

「如果雪蓉不治身亡，我可能就是頭號嫌疑犯，因為我是雪蓉生前所見的最後一個人。」

「為什麼妳是她生前所見的最後一個人呢？」我已經強烈地感受到推理的能量在腦細胞間放射出來。

「事情是這樣子的……五天前，雪蓉送我一張趣趣小姐派對的邀請卡。」

趣趣小姐的派對是舊金山社交圈出了名的有趣加有趣，不過一帖難求。現在疫情還未解封，為何可以舉辦，因為事態嚴重，我識相地不多說題外話。

我要求蜜娜極盡詳細地描述昨晚的人、事、物。面對從幹練驍勇的女漢子落漆成不知所措、徬徨無依的弱女子，此時此刻的我不是絕世英雄、不是救苦救難的菩薩，而是閃耀萬道智慧光芒的神探。

「昨晚，我帶著剛認識的小妞去見見世面。派對的主題是『歌劇之夜』，我戴了頂『黛安娜・丹姆勞』在《夜之后》的烏紗帽，小妞則打扮成《霍夫曼的故事》中的木偶娃娃。」

我打斷蜜娜的話，問：「妳幾點到達？」

「我們七點半抵達，派對剛開始。然後大約在九點多，聽到歡呼聲『大作家駕到』，一群人簇擁著一個東方女孩過來。雖然戴著口罩，但仔細一看，還是可以認出她是珮兒。她穿著改良式和服，又是一個『蝴蝶夫人』。派對上面不少個『蝴蝶夫人』，可是她最美、最正，而且最符合，畢竟她本身就是個東方女性。不過，我覺得她應該裝扮成『杜蘭朵公主』更適合。」

「雪蓉那時已經在現場了嗎？」

「喔！她們同時抵達，雪蓉就在珮兒身邊。她戴了口罩，我一時看不出她的裝扮是誰。」

蜜娜說明疫情時期，官方對於多人派對有明確的規定。趣趣小姐更嚴加把關，除了當場查驗健康證明，還在門口設置ＰＣＲ快篩機。不過，部分崇尚自由的參與人員都懶得把口罩戴好。

「妳過去和她打招呼了嗎？」

「我剛要走過去，不過卻有個不識相的人過來。」

「哈！誰啊？」

「阿孟。」

「不錯喔！我們費雪偵探社的當家帥哥。」我知道不是開玩笑的時候，硬生生把「他是不是對妳情有獨鍾」吞入腹中。

「那時候，小妞不知道跑去哪，我就和他周旋了很久。我們的話題自然繞著站在遠遠的珮兒，和那兩宗命案打轉。」

「妳不會告訴他，雪蓉委託妳的事吧！好、好，我問了個白癡的問題。」

「我看見雪蓉從服務員的盤子挑了塊黃色馬卡龍，她的視線同時也瞄向我這邊。我正要揮手時，才知道她不是看我，而是我身後的人，回頭一看，不就是她的前夫嗎？他的前夫裝扮成《茶花女》中的『阿爾・弗萊德』。因為只有服裝，面孔和資料照片沒有差異，所以我能一眼認出來。雪蓉發現他，掉頭就走。當我轉身去看雪蓉的前夫，他也消失在人群中了。」

「雪蓉為什麼要逃跑呢？」

「或許因為事出突然，雪蓉驚嚇過度，所以逃跑了。」

「她又不是小女孩，不是應該過去弄個清楚嗎？」我看蜜娜無言以對，顯然也同意我的說法，便又說：「於是，盡忠職守的妳四處尋找。是不是像我想的這樣？」

「是的，我一面找，一面問。後來門衛告訴我，雪蓉大約在十分鐘前離開。他說雪蓉當時顯得很慌張、很激動，迅速地往前跑。我聽了之後，先漫無目的地在周圍尋找，然後很沮喪地再回到派對。」

「妳沒有打她的手機？」

「這是我最懊惱的地方。當時我請小妞用我的手機拍照，剛好看見雪蓉和珮兒，正要走過去打招呼，結果被阿孟攔下來說話。小妞就說要到處走走，可能是忘記了，於是就把我的手機帶走。我衝出去，繞了一圈，回來之後，聽阿孟說小妞和一個打扮成『卡門』的騷貨走了。後來，好不容易聯絡上那個見異思遷的小賤人，才拿回我的手機。我一開始狂打雪蓉的手機，可是無人接聽。因為當時委託我的時候，我有設好她的手機定位追蹤。當我看到地點固定在深夜的小巷裡，可怕的預感一錘一錘地敲打下來。」

我看到淚水掛在蜜娜的雙眼，就是不肯滴下來，一時之間也不知如何安慰她。同樣身為偵探的我，感同身受，也只能靜靜坐在一旁。

「我匿名報警之前，拍了很多現場的照片。」蜜娜很快克制住自己的情緒，將手機裡的照片一張一張秀給我看。但是，我看不出所以然。

「接下來呢？蜜娜。」

「我計劃先不動聲色地自己展開調查。等到時機成熟，我會以死者雪蓉的委託人將我的調查報告交給警察。可以私下幫忙嗎？敏家。」

「沒問題，妳放心。我們從哪裡開始？」

「當然是雪蓉的前夫！」

蜜娜交給我一個紙袋，我抖出一疊資料。首先入目的是幾張照片，影中人好像就是那天我和雪蓉晚餐，站在餐廳外窺視的男人。我還想起我第一次和雪蓉見面時，他早就出現咖啡廳的窗口，只是當時我別有所思，因此失去了警戒心。不錯，那個男人應該是雪蓉的前夫米恩・賀倫。

我們討論了很久，最後決定蜜娜去找雪蓉的前夫。我則去跟阿方打聽一些內幕，同時去找當晚和雪蓉在一塊的珮兒、大作家李安美。

蜜娜似乎失去了往日的自信，竟然建議是否有必要跟費雪先生報告，或許可以得到一些建議和援助。但是我認為費雪先生有言在先，不可隨便打擾。何況這是蜜娜的案子，更沒有理由輕率地驚動他老人家。不過我安慰她說，如果到了生死關頭，我也會親自去討救兵。

我看著蜜娜沉重的背影消失在中庭，開始原來計畫好的辦案行程。諸事順利，只是比預期多了很多時間。

回家途中，車子沿著和海濱平行的林蔭大道奔行，我打了幾個哈欠之後，難以抗拒的睡意迫使我停車，在夕陽下打了個盹。醒來的時候，彩霞褪去，西天如失去血色的容顏。周遭的光線，點點滴滴地消失，長久地依偎在海面的水霧，如今迷茫地擴散開來，和夜空溶成一體。

我呆呆地望著，心情驟然蒼茫起來。街燈開始亮起來，許多汽車旅館及漢堡連鎖店的霓虹燈光飛躍在夜色中，卻使冷清的港口顯得更寂寞。我走進了一家速食店，點了個雙人份的漢堡，一盒法式炸馬鈴薯以及咖啡。

彷彿饑民似大吃大喝的我，不忘滑手機。因為心理因素，也就是我可能會出詩集的想法，自然而然地點上「玄霧出版社」的網站。

畫面出現了李安美為了宣傳《幽魂夢影》一書，接受某個網紅直播訪問的 banner。一位打扮成阿嘉莎柯莉絲蒂筆下「白羅」的中年男子，正和大學生模樣的李安美侃侃而談。

「如果一篇推理小說，讓讀者看出其中情節發展的不可行性，而被抓出破綻，這就是推理小說的最大敗筆，也是作者在寫作上的致命傷。尤其是推理小說迷，通常會特別注意許多小細節。如果作者無法在小說裡提供足夠的線索，而使讀者陷入百思不解的情況，最後卻突然莫名其妙跑出一個結局，那對讀者來講，就是一個很不公平的遊戲。相反的，如果作者本身洩漏了太多線索，讀者看不到二、三頁，就知道凶手是誰，那作者也夠差勁。所以如何在作者和讀者之間，展開一場公平競爭的遊戲，作者一定要考慮情節發展的可行性。請問李安美小姐的看法？」

「我高中時代對於化學特別著迷，所以特別注意推理小說中的可行性和合理性。因此在我寫過的許多推理小說中的詭計，都會自己親身試驗。」

「這太有趣了！是否舉例說明？」

「我曾經想到一個密室殺人事件。主要設計的殺人過程是，有個人在二樓地板上挖了一個洞，然後把一個充滿了水的塑膠袋垂下去，企圖將樓下的一個，事前安排吃了安眠藥，無法動彈的人悶死。那時的我就想，到底被裝了水的塑膠袋悶住的感覺如何？再進一步細想，水溫如果太冷或太熱，會不會正好刺激他，使他醒過來？還有水的重量，到底要裝多少？以及要悶多久，需要多少高度等等問題。」

「天哪！妳不會親自去實驗吧？」

「不錯！最後我決定自己試試看，來領略瀕臨死亡的恐懼感。因為我怕吃了安眠藥，真的弄假成真，鬧出人命來。所以我只喝了一點點酒，然後把一個充滿了水的塑膠袋放在臉上，因為塑膠袋裡有水，所以水迅速從四個角落流下去，就像是用一隻手把自己的臉蓋住一樣。剛開始還好，雖然有點悶，還是能夠呼吸。但是因為我平時不喝酒，沒想到喝了一點酒後，整個人變得茫茫然，四肢無法動彈，就這樣一直被那個裝了水的塑膠袋悶著、悶著。」

李安美在網紅提醒觀眾不要模仿和不斷大呼小叫的音效下，繼續說著：「後來事情演變得比預期驚險許多，那時自己也慌了，沒想到要用手把塑膠袋撥開。想到時，已經沒有力氣了！就在死亡前刻，突然冒出一種很奇怪的意念。就在那麼短短的時間，好像一生又重來一遍。就像一捲膠片『刷』一聲，從頭到尾、從小到大，許許多多的事就這樣一閃而過，什麼事都很清楚。也就在那一霎那，我也領略了時間流逝的可怕，原來時間也可以重複。」

「妳太帥了！喔！這個形容詞有點不對，應該說……還是由妳自己來說吧！」

「我想此生完蛋了，為了寫一篇小說，而犧牲自己的性命。當我正處於絕望之際，很多奇怪的想法，紛紛閃入腦海。突然靈機一動，想到我平常因寫作的關係，所以幻想力比較豐富。相對的，我會常作惡夢，當我意識到這是一場惡夢，而自己沒有辦法掙脫的時候，我就會動用整個身上、神經最敏感的舌頭。用牙齒去咬舌頭，咬到痛醒自己為止。因為當時自己正處在半睡半醒之間，那時我就想這是不是一場夢。我就奮力去咬舌頭，結果竟然把塑膠袋咬破，水自然流出來，慢慢的……自己就醒過來。事後自己回想整個過程，就像是做了一場在最緊要關頭，驚醒過來的惡夢一樣。」

李安美說的是事實，還是她自己編出來的？或……？我心裡有數，關上手機，慢慢走出速食店。

第十九章　按圖索驥・紙上緝凶

我比預定的時間提早到達「三個願望」咖啡廳。

蜜娜難得準時赴約，也難得見到她穿了新衣。是不是因為被認識不久的小妞給甩了，還是因為雪蓉・碧特被槍擊的事件所造成的衝擊，造成的心理彌補作用？咖啡廳正播放一部老電影的主題曲 Love Is a Many-Splendored Thing，那是老電影《生死戀》的主題曲，是一部悲劇。然而對於蜜娜而言，Love Is ONLY a Splendored Thing，所以還不算是悲劇。

「雪蓉已經脫離險境，不過還是意識不清，醫生的態度很樂觀。另外，我已經和米恩・賀倫聯絡上了。喔！他已經來了。」

蜜娜對一個坐在我身後的男子招手，我轉過頭，果然就是那名我和雪蓉聚餐，曾經在餐廳外探頭探腦的陰鬱男子。如今面對面，雖然戴著口罩，模樣依舊，但是給我的感受全然不同。或許當時是陰暗的雨夜，現在是明亮的午後。蜜娜為我們介紹之後，賀倫移座過來，然後開始討論。

「其實我人一直都在美國。」賀倫顯然已經跟蜜娜說過，所以是單獨講給我聽的。他說：「我和雪蓉攤牌後，的確出國去了。疫情爆發之前，我就回國，並在愛荷華找到工作。幾天前，忽然收到一則奇怪的電郵。寄信人警告我說：雪蓉交了一個戀童癖的男友。我回了幾封，結果一律顯示寄信失敗。我想：寧可信其有，不可信其無。於是請假回舊金山，看看到底發生了什麼事。我不想讓雪蓉以為我意圖破鏡重圓，亂找藉口接近她和小珍妮，於是私下調查。」

蜜娜已經聽過了，所以別有所思地看著天花板。

「當我知道李安美是寄信人，立刻去找她。她現在是文壇當紅炸子雞，找她不難。到處都有李安美的新書發表會。於是我買了一本《幽魂夢影》，在簽書會讓她簽名，並自我介紹是雪蓉的前夫。她先驚訝地看了我一眼，寫了張字條，答應見面談。」

我和蜜娜不約而同舉杯，喝了一口咖啡。

「她說有人要傷害雪蓉，她實在想不出有誰能夠出面保護她。想來想去想起我，但是她認為我們既然分居，人在國外的我可能不會當作一回事，所以才騙我，雪蓉交了個有戀童癖的男友。」

「大概也只有作家才會想出這種駭人聽聞的鬼話？」蜜娜嗯哼一聲，說：「她們為了新書的宣傳，常常在一起出席活動。幾天前，發覺有奇怪的男人跟蹤她們。雪蓉本來以為是李安美瘋狂的書迷，發來才知道目標是自己。」

第一個疑惑開始盤旋，雪蓉認不出自己的丈夫嗎？雖然疫情期間，大家幾乎都包頭蒙面，但是體型？走路的樣子等等。

「李安美知道雪蓉找了蜜娜嗎？」

賀倫縮縮脖子，兩手一攤，說：「這……我就不得而知了！」

我看看蜜娜，她也搖頭說：「可能不知道，因為我要求雪蓉保密。」

「賀倫，所以雪蓉根本不知道你已經人在舊金山？」

「應該不知道吧！否則……妳們也知道當時的狀況。她在趣趣小姐的派對，一看到我就像看到鬼。我發現自己形跡敗露，連忙跑走。然後，不幸的事情如李安美給我的警告，晴天霹靂地發生了。」

「可是，她為什麼一看到你像看到鬼，也連忙跑走呢？這不合乎常理。畢竟夫妻一場。還是她認為你就是那個跟蹤她的壞人，意圖對她不軌？」我邊說邊想，那麼賀倫不是有槍殺雪蓉的可能嗎？不過警察應該找過他問話，必然是沒有罪嫌，否則不會坐在這邊。

賀倫和我談論之間，蜜娜不斷地打手機和李安美聯絡，但是顯然一直沒有接通。她聽到我的問話，非常懊惱地回答：「這都要怪我，我從頭到尾一口咬定賀倫就是跟蹤雪蓉的男人，以至於當她看到賀倫的時候，心懷恐懼地跑掉。」

我也真是，幹嘛多此一問，更加深蜜娜的內疚和悔恨。然而對於蜜娜的補充說明，不以為然。

「敏家，你那邊有什麼消息？」

我被蜜娜一問，趕緊回答：「我有問過阿方，槍擊雪蓉的子彈是 .45 ACP，初步推斷是M1911攜帶型或緊湊型。」

「每一枝槍都有其獨特的膛線，就像人類的指紋，因此鑑證人員可根據子彈發射後彈頭上被膛線削出來的痕跡進行鑑識工作，然後查出槍枝的編號和來源。」

我有點害怕她會繼續說明膛線的原理、種類、纏率、旋轉度、穩定度等等。所幸沒有，反而轉過來命令我繼續說下去。

我表示還沒有最新消息，心急如焚的蜜娜立刻聯絡上，她在警方的好朋友。從她們的對話，可以猜出警方已經查出齊雅飛合法擁有一把M1911斯巴達型的半自動手槍，目前正由負責單位調查，還有一些零零碎碎的情報。

「這到底是怎麼一回事？」我迫切地問蜜娜。

「我不是很清楚，槍擊雪蓉的手槍好像就是齊雅飛擁有的那一把。警方前往調查，齊雅飛表示自己的手槍很早很早以前就遺失了，並且登記備案。」

「何時？」

「十幾年前，齊雅飛博士在佛羅里達，主持一項有關野生動植物的研究計劃時遺失的。另外，李安美自從和賀倫見面之後，被列為喬許命案關係人的她竟然不顧警方的禁令，消失無蹤、不知去向。」

賀倫關切地問：「聯絡不上李安美，難道是畏罪潛逃？」

「我不知道李安美有沒有槍擊雪蓉，可是她的確有動機。」我說出我心中的疑惑：

「會不會是雪蓉知道，她是殺害喬許的凶手！這只是我的猜想，沒有根據。」

我看到賀倫目露兇光，趕緊道歉，不該隨便亂說話。

「雪蓉被槍擊之後，我去請趣趣小姐幫我查李安美何時離場？但是進場有登記，離場隨人意。李安美是當紅大作家，雪蓉離開派對到慘遭毒手的那段時間，大家都記得，並願意作證她一直留在派對現場。」

當我在調查喬許命案的時候，蜜娜因為疑似確診隔離，所以完全搞不清楚狀況。我秀出調查紀錄，逐項說給她聽。

說到依楓的慘死，因為一封「偽造的遺書」，峰迴路轉地讓翡絲從殺人犯搖身變成殺人未遂犯。關於這段曲折的內幕，我想找個時間再詳細說給蜜娜聽。至於可朗達那一封「偽造的遺書」，讓警方心存疑問，遲遲不肯宣稱破案。

「你認為李安美是殺死喬許的凶手，那麼她的動機是什麼呢？」賀倫的發問很虛，好像不以為然，又好像已經認定李安美是殺死喬許的凶手。

蜜娜不加思索地回答：「細數起來不少，可是都不足以構成殺人動機！為了寫小說的名和利，或是我們不知道的男女情感糾葛。」

我說出我的看法：「雖然她有明確的不在場證明，但是解開謎團是遲早的事。」

「但是我真的不明白，她為什麼要把賀倫扯進來？難道是為了讓他貼上『嫌疑犯』的標籤嗎？如同她以一篇小說來影射谷泰森嗎？未免太低估警方的辦案能力了吧！」

蜜娜說完之後，我把谷泰森和李安美的交往說給眼前的兩人聽。

「是不是為了她的新小說？我曾經看過李安美接受網紅的訪問，當她訴說自己親身體驗『被謀殺』時……」

我聽到蜜娜這樣說，立刻將心裡的想法說出來。

「我一度以為是她自己編出來譁眾取寵。如今，我的想法開始改變。一時之間，我也不知道如何解釋。李安美並沒有寫作能力，無法憑自己想像力創作，而是從她母親口中得來的故事。」

我將擔當主編的雪蓉如何將珮兒在《幽魂夢影》中的一段故事刪除，我又如何對照那一段故事乃是來自可朗達太太以本名李娟寫的小說「春櫻若雪」說給蜜娜等兩人聽。

「然後我又對照出某一段情節，根本就是把她母親早年的作品《春櫻若雪》部分翻譯、改寫。雪蓉沒有發現，但是因為我看得懂華文，所以找出這一段。」

我知道蜜娜對於文學完全不感興趣，倒是興致勃勃的賀倫很想閱讀，於是我挑了《幽魂夢影》其中一段有關沈虹霓對於櫻花樹的回憶。

去年春天，沈虹霓曾經在舊金山的日本茶園看到盛開的櫻花，滿樹都是輕盈美麗的粉紅色小花。或許她當時的心情是快樂的、幸福的，所以滿腦子快樂的、幸福的回憶。但是今天，當沈虹霓看到家中滿園的櫻花，心田忽然綻放出無數朵哀豔和悲情的粉紅色小花。

小時候，沈虹霓和媽媽住在貧民窟附近，道路的尾端有一排矮矮的屋子。總會看見一些濃妝豔抹的阿姨站在門口，向路過的男子招手。當時沈虹霓有一位朋友就住在其中的一間屋子裡，所以有機會常常進去玩。

有一天，沈虹霓看見一個年輕男子坐在客廳的椅子，不知道在生什麼氣。有個阿姨流著眼淚走出來，手裡拎著一個布包，然後雙手交給年輕男子。年輕男子把接過來的布包扔在地上，大聲叫罵。同學的媽媽就趕沈虹霓回家。

沈虹霓一離開同學的家，仰望頭上灰色的天空，所有的雲朵擠在一起，彷彿一大條可擰出水滴的毛巾。阿姨幽怨的表情，一直讓沈虹霓很牽掛。所以，她就站著遠遠張望。沒多久，看見那名年輕男子憤然離開，走進樹林裡頭，那裡沒有路。路的盡頭是山崖，下面是深深綠綠的湖水。

幾天之後，同學跟沈虹霓說，住在他們家的阿姨上吊自殺了，吊死在他們家後面的一顆櫻花樹下。

我看到賀倫怪異的表情，趕緊說明：「這是雪蓉的看法，我一知半解地說出來。總之，我們還是趕緊協助警方找到李安美。」

蜜娜表示要去找齊雅飛商談，設法和李安美的媽媽，以及較為親近的友人打聽。或許李安美已經逃往台灣或其他地方。

說完一個段落，蜜娜說服賀倫早一點回家照顧小珍妮，並且隨時將雪蓉的身體狀況通知蜜娜。至於我，除了密切注意警方辦案的方向和進度外，也會利用費雪偵探社的電腦系統來協助。我們分道揚鑣，同時互助好運時，我發現蜜娜招來服務員，把賀倫用過的杯子帶走。

第二十章　神祕鑰匙圈

喬許和李安美合寫的小說《幽魂夢影》一出版，拜媒體新聞所賜，立刻橫掃書市，如今正往排行榜第一名寶座攀升。

網路消息還包括該小說將被改編成電影，而且依據兩名作者分擔的部分拆成兩部電影，由不同的導演、演員、劇組擔當，劇名分別為「幽魂（The Ghost）」和「夢影（The Shadow）」。美貌如春花秋月的作者李安美本來已經答應參加兩部電影中的客串演出，但因為下一部小說而韜光養晦、神祕隱身。

另外一則消息，李安美因為她的責任主編雪蓉・碧特小姐遭槍擊身受重傷，如今住院治療，導致心理創傷，隱身不見。還有人認為是以退為進，找個時間點翩然現身，製造話題，吸引眾人目光，至於其他流言更是層出不窮。由於李安美在喬許命案尚未脫嫌，如今行蹤成謎，自然引起警方密切注意。

昨晚在「三個願望」咖啡廳和蜜娜及賀倫開完會之後，我沒有回家，直接來辦公室尋找資料，看能不能夠找到李安美藏身之處。

黎明時刻，由於太累了，閉目養神一下下。感覺只是過了幾分鐘，沒想到睜眼抬頭一看，已經隔天十點多了，威靈頓太太正在享受她的上午茶。她看了我一眼，給我一個加油的手勢。是的！我該加油了，做了個伸懶腰的動作，從喉嚨發出一個類似呻吟的長音，然後起身向她走去。

喔！可愛的威靈頓太太，幫我買了哈姆蛋三明治，還有沙拉和優酪乳。這時候，我才注意到桌上的那壺咖啡已經被她換了兩次，可能是在我打瞌睡或神遊的時候。我很少在辦公室裡通宵熬夜工作，但是費雪先生是家常便飯，所以威靈頓太太對於提供補充能量的吃吃喝喝，早已視為日常工作。

吃完早午餐，面對一無所獲的電腦畫面，剎那間渾身無力，疲倦再次像浪潮一波波向我襲來。伸個懶腰，雙手墊在腦後，把腳抬高，放到辦公桌上，忽然感到口袋卡卡的。於是收回雙腳，從口袋掏出一個並不屬於我的鑰匙圈，上頭附帶一把鑰匙。

不論是鑰匙，或鑰匙圈都是晶晶亮亮，顯然是新品。鑰匙只是造型，沒有溝槽，並不是真正的鑰匙。另外，鑰匙圈上面有個顯目的飾品，是一塊橢圓形的人造毛皮。掰開一看，是手掌造型的膚色橡皮。中央有小小的方牌，刻印著花紋。我正懷疑口袋怎麼會有這個東西呢？猛然想起昨天在「三個願望」咖啡廳，曾經在座椅上看到這東西。猜想可能是誰掉落的，還記得曾經把它放在桌旁。等到服務員過來，再交給她，怎會毫無知覺地順手牽羊，放到自己的口袋呢？

我趕緊打電話到「三個願望」咖啡廳，說明我不小心把人家遺落的鑰匙圈拿走。殊不知應話的女服務員很開心地說，那是她們咖啡廳的一個活動，消費到某個金額，就會贈送給鑰匙圈。或許那個客人不喜歡，所以不想帶走。她還說：掌中心的方牌，刻印著類似花紋的「ત્રણ ઇચ્છાઓ」，就是印度古哈拉地文的「三個願望」。她還建議我不妨上「三個願望」咖啡廳的網站，按照上面的說明書試試看，說不定會許願成功。

喔！原來如此。

「我望著桌上的『猿掌』，試探性地許下第一個願望——讓花瓶中枯萎的玫瑰永遠永遠的清新美麗吧！」是我編故事說給蜜娜聽的一句台詞。此時，我看見擺飾在櫃台上的花束，那真是一大束色彩繽紛豔麗的花朵。

我將鑰匙圈放在桌上，一面對著上面的吊飾，「猿掌」中心刻印著「ત્રણ ઇચ્છાઓ」的方牌輕輕按下去，一面以開玩笑的心情許下「但願花長好」的願望。或許因為換了心情，疲倦退潮而去，精神慢慢恢復，只是依然束手無策。於是開始整理進度有些落後的例行公事，不過腦子依然轉個不停。

費雪先生曾經在依楓・羅素與傑克・史東的遺產法律關係的調查案件中，嗅出不尋常的隱情。於是，輸入相關的資料，運用他自己寫出來的程式，創造出一篇報告。雖然和珮兒所言有一段差距，但孰是孰非，尚未可知。

因為這個關聯，我開始對 OpenAI 剛推出的聊天機器人產生興趣，因為原理都是一樣。都是超厲害的，什麼問題都對答如流，而且騙起人來面不改色，完全通過了圖靈測試！如果照這樣研發下去，可能連誰要犯罪，電腦都會預先猜測出來。所以我昨晚一整晚都在嘗試這個程式去找尋李安美的行蹤。然而不是答非所問，就是數據多到不知如何取捨，甚至只有一個答案——查無此人。

一般間諜小說中，電腦分析師不是從什麼IP位址，一下子就找到目標，殊不知在實際操作上是如此困難。我知道IP位置是可移動，所以困難重重。不過話說回來，或許這就是我這個「滷肉腳」和專業人士的差別所在吧！

威靈頓太太看我苦惱的樣子，便走過來關心一下。我把這幾天發生的事情告訴她，還有我嘗試運用費雪先生設計的程式去找李安美，卻一無所獲。

威靈頓太太聽了，撇撇嘴、搖搖頭，說：「你不早說。」

我聽了之後，心中大喜，只見威靈頓太太迅速進入系統，一下子就跳到我停格的畫面，然後往前追溯我鍵入的資料。一邊瀏覽、一邊修改，然後按了「下一步驟」。

威廉頓太太指著電腦螢幕上旋轉的圈圈，說：「可能要一段時間，你出去透透氣或再吃些東西，補充體力吧！還有這不可能一下子就成功，按照這個方法，多試幾次吧！運氣好的話！一、兩個小時以後就會有結果，至於是不是你要的，誰都不能保證。」

我剛起身，響起的手機阻止了我。

阿方來電：「敏家，好消息。航空公司認定李安美將在今天下午三點，搭機去台灣。

舊金山警察局的機場分署已經佈下天羅地網。」

「天羅地網」？用詞未免太誇張。然而對於ＡＢＣ的阿方，會說出這個成語，算是難能可貴。不過，有了這一則好消息，背上的重擔至少減輕了三分之二。既然有了李安美的消息，我可能不需要繼續這讓人身心俱瘁的工作。不過，我是紙上作業，蜜娜則是一步一腳印地到處探聽。於是趕緊通知她這個好消息。

「李安美計畫回台灣？」聽蜜娜的口氣似乎是深深不以為然。

「是啊！」

「我昨晚和可朗達太太通過電話。我先編了個理由。其實也不用編，事實如此，我說李安美不見了，媒體啦、出版社啦、一大堆人急著找她。可是，她卻像從人間蒸發。」蜜娜又說：「我問李安美是不是去台灣？她除了說不知道，還刻意說絕對不會回台灣。我問她原因，她反將我一軍說，妳自己不是說嗎？小珮剛出版新書，有很多邀約，所以暫時不會離開舊金山或加州。這聽起來很合理，但是以我的經驗，可朗達太太是猜測，而不是事實。」說完之後，蜜娜不忘奚落可朗達太太的英文，裝腔作勢的東海岸上流社會人士的口音。

「可朗達太太鐵定知道李安美的下落，可是因為某種緣故，閉口不說。所以，假如被她說中了，那警方可能撲了個空。」

「那我們就耐心等待答案，整晚沒睡好，先去休息一下！我想你也一樣，放鬆心情，還有好幾小時。」

本來想出去走走的我，因為蜜娜出乎意外的體貼，再坐下來，繼續瞪著電腦。畫面終於出現將近一百個的地名，也就是程式依照李安美這半年來的習性，這幾天可能出現的地方。台灣宜蘭果然沒有出現在其中。換句話說，如果李安美興致一來，提起包包去夏威夷度假，這些資料等於是垃圾。

依照威靈頓太太傳授的方法，我耐著性子，反覆地在各頁面穿梭尋找蛛絲馬跡，纏鬥到午後三點半，系統不斷呈現無解無效之外，還有一行又一行「尋求幫助」。系統建議我將有關珮兒或李安美在社交平台的個人資料和最近半年的個人行動和紀錄，用複製的方式，一則一則地輸進去，然而一點效果也沒有。

我死心地離開電腦，想出去透透氣。剛走出費雪偵探社的門檻，阿方便來電告訴我，李安美果然如蜜娜預測，並沒有出現在機場。但我的疑惑是，李安美為什麼買了機票，卻又臨時變卦？難道她未卜先知警方將會預先埋伏？阿方表示警方已經發出通緝令，但是限於人力，也只能形式上去做做樣子。如果我們要繼續追查，那就只能靠我們自己了。

事到如今，我只能暫時放棄用電腦去尋找李安美。邊走邊打了通電話給蜜娜，告訴她，李安美沒有如警方預期出現在機場，她的行蹤依然杳如黃鶴。

當我問及調查現況。蜜娜抱怨齊雅飛不但給想要親自拜訪的她吃閉門羹，甚至連電話都不接。我說我可以試試看，然後折回辦公室。從以前他委託我們調查喬許命案的緊急聯絡電話，終於找上他。齊雅飛雖然被認定「棄屍」，但是由於交出鉅額的保釋金和強大的律師團的支持，所以暫時保有自由之身。不過，我個人認為齊雅飛是知名科學家，或許暗中享有某種程度的特權。

「齊雅飛博士嗎？」

「是的！你是誰？」

「費雪偵探社的黃敏家。」

「自從費雪先生去了華盛頓，委託你們的案子一直沒有進展，連小珮去哪裡都不知道，我正考慮是不是要另找高明。」他冷冷地說：「警察已經來過了，我該說的都說了。我承認費雪偵探社辦事能力很強，不過全部都是一群花癡。首先來了一個女同性戀，後來派出你這個假藉詩人之名，想要一親芳澤的騙子。我想警察很快也找上你問話，你最好有心理準備。」

「你火氣不要那麼大，好不好？」

「哈哈哈……」冷笑轉成假笑之後，他繼續說：「我火氣大？我要你們證實小珮是不是有殺害喬許，你們事情沒辦好，反而罪加一等地誣賴小珮槍殺了一個女人。」

蜜娜口直心快，難怪齊雅飛會暴跳如雷。

「還沒蓋棺論定，一切言之過早。我們會義務幫忙，盡心盡力找回李安美小姐。」

「所以除了你這個假文青？還有那個T嗎？海龍王去華盛頓辦大事，把我的事交給你們這兩個無路用的蝦兵蟹將，這次鐵定和你們費雪偵探社絕交。另外，我告訴你，警察已經撤案，因為小珮和那樁槍擊案根本沒關係。至於你們又說珮兒畏罪潛逃，根本是欲加之罪，何患無辭。」

「我說過我們會義務幫忙，不收你半毛錢。」

「隨你們吧！不要再打電話來了，否則告你騷擾。」

齊雅飛的反應是在我預期中，所以也沒什麼挫敗感。

「最後一個問題，拜託！」

「哼……」

「你說十幾年前，在佛羅里達主持一項有關野生動植物的研究計劃時，遺失了一把M1911斯巴達型的半自動手槍。我從警方紀錄查出，這把槍曾經在五年前，卡斯楚街暴力事件出現過，難道你不懷疑是有人偷走的嗎？」

「我曾經被調查過，也被問過同樣問題。」

「您的答案是……？」

「團隊中的機械工程師傑夫•亞當斯。」

齊雅飛掛上電話很久，我還握著話筒出神。起身去倒咖啡時，我看見擺飾在櫃台上的那一大束花朵，色彩繽紛豔麗地有些不真實。

難道剛才漫不經心地握著鑰匙圈，開玩笑地許下讓花朵永遠清新美麗的願望，如今真的實現了嗎？懷著不可思議的心情，近身端詳。看了半天，才發現威靈頓太太把由來已久的鮮花，換成幾可亂真的緞帶花。

我問了威靈頓太太，理由是最近鮮花價格大漲。更換的時候，不就是我許願的時刻嗎？這麼說來也算是「許願成功」吧！

既然如此，姑妄信之。我何不再許一個願試試看，反正還有第三個。

李安美如今人在何方？是我最迫切的願望，可是那枚鑰匙圈呢？

花了些時間，終於在文具盒找到。如同第一次許願的程序，也就是按照發表在「三個願望」咖啡廳網站上的說明書所示。不過，這次可慎重多了！因為唯恐「猿掌」弄錯了對象，我慎重調出李安美的個資檔案，字字不漏地說出我想知道「大作家李安美」的下落。

我亦莊亦諧、半信半疑地許下第二個願望之後，雖然感覺有些兒戲，但是依然抱有許願成功的期待。另外，我也不知道答案將以何種形式呈現，唯一能做的就是看著辦吧！

睡意鋪天蓋地而來，正要閉一下眼睛，威靈頓太太提醒我，程式已經組合並鏈結，沒有發現任何錯誤訊息時，只要再備妥李安美的個人資料之後即可執行。我依序逐項輸入之後，清清楚楚地寫出李安美人在聖善花園旅店。還有附帶地圖，距離嵐峰心靈養生村，走路不到十分鐘的地方。

我沒有理由不相信電腦，但是又不能不認為因為我許下的第二個願望後，電腦才有了回應。不管如何，我跟威靈頓太太交代幾句話，立刻出發。

第二十一章　紛紛掉落的音符

碧空如洗，平靜深藍的海洋，幾點風帆徜徉其間。我站在聖善花園旅店的大門口，眺望不遠處的柯伊特塔，還有寬廣的濱海道路，內心有所感觸。

以前為五斗米折腰，總是感覺像是被迫屈服於現實的無奈。另外，婚姻生活中的情感問題和家庭生活中糾纏不清的瑣事，讓我幾乎窒息。被迫離開原來的職場，恢復單身後，當起了案件調查員，似乎是從黑暗中破繭而出。柳暗花明地漸漸掌握自己人生的方向盤，好似奔馳在眼前這條寬廣的濱海道路。

雖然昨天阿方告訴我，李安美已經由律師陪同對警方詳細說明失蹤的理由。蜜娜也跟我說李安美今天午後將公開露面。但是我還是堅持要到電腦呈現，或者說是神祕鑰匙圈所指示的地點去看一下李安美。

我看看時間差不多，於是前往旅店的大廳守株待兔。

等了約15分鐘，見到一位穿淡紫色絲襯衫和直筒褲的女孩從電梯出來。她身形纖細輕盈，緊貼的褲裝使她的腰部、腿部和臀部的線條看起來格外美好。她揹了個大包包，手挽著外套。大包包和外套的花色一致，雖然我對流行資訊很遲鈍，但還是可以感覺出服飾搭配的高品味和價值感。大型墨鏡和口罩遮住她大部分的面孔，但一眼看出她就是當紅的女作家李安美。

沒多久以前，我去了火焰夜總會。當時的李安美陷入迷亂的情緒，後來在屏幕上見識到她或高貴冷傲、或俏皮親民，如今卻是清麗脫俗、情閒氣定。

慢慢接近的李安美看起來，比我前些時候見過的她還嬌小，面部、頸項和手臂的皮膚是那麼柔滑細緻。頭髮自然地披在肩上，在天光的作用下，呈現出黑珍珠般光澤。這些是我在和她初見面時完全沒有發現，當時的她是暗夜中的風雨玫瑰，現在是清晨初綻的睡蓮。

李安美拿下墨鏡，琥珀色的大眼睛閃閃發亮，口罩下的嘴唇對我微微地一笑。

「你真厲害，竟然能夠找到我的藏身之處。」

她伸出手來，改用生硬的華語。對方的手掌纖柔溫潤，指尖卻清涼有勁。

「沒什麼！倒是妳怎麼忽然不見蹤影，讓萬千書迷費疑猜。」我雙手奉上《幽魂夢影》一書，說：「請妳簽個名。」。

李安美簽完名之後，說：「感謝你，希望你閱讀愉快。」

「我已經很愉快地閱讀完畢。」

「哦？可以分享你的讀後感嗎？」

「我對於『偽造遺書』的詭計特別感到興趣，尤其是作者刻意運用『Tube and Subway，Colour and Color』之間的運用，的確令人讚賞。有些小說是捕風捉影、紙上談兵，但是《幽魂夢影》一書中的詭計的確可活用在現實殺人案件。」

我雖然沒有說出因為我讀了小說，因此悟出「可朗達的遺書是偽造」的想法，但是李安美臉色明顯黯淡下來。

「聽說妳原本要回台灣，怎麼又改變心意。」

「我又不是囚犯，愛去哪就去哪。誰知道我正要出發，律師來電阻止。」

「難道警方沒有提醒妳？」

「我當時神智不清，都是律師代為回答。」

我們之間出現一陣沉默之後，李安美說：「碧特小姐想自己開出版社，並且計畫要將你的詩，放進我的下一本小說裡面，我也樂觀其成。我記得我曾經對你說：『你真會亂掰，不寫小說實在是太可惜了！』所以我建議雪蓉邀請你當我的寫作顧問。不過雪蓉另有主張，邀你出詩集，還幫你取了個響叮噹的外號——『詩家偵探』。」

「擔當不起！」話題一轉，切入今天的主題，說：「碧特小姐遭受槍擊，我很遺憾。」

「是呀！我們都很遺憾，對於碧特小姐遭受槍擊。」李安美把掛在肩上的大包包拉高一些，一雙妙目閃爍不定，低聲地說：「我不相信你會專程來要我的簽名，你還是直話直說吧！」

「老調重彈，就是為了喬許命案而來。」

「你要告訴我誰是凶手嗎？難道不是我那位現任繼父嗎？」李安美原本黯淡的臉色換成一個非常可愛俏皮的表情。

「我沒有那麼神通廣大。我只是想請教事情的來龍去脈。警方認為可朗達的遺書可能是偽造的。」

「當然！」

「我可以知道原因嗎？」李安美臉色又黯淡下來。

「哈！如果你不介意，我們可以在車上談。你開車嗎？」

「沒問題！那妳等我一下！」

我將汽車從停車場開出來，停在旅店大門，等待李安美上車，然後往著名的恩巴卡德里歐公路開去。

午後的陽光直射在公路上，也在我的車窗前閃爍不定。雖然這是李安美第二次坐我的車，卻給我一種全然陌生的感覺。從第一次見面的狂亂悽楚，到現在清新明豔的模樣，在我的腦神經網絡中，來回切換。這種迷幻的錯覺，彷彿我們現在正飛向一個超越我想像的空間。

依照李安美的吩咐，我將車子開往華盛頓廣場的方向。

「簽書會的主辦人精心設計了一個主題，還請人當場彈奏琵琶。」

「千呼萬喚始出來，猶抱琵琶半遮面。」

「就是這張海報，好像是唐朝李白的詩。」她將手機在我眼前晃了一下。

「白居易的詩，表示妳失蹤很久，好不容易才現身。」放鬆油門，車子輕快地往下衝，我以同樣的氣勢，說：「回答妳方才的問題。可朗達先生應該沒有殺害喬許。至於他遺書上所說的死者，另有其人。」

「喔！誰啊？」她目不斜視，望著前方，帶著冷漠的口氣對我說。

「我猜想是伊楓・羅素，妳認為呢？」

「你為什麼有這個想法，總該有個理論基礎吧？」李安美聲音有些變調。

「我個人認為可朗達先生在殺害伊楓之後，畏罪自殺。所幸妳的母親及早發現送醫，救回一命。那一天，當我去拜訪他們時，看到可朗達先生綁了一條絲巾，裡頭似乎有厚厚的紗布。」

「聽起來，好像蠻曲折有趣。接下去呢？不過，這樣好像還不足以證明些什麼，是不是？」

「是的！接下去的推理有些貓膩。換句話說，我不知道那一封遺書怎麼會落入妳的手中。」

「落入我的手中？這話怎麼說？」

「因為那張遺書曾經夾在妳的筆記本內。」我聽到自己的聲調高亢起來，同時也發現李安美的眼神銳利起來：「我看過妳的筆記本，中間幾頁的邊邊有雲狀的藍綠色汙漬，而那張遺書的上方也有同樣顏色和形狀的汙漬。」

我把我的發現經過告訴李安美，她玉白晶瑩的眼皮有細緻的抽搐。為了加強說服力，我說：「我有兩者的圖檔，可以對照比較。當然我也要求專家，化驗了遺書上汙漬的化學成分。目前得知分子結構式和齊雅飛博士的研發團隊，目前正在開發的殺蟲劑一致。這讓我聯想到妳寫的小說《幽魂夢影》中，沈霓虹用來自殺的硫仿汀和硫可汀。妳不介意將妳的筆記本交給警方鑑識吧？」

遙遠的海平線浮現出一艘又一艘豐收滿滿的漁船。想起半小時以前，我站在聖善花園旅店的大門口，感覺自己漸漸能夠掌握人生的方向盤，奔馳在寬廣的濱海道路。不錯，縱然前方是羊腸小道或懸崖斷壁，我可以選擇迴避或前進。如果前進，也能夠分析風險，然後以我的經驗去降低風險，或化風險為風景。

「我非常欽佩你的觀察力，這是事實。可朗達第一次自殺，我接到我媽媽的通知，立刻趕到醫院。當他被救活過來，便將一切告訴我們。」李安美的語氣有明顯刻意表現出來的悔恨和無奈，接著又說：「他為何殺死依楓的理由，完全是我的錯，因為我搞不清楚狀況，精神又有點混亂，說錯對象。」

「到底是怎麼一回事？」

「說來話長，總之就是這樣。除了這個原因，我想不出可朗達要置她於死地的理由。

『理論』是比較好聽的用語，也許是恐嚇或勒索吧！後來你們要我證實喬許沒有殺死依楓，我答應了，但是保留了說出真兇是誰的祕密。」

沒錯，蜜娜曾經在調查報告備註：珮兒可以替喬許．約萊的不在場作證。可是牽涉到私人因素，她無法出庭作證。

「當他的心中開始有了殺機，就注意起依楓的日常行動，以便找機會下手。所以當他看到，依楓被翡絲追殺，不支倒地，又看到翡絲落荒逃離。趕緊把握這天賜良機，撿起翡絲丟下的凶器，一刀刺死奄奄一息的依楓。事後，越想越後悔，越想越害怕，於是決定自殺。或許命不該絕，恰好我媽媽回家，看見他跪地上吊，及時解救送醫。我接到我媽媽求救的電話，並從她的手中拿到那封遺書。然後就像你說的，置放在我的筆記本之中。」

恩巴卡德里歐公路是觀光客必經之地，所以沿途都有以海鷗為圖案的路標。車子駛入葛雷特公路時，太平洋的醉人風貌就一大片、一大片地出現在眼前，我不自覺地做了好幾次深呼吸。

「至於他第二次寫的遺書，被我的媽媽毀了。」

「毀了？」

「他第二次寫的遺書很清楚地寫出對不起我們母女的事情。我媽媽是個傳統的東方女性，認為這樣會毀了他生前的名譽。然而如果沒有遺書，我們很可能會被懷疑，所以我就動用了他第一次自殺時候的遺書，並竄改了日期。」

「第二封遺書有清楚地寫，他殺了喬許嗎？或曾經跟令慈說過什麼嗎？」

「我不知道，我沒有看到第二封遺書的內容，也沒有聽我媽媽說過。」李安美有氣無力地說：「至於，警方為何會聯想到他是殺害喬許的凶手，或許你自己要去查明。」

「那可朗達的服毒是自願？被逼？還是不知情的狀況下？妳認為呢？大作家。」

「你認為呢？大偵探。」

「看來是後兩種狀況吧！」

我很不甘心，一時之間，也不知道要說什麼才好。李安美看看手機，愉悅地說：「時間快到了，麻煩你送我去會場吧！還有，我的新書還沒定稿，我或許會把你寫進去。」

「備感榮幸，希望不是受害者。」

「哈哈，說不定喔！」

「雖然妳在雪蓉・碧特的槍擊案有不在場證明，但是我一定會撕破妳的假面具！」

「拭目以待！」

「妳接受網紅的訪問，說什麼當妳寫推理犯罪小說時，特別注意『合理性和可行性』。因此在妳寫過的推理小說中的詭計，都會自己親身試驗。那些鬼話都是剽竊喬許的想法，我親耳聽過喬許跟我說過，也親眼看過他隨身攜帶的筆記本……」為了逞一時口舌之快，我竟然口不擇言。

「我根本不知道你在胡說些什麼！」

「妳根本沒有寫作的能力，故事來自妳的母親，妳只是把她小說中的部分情節中文翻譯成英文。喬許知道妳的祕密，所以妳就使出殺手鐗，將他殺死。不但喬許，連雪蓉也知道，所以妳一不作，二不休，企圖槍斃她。」我知道自己口不擇言，但都是心中想說話，因為太恨眼前這個毒辣陰險的女子。

「你有什麼證據？」

「雪蓉把妳寫在《幽魂夢影》中，一段有關台灣男人三妻四妾的橋段刪掉，因為在妳小時候，當時社會已經沒有這個陋習。但是我算算令慈的年紀，應該還是存在，尤其是老一輩的男人。於是我拜託台灣的朋友找來令慈當年的大作《春櫻若雪》，結果發現妳抄了好多章節，放在《幽魂夢影》中。其中一段是沈虹霓回憶櫻花樹的情節，本來是在台灣宜蘭的妓女戶，妳將它改在美國舊金山的貧民窟。而且不只這一段，如果我公布出來，妳名譽會毀於一段。只要妳承認妳殺死了喬許，我發誓我會保守這個祕密。」

「你會不會認錯人，我怎會沒有寫作能力，我是大名鼎鼎的台灣女作家李娟！」李安美的臉忽然脹紅起來，眼神透露出來的光芒到底是受辱而憤怒，還是作賊心虛的自然反應。

這是我第二次看見李安美如此奇特的反應，第一次是在火焰夜總會，精神渙散時候的胡言亂語。但是如今，看見頭腦冷靜、舉止正常的李安美面不改色地睜眼說瞎話或是依照心思起念的真言，感到既詭異又恐怖。

一夜好眠，睡到自然醒，然後整裝外出。外頭天陰風涼，只因我戴上一頂黃色的帽子、穿上一件黃色的長袖襯衫，加上心情不錯，油然有種被陽光擁抱的感覺。少年時代喜歡幻想死亡的哀愁與美麗，如今上了年紀，回味著人生的千般滋味。所以當愛與死亡交叉的時刻，那時候的我到底是遠在天涯呢？還是近在燈火闌珊處？

這是我第四次來「三個願望」咖啡廳，前三次並沒有仔細觀看，只大略知道是一家帶有印度風的「三個願望」咖啡廳。如今有了兩次自以為許願成功的奇妙經驗，除了早就上網詳讀背景資料，這次來訪更要「刮目細看」。

到達之後，有別於前三次，我先在占地極廣的林園繞了一圈。草徑花壇，賞心悅目。一座玲瓏寶塔、幾尊佛陀和石雕，點綴其間。林園中央有座涼亭，販賣印度傳統的藝術品和各種首飾，還有紗麗可供女客穿著拍照，親身體驗印度氛圍。

服務員表示戶外咖啡座只有週末開放，於是我選了掛著一列白色圓形燈籠下的敷座。點好飲料，放眼綠蔭森森，涼風徐徐吹來，感覺非常舒適宜人。

當我東張西望時，一條黑色柴犬昂然走來，好像我身懷毒品似地嗅個不停，還用懷疑的眼光將我從頭到腳看一遍，最後裁定我是個善良清白的大叔，才昂然離開。

除了黑色柴犬，還有一條黃色柴犬，默默地趴在不遠處的桌腳下觀察我、監督我，牠冷傲的模樣和蜜娜有些神似。牠看看我手中那個以牠為範本的造型杯，似乎極為滿意，慢慢走過來。因為我是坐在敷座上，脫下的鞋子就放在木階上。好大膽子的牠竟然把我的鞋子當作枕頭，四腳朝天地呼呼大睡。

心中正抱怨蜜娜怎麼還沒來，抬頭一看，恰好出現在門口。一身帥T打扮的她，正接受黑色柴犬的「盤查」。

我望著坐下來的蜜娜，開玩笑地說：「唉，妳這麼性感美麗，連狗狗都被迷得團團轉。」

蜜娜看了那條把我的鞋子當作枕頭，四腳朝天呼呼大睡的黃色柴犬一眼，說：「哼！你更勝一籌吧，看牠！忠心耿耿地守候你。」

「哪有守候，根本睡死了！以前好像沒看過牠們。」

「戶外咖啡座週末假日才開放。牠們可能只限於在戶外走動，所以週末假日才會出現。」

我們欣賞片刻周遭的景色，然後一同去櫃檯點餐。我點了海德拉巴抓飯，蜜娜點了馬沙拉薄餅，我們不敢喝有「屁味」的印度傳統飲料，點了可樂。蜜娜為了得到能夠許三個願望的「猿掌」鑰匙圈，所以點了瑪達可花餃當餐後甜點，再外帶一盒五顏六色的蛋糕。

待餐的時間，我問起雪蓉的傷勢，蜜娜便說：「狀況依舊，對於當時狀況，說不出所以然，醫生認為是選擇性的失憶。」

蜜娜以為我聽不懂「選擇性失憶」的英文，除了說明引發的原因和後果，還強調雪蓉應該可以恢復失去的記憶，但是也有可能終其一生皆無法回憶起消失的那段過去。

「不論如何，但願她早日康復、平安無事。」

燈籠一盞一盞亮起來，香氣一陣一陣飄過來，我們的晚餐上桌了。

當我還在欣賞海德拉巴抓飯上的配料，蜜娜說也不說地大口吃起來，然後對包著馬鈴薯泥和各式菜蔬香料的薄餅讚不絕口。我不習慣用手抓飯，所以還是用類似勺子的湯匙挖著飯吃。憑良心說，海德拉巴抓飯比起我吃過的西班牙海鮮飯，實在是好吃太多了。其實餐廳已經考慮到客人不習慣用手抓飯，所以準備了餐具。

蜜娜沾了一坨咖哩醬，接著下來是一陣驚天動地的咳嗽。不愧是蜜娜，不論是吃東西或是咳嗽都是經典的冷硬派。我趁她忙著處理「咳嗽」，低頭看看手機是否有漏接的信息。

蜜娜喝了幾口水，好不容易止住咳嗽之後，我們再度討論案情，不過都是兜著原來的路走，沒有新的想法。當晚餐告一段落，似乎腦汁也絞盡了。於是吩咐服務生端上甜點，外型玲瓏精緻的瑪達可花餃。另外打包好的彩色蛋糕，則裝在以繁花蔓葉為圖案的圓盒裡面。最後服務生雙手奉上能夠許三個願望的「猿掌」鑰匙圈，同時以我聽不懂的印度話獻上祝福。我有點害怕她說的是「祝福你們早生貴子」。

當蜜娜拿著鑰匙圈左看右看時，我慫恿她何不先許一個願望試試看。

「我想知道是誰殺死喬許的幕後凶手！」蜜娜毫不猶疑地大聲說出來。

不知何時那條把我的鞋子當作枕頭，四腳朝天呼呼大睡的黃色柴犬不見了。換了一頭玉體橫陳、瞪著大眼睛看著蜜娜的花貓。我伸手去摸牠，牠警戒地用爪子抓了我一下，然後靈巧地跑開。

蜜娜一邊東張西望，尋找花貓的蹤跡，一邊開玩笑地說：「難道花貓的出現，象徵凶手就是李安美？」

我的理智要我嗤之以鼻，然而情感上卻是半信半疑。

「我想起一件事情。」

「什麼事情，敏家。」

「妳好像說過可朗達太太的英文有東海岸上流社會人士的口音。」

「So？」

「可是在我印象中，可朗達太太的英文有明顯的台灣腔。」

「所以你認為和我通話的女人並不是可朗達太太本人？」

「我來確認一下。」

我按照蜜娜給我的號碼打過去，然後以台語介紹自己，對方果然有聽沒有懂。當我改換英文發問，為何有這支手機？手機的主人在哪裡？她一概以「無可奉告」回答，然後迅速掛斷。

「我也太大意了！回想起來，當時對方的口述內容和語氣實在也不像一個母親。」

周遭暮靄沉沉、天色蒼茫，不知何時那條花貓又出現了，這回後頭跟著一隻小貓。兩隻似乎是母子，不，或許是母女的貓。不遠處的黑、黃色兩條柴犬悠閒地散步，他們讓我浮想起李安美的兩名繼父。花貓在不遠處的木板上躺下來，小貓則在一旁柔軟地翻滾，同時愛嬌地喵喵低叫，配合著咖啡廳播放的山吉他音樂（Sangita），似乎在唱著一首我忘了詞、忘了旋律的歌。

第二十二章　波斯貓在暮靄中唱歌

不知道從什麼時候開始，每當我有意無意地去看窗外，不再面向曾經讓我癡迷不已的金門大橋，而是對街的那一列平淡無奇的建築。此時，無數扇嵌在花草蔓藤之間的窗戶，被切割成兩個平面。一面緊閉幽暗，讓星光在上面沉思。另一面沐浴在月光之下，水亮晶麗的歡暢。

兩天前，我和蜜娜在「三個願望」咖啡廳享用餐點。她拿到猿掌鑰匙圈，隨心許下第一願，想知道誰是殺害了喬許，結果緩緩出現一隻花貓。

「所以你相信花貓的出現，表示凶手就是李安美？」

蜜娜問我時，當時的我不置可否。現在想起來，當那隻花貓再度出現時，還帶出一隻小貓。後來，原先的那兩頭黃、黑柴犬陸續出現……。想到這裡，被我遺忘的那首歌鮮明清晰起來。宛如配合著旋律和歌詞，身邊的燈籠宛如走馬燈似地出現了齊雅飛、可朗達、李安美，還有本名叫做李娟的前任齊雅飛太太，現任的可朗達太太。

我想了又想，直覺有此可能，於是聯絡了蜜娜，說出我的想法。

「敏家！所以你認為凶手是可朗達太太？」

「行凶手法大同小異，只是動機不明顯。」

「女人行兇，不外乎與情有關。說不定她和喬許也有一腿，由愛生恨。」

如今，我因蜜娜的許願而改變想法。「假如」蜜娜「真的如願」，那麼碰巧出現的花貓，不是預設立場的李安美，而是李安美的母親。所以齊雅飛並非為繼女，而是為前妻擔下殺人罪名的動機似乎更有說服力。

我想起初見可朗達太太，感覺她對於親生女兒的感情很冷淡。不管是休學，或是和她的前夫住在一起，甚至住院……不知情？不關心？還有，她對於珮兒寫作的才華不屑一顧。她曾經說過：老實告訴你好了。小珮雖是我的親生女兒，可是和我並不親近。然後當我提起喬許，她立刻懷疑是李安美下手。這一切的一切難道不是以退為進的手法嗎？還是刻意要淡化她和女兒的親情。然而當我把精神幾乎崩潰的李安美帶回家時，可朗達太太焦慮恐懼、歇斯底里，對自己的女兒充滿了濃烈的母愛。怎麼會這樣，這段時間，可朗達太太發生了什麼事？

可朗達太太一開始顯露對於作家的輕視和不屑，在女兒決定放棄原本成績卓越的化學，而改念文學，卻給予最大的支持。原本以為只是平常人家對於子女的教育，然而牽涉到血腥恐怖的命案，我必須重新好好整理我的思緒。這短短的期間，可朗達太太的變化未免過於戲劇化了！

當李安美推門下車，我永遠不會忘記，她歪過頭來，以迷惑的表情，顫抖的聲音，驚慌地對我說：「你會不會認錯人，我怎會沒有寫作能力，我是大名鼎鼎的台灣女作家李娟！」當然還有在火焰夜總會時，李安美狂亂地不斷重複說著：「我不是珮兒，我是李娟。」

蜜娜對於發生在我身上，有關「三個願望」的解釋，到底是「天賦異稟」還是「瞎貓遇到死老鼠」，我一律不管，只是想再嘗試一次這神祕的力量。至於讓我下定決心、大膽地以實驗性手法挑戰「角色對調、靈犀互通」，自然是因為可朗達太太篤信的「彌榮・馬可索大師的意念說」。我還搜尋到網路上開始出現批判的聲音，其中的領頭羊是加州大學的一名心理學教授，她認為「彌榮・馬可索大師的意念說」純粹是利用毫無科學根據的「靈魂交換假說」來妖言惑眾，當局必須勒令禁止。

聞名遐邇的舊金山纜車緩緩地從面前滑過，幾個嬉皮打扮的年輕人從上面跳下來。每次開車經過畢萊街，我總愛用眼光去尋找金門大橋。有種感覺，看不見她，彷彿自己不是置身在舊金山。

以前在台灣，對於舊金山有太多浪漫美麗的幻想，可是從來就沒想到會在這山城住下來。就像我從來沒有想過自己會從遺傳工程碩士，搖身變成一名私家偵探。或許是我的宿命，讓自己在人生之河中隨波逐流吧！

不知不覺，我的車子已經在沿著海岸線的恩巴卡德里歐公路奔馳，柯伊特塔清晰可見。當經過聖善花園旅店，李安美得意的笑容如同擴散在天空的雲朵。《幽魂夢影》在今天終於登上文學類排行榜第一名寶座，銷售成績更是銳不可當。

今天的目的地，位於蒂伯倫的某個山坡上的嵐峰心靈養生村。名家設計規劃、專家經營管理，走低調奢華的風格，寧靜中顯得貴氣，簡單中透露出高雅的品味。

沿著專屬道路，往大門口駛去時，從車窗再次看見整個港灣和對岸的高樓大廈，還有金門大橋。此時，海霧微微地吹過來，盤旋在半空中，使金門大橋看起來彷彿是新娘面紗中迷人的紅唇。

大門洞開，我直接開車進去。自知沒有資格停在列滿名車的貴賓停車格，而是離中庭很遠的大眾停車格。走了一大段兩邊植滿花草的迴廊，終於登堂入室。

我向櫃檯說明來意，櫃檯是個油頭粉面的年輕人，穿著歐洲宮廷片中常見的貴族服裝，也是我最討厭的那種勢利眼典型。

「你在那邊等一下。」他對於我的請求，眼神輕蔑，口氣冷漠。

這種人我見多了，於是塞一張紙鈔給他，說：「一點意思。」

他用姆指和食指夾住了紙鈔的一角，彷彿上面沾滿了細菌，然後頭也不抬地說：「我來安排，你還是先到那邊坐一下。」

「坐一下」和「等一下」有相當大的差別。

我在一座銀色獨角獸的浮雕旁坐下來，柔軟的沙發讓我的屁股一下子就深陷其中，無法自拔。空曠的客廳四處擺滿鮮花，同時流盪著似有若無的音樂和香氛。等了又等，正在懷疑那小子是不是呼嚨我時，有個穿橘色套裝的黑美人，宛如一朵向日葵，婀娜多姿地走來。

「請問您是費雪先生介紹來的黃先生嗎？」

光聽這句帶有東海岸腔調的問話，我就肯定對方就是那位以可朗達太太的手機，曾經和我對話的女人。她倒是沒有認出我的聲音，或許接聽過太多顧客或陌生人的電話。所以很顯然地，嵐峰心靈養生村住戶的手機都受到嚴密的管控。

「是。」我趕緊遞出名片，同時接過對方的名片。低頭一看，上面印著嵐峰心靈養生俱樂部執行副總夏麗姿・賽隆，還有幾朵花菱草。

夏麗姿客客氣氣地建議，說：「我們到裡面談，好嗎？」

進入夏麗姿的辦公室，還沒有細看，我就先用表情和眼神讚美，然後逗留在桌上的全家福。

夏麗姿注意到我的凝視，俏皮地眨眨眼睛，說：「來美國多久了？」

「大約十多年，我的前妻是美國女人。」

「哦！我該說遺憾呢？還是恭喜你有新的人生。」開場白過後，她立刻言歸正傳地說：「我很好奇，你們如何知道可朗達太太是嵐峰的村民？我們的個資保護系統可是滴水不漏。」

我這次完全沒有靠費雪偵探社的電腦系統，也沒有一步一腳印地實地調查。因為我回想起當時拜訪可朗達公館時，除了彌榮・馬可索大師的畫像，還有可朗達太太擺放甜點的盤子，上面的一行字「嵐峰心靈養生村」。於是我上網詳細查詢有關彌榮・馬可索大師和嵐峰心靈養生村的資料，讓我的推理更有把握。另外很重要的一點，李安美就住在不遠處的聖善花園旅店，事實上也證明了。然而不便明說的我，隨口編了個理由後，便問夏麗姿和可朗達太太的關係。

夏麗姿不直接回答，反而先說出她心中的疑惑。

「關於可朗達太太，根據貴社威靈頓太太的說法，她和她女兒似乎有了麻煩。這到底是怎麼一回事？和可朗達先生的自殺有關嗎？」

我不想一下子就說太多，表示先了解一下狀況，再給予說明。

「以客為尊」的夏麗姿也不再多加追問，直接立馬回答：「我和可朗達太太——其實我習慣於稱呼她李娟，以前我們是同事。她多才多藝，擅長揣摩人性，很有機會當上一流演員，可惜被那一口怪腔怪調的英文耽誤，最後只好放棄。後來我離職到『嵐峰心靈養生村』工作。不久她也離職，嫁給齊雅飛博士。」講到這裡，夏麗姿看一下她的全家福照片。然後給我一個介於自信和自滿之間的微笑，眼神中有著濃濃的驕傲和得意的光采。

「請問妳在『嵐峰心靈養生村』工作幾年了？」

「二十年九個月。不過，我是從基層做起，去年我才升上執行副總。因為業務，我邀李娟加入，她二話不說就辦了銀卡，我則優惠她升等金卡。」

「現在的可朗達太太和妳原來的印象應該有些差別吧？」

「嗯！一句話，越活越年輕、越來越有活力。」

想起當我初見可朗浪達太太，覺得徐娘半老、談吐老練的可朗達太太，非常「逆齡」地模仿青春少女的妝扮和服飾。我記得當時，當可朗達回家時，她整個人忽然輕盈嬌俏起來，讓我聯想起翩翩飛舞的蝴蝶。可朗達太太彷彿變成小女孩般，以柔克剛地辯駁可朗達的建議或說服他改變看法。

「可朗達太太是不是刻意模仿自己的女兒？但是，我感覺她根本就是認為自己就是李安美小姐。」當夏麗姿產生警覺性的神情，我故作天真地說：「依據我大膽推測，可朗達太太生病了。應該是說她可能罹患妄想症或人格分裂之類的精神疾病。或許妳早就發現異常，所以妳遊說她來嵐峰心靈養生村長期居住。」。

「這是我的好意，並無不妥，而且她很早就來這裡上『彌榮・馬可索大師』的靈修課程。」

我忽視夏麗姿臉上的不滿，接著說：「請問她何時住進嵐峰心靈養生村？」

夏麗姿所說的日期正是李安美，從火焰夜總會回家的三天之後。記憶中的畫面有了變化——當李安美一面慢慢打開車門，一面和我瘋狂對話之後，冷靜地抬起頭，腳步穩定地走向可朗達夫婦。她的母親飛跑過來，投入她的懷抱，不斷地互相安慰鼓勵。那種母女親情，不！應該反過來說是女母親情，令我動容。

當時在場的可朗達曾經對我說了一句話：「唉！可憐的母女，她們需要心理治療，我會盡力幫她們消除那些可怕的陰影。」不過我忽略了「她們」，只把注意力放在李安美一個人身上。或許朝夕相處的可朗達早就看出一些端倪，只是忽略了其中的嚴重性，或是他也喜歡自己的妻子裝扮成自己的繼女。

「不是應該李安美接受心理諮商，怎麼變成可朗達太太？」

「可朗達先生帶著小珮去診所時，小佩已經恢復正常，反而是在一旁的李娟開始有了恐慌症，不停大哭大鬧，她似乎把自己當成歷劫歸來的小珮了。」

「可是她並沒有立刻接受治療。」我語帶諷刺地說：「反而聽從妳的建議，搬入嵐峰心靈養生村。」

「你怎麼知道沒有？診所就是由我介紹和安排。依照醫師診斷，李娟只是受到打擊，病情並不嚴重，只要遵守醫囑，按時服藥即可。他建議最好找個幽靜的地方靜養，於是她順理成章住進來，畢竟她本來就是這裡的會員。」

「她有繼續上『彌榮・馬可索大師』的靈修課程嗎？」

「沒有，『彌榮・馬可索大師』覺得已經不需要了。」嗯！她的答案有待商榷。

「李安美曾經上過『彌榮・馬可索大師』的靈修課程嗎？」

「偶而陪她媽媽來旁聽一下下，『彌榮・馬可索大師』曾經跟我說小佩太執著，像一塊頑石。但是如果一旦相信，意念往往如同脫韁的野馬，太危險了！不過這也象徵小珮具有一代宗師的潛能和魅力。」

我沒有忘記此行的目的，蜜娜委託我的任務，找出李安美不在場證明的破洞。

「請問妳，可朗達太太在這一天晚上是否有外出？」我說出趣趣小姐派對的日期。

夏麗娑按照我所說的日期和時間，在電腦上查詢後，回答：「她從下午就申請外出，不過依照養生村規定十二點以前回來。」

「一個人單獨外出？」

「某位女士陪她外出，她登記的名字是雪蓉•碧特。不過，李娟是單獨一個人搭計程車回來。出門時，李娟沒有戴耳環，我就借了她一副扇子造型的。」

沒錯！我看過趣趣小姐派對當晚的錄影畫面，戴著厚重的假髮和頭飾，濃妝豔抹和亮晶晶口罩的「蝴蝶夫人」，她的雙耳掛著金色的扇型耳環。

趣趣小姐的派對非常熱門，很多邀請卡其實不少是轉手買來的，類似黃牛票。所以擁有邀請卡的賓客，不一定是本人，而且還可以攜伴參加。

依照李安美在警察局的供辭，友人送了雪蓉兩張邀請卡，於是帶著李安美出席。所以，李安美說謊了。然而，雪蓉和可朗達太太並不熟，為何要來接她參加趣趣小姐的派對？我猜可能是李安美謊稱自己有事，不想浪費名額，讓自己的母親代替自己出席。於是雪蓉就照辦。貴賓必須簽到，所以在派對上，雪蓉讓可朗達太太代替大作家李安美。因此讓眾人誤以為李安美一直在派對中，其實她正虎視眈眈著雪蓉的一舉一動。但是雪蓉這隻可憐的羊，如何掉入虎口，也是我要破解的一道謎題。

「我可以和可朗達太太談談嗎？」夏麗姿露出為難的神情，但是我非常有把握，因為威靈頓太太已經把事情辦妥。

夏麗姿拿起手機，回過身子低聲說了幾句話。過了幾分鐘，她又說了幾句話，回頭看看我，然後闔上手機。

「我帶你過去，免得迷路。」

「麻煩妳了。」

我們原路走回，只是經過拱門時，並沒有進入大廳，而是以反時鐘方向走向後方的樹林。這片樹林正是心靈導師彌榮・馬可索海報的取景之處。

在樹林中走了約五分鐘，樹影幢幢中不斷出現同型異趣的小屋。我們繞過小池塘，目光所及，九重葛架下的吊椅，坐著一位看書的女子。她的上衣套著墨綠色的馬甲，白紗裙嫻靜地下垂，露出一雙繡花鞋。

女子看到我們走近，放下書本，優雅地站立起來。沒有戴口罩，一眼識出她的身分。站在九重葛架下的可朗達太太使我想起了一幅畫。

那是克勞蒂・瓊絲小姐的一幅畫作，我曾經為了辦案（記錄在《窗簾後的眼睛》一書），造訪過她那童話莊園般的畫室。那是一幅「無題」的畫，畫面上是一個少女，不管背後眾人在輕歌曼舞、飲酒作樂，獨自倚靠在塗鴉著一隻大眼睛的牆壁沉思。克勞蒂・瓊絲小姐還意味深長地用明朗的顏色，描繪那個「孤獨少女」，強調出她的與眾不同和綺麗的夢想，相反地把後面的人影畫得曖曖昧昧。雖然是歡樂的酒宴，卻使人感到無限的悲哀和寂寞。

夏麗姿向可朗達太太微笑點頭致意，可是後者卻視而不見，前者只能略顯尷尬地先行告退。

「早上好，Mrs. 可朗達。」

「你認錯人了，我是Miss可朗達。」

我有點困惑，也有點明白。但是隨即「困惑」下台，「明白」登場。可朗達太太真的把自己當作了李安美了，我既緊張、又興奮，便順水推舟地配合演出。

「感謝妳願意見我，這該是面對面討論真相的時候了。」我決定先討論較為單純的「雪蓉遭受槍擊」事件下手，於是說出蜜娜近日來的調查，以及剛才從夏麗姿的說詞，直接問：「所以是不是妳槍擊了雪蓉？Miss 可朗達。」

「沒錯，是我槍擊了雪蓉・碧特小姐。」

我沒有想到會有這麼直接了當的答案，雖然可能是無稽之談，再問：「妳怎麼會有一把 M1911 斯巴達型的半自動手槍？」

自以為是李安美的可朗達太太露出大惑不解的神情。

「誰給妳手槍？」

「誰給我手槍？」

如果不知道，那麼是否可以找出另一個連結？於是我問：「妳認識賀倫嗎？他另外有個名字傑夫・亞當斯。」

「認識啊！他是我……嗯！繼父以前的同事。」

「妳前任的繼父齊雅飛嗎？」我看看自以為是李安美的可朗達太太點頭之後，問：「是妳寫電郵給他，要他回來舊金山嗎？」

「是。」

「妳為什麼要他回來？」

「我不知道。」

我們之間接著下來的談話都是上句接不了下句，對牛彈琴的感覺讓我不得不隨時改變話題。我想李安美沒有把詳情告訴她的母親，所以很多事情都被蒙在鼓裡。

「請問妳對喬許命案到底了解多少？我想聽聽你的解析和說明。」

自認為是李安美的可朗達太太笑了一笑，反問：「我知道凶手是誰並不重要，主要是你知道是誰嗎？」

是的！費雪偵探社的宗旨之一，真相固然重要，但是證據更重要。沒有證據，一切都是白談。我表示「收集證據」是我們偵探社的責任。

「你不是一開始認定我是凶手，但是結果呢？我還不是清清白白、自由自在地坐在這裡和你聊天。所以今天你不請自來，是你發現了我是凶手的新證據，還是找到了殺死喬許的最新人選？我看你一副難以啟齒的表情，是不是又把凶手指向我的媽媽？」

其實每次想到喬許那張英俊的臉，總是讓我想到「情殺」，尤其是最初的案件，我的「假設」：神態詭異的珮兒在深夜的斯翠賓植物園，殺死曾經是自己老師的依楓，乃是因為感情糾葛，然而事實並非如此。不過這條公式依然可以套用在喬許命案上面。

「因為愛情。妳曾經愛過喬許，但是喬許愛上依楓，妳受傷一次。不過他們沒有結果，妳又有了愛的希望，只是喬許這次愛上雪蓉，妳又受傷一次。而最後他竟然和粗俗不堪的翡絲結婚，讓妳徹底崩潰。妳表面不露痕跡，其實動了殺機。」

我的說詞引來可朗達太太的一陣嘲笑聲，於是我接著說：「我們已經釐清依楓的死亡之謎，凶手就是妳的繼父可朗達，對不對？」

「是！」

「他為什麼要殺死她？」

「臨時起意。」

「臨時起意也要有個理由，不會是妳或令堂的慫恿吧？」我對李安美問過同樣問題，沒有具體的答覆，說不定這次有所斬獲。

「都是因小珮的禍從口出。她在一次三人聚會，無意中對喬許和依楓・羅素小姐說出……她的繼父對她做出超越倫常的事情。不過當時她搞不清楚狀況，精神又有點混亂，說錯對象，把齊雅飛說成了可朗達。喬許不以為意，依楓卻牢記在心。」

我想起李安美說過的「小貓咪與大怪物」……可朗達太太看到我錯愕的樣子，真摯的語氣充滿遺憾。然而她誤解了我錯愕的表情，因為在我眼中的她慢慢恢復了原來的身分。

「小珮小時候曾經被我前夫猥褻，因此我和她離婚。身心飽受創傷，經由好友夏麗姿的介紹，到『嵐峰心靈養生村』，靈修彌榮・馬可索大師的課程。後來我遇見可朗達，覺得他各方面都不錯，便接受他的求婚。」

我記得我們第一次見面，可朗達太太曾大力推崇彌榮・馬可索大師的中心思想。釋放心中善的力量，任憑自己的想像力不受拘束地自由奔放，可以在冥想中幻化成一隻小貓咪、一朵小花或是你崇拜的偶像。當時聽起來既玄妙、又有趣。我想如果可朗達太太認為自己就是女兒，那麼李安美會不會認為自己就是母親。我的假設並非捕風捉影，她的筆記和數次自認為是自己的母親，就是很好的證據。

「妳在冥想中幻化成自己的女兒，精心模仿她的行為舉止和打扮，以至於造成珮兒的誤解，誤以為自己曾經被可朗達侵犯。」我不知道這是不是有科學依據，於是提出另一個比較有可能的說法：「伊楓聽了之後，身為老師的她不能等閒視之，私下調查時，誤以為和可朗達親熱的妳就是珮兒，於是揚言公布這醜聞。」

可朗達太太表情慢慢起了變化，難道又要開始了嗎？

「後來珮兒因故殺了喬許，妳起先逼迫齊雅飛擔起罪名，拖延時間，然後慢慢想出李代桃僵的計策。天倫情深，為了愛女，妳自願成為那一棵代替桃樹受蟲咬而枯死的李樹吧！」我嘆了一口氣，繼續說：「齊雅飛被逼出面坦承殺死喬許，但由於供詞凌亂，很快就被判無罪。當時神智不清的珮兒，一度自認自己是兇手，妳立刻慌了手腳。當可朗達殺死依楓之後，受不了良心指責而自殺，卻又被妳救回來。靈機一動，首先要他自承殺死喬許，然後再度自殺。但是，妳覺得風險太大，乾脆將他毒死，然後將上次自殺的遺書挪過來利用。」

可朗達太太長時間的沉默讓我不耐，正準備打道回府，前一個問題再度蹦出來。

「妳認識傑夫・亞當斯嗎？」

「認識啊！他是我前夫以前的同事。」

「是妳寫電郵給他，要他回來舊金山嗎？」我再次確認。

「不是。信不信由你，小珮和傑夫聯絡，只是想以他的故事寫一本小說。我萬萬沒有想到那個男人會在書信往來之間的這段時間，再度燃起怒火，於是回來企圖殺死喬許和雪蓉。他恨喬許，雪蓉曾經為了喬許要和他離婚。」

一陣寒意穿透脊椎，致使我啞口無言，這挑撥離間的手法到底是高明到怎樣的程度呢？。還有，眼前的女人到底是李安美，還是可朗達太太？

「一切都過去了，我不想再談。」她拿起書本，站了起來，但是看我依然坐著不動，有些意氣用事地說：「我真後悔讓你進來。」

「最後一個問題！」

「請說。」

「小貓咪和大怪物也是你編出來的嗎？」

「我不知道。」

「既然如此，那麼就再見了。」我看我真的不能再談下去了！

「我不想再見到你。」

自以為是李安美的可朗達太太頭也不回地走近小屋，直到門口，才遙遙地回眸看了我一眼。我繞著池塘走向樹林的另一端，隔著欄杆，可以看見碧海青天還有幾艘拖著長浪的遊艇。

第二十三章　雨中的藍天使

我趕緊聯絡蜜娜告訴她，表示已經從夏麗姿取得的證詞，大約確定了李安美就是槍擊雪蓉的凶手。當然……還有自以為是李安美的可朗達太太的供詞，當然這……這只能參考、參考。為了搞清楚李安美為什麼千方百計要賀倫回到舊金山，還有她要用M1911斯巴達型的半自動手槍槍擊雪蓉是有何用意。另外，在趣趣小姐的派對，雪蓉看到賀倫就像看到鬼。我覺得不合乎常理，曾經向賀倫提出疑問，他面色鐵青，沉默以對。

如今，只能請蜜娜出馬，當面問個清楚。不過，賀倫是個危險人物，我擔心單槍匹馬的蜜娜。除了事先警告，並保證隨後就到。然而我不知道雪蓉的住處，跟蜜娜要了地址，發現離嵐峰心靈養生村有一段相當長的距離。

我打開置物盒，確認那把中國改良式的左輪手槍是否安然存在。這把左輪手槍是費雪偵探社的公務槍，彈倉可裝6發子彈，後座力很小，射擊精準度很高，有效準確殺傷距離只有50米，避免不必要的一槍致命。對於我這種非行動派的偵探而言，再適合不過。畢竟我面臨的對手，絕對不是什麼神槍手或職業殺手之類。

第一宗案子，費雪偵探社被神祕客戶「Z06-2022」委託證明「喬許沒有殺害依楓」，很快就解決了，因為「珮兒」挺身作證。然而旋即喬許被無情殺害，費雪偵探社被委託，證明嫌疑犯齊雅飛並非凶手，這也很快就解決了，因為「供詞矛盾」和「證據不足」。然後費雪偵探社被齊雅飛委託調查「珮兒是不是殺害喬許」的犯人，確實讓我吃盡了苦頭。

當初我費盡心思解開神祕客戶「Z06-2022」的身分，從舊金山警察局行為科學部的谷泰森到玄霧出版社主編雪蓉・碧特。調查過程中，發現了凶手是第一宗命案喬許・約萊的妻子翡絲・韓恩。然而好死不死，我從喬許・約萊和李安美合著的小說取得靈感，發現一封偽造的遺書和相關的毒物資料，原來真正殺害依楓的人是李安美的現任繼父可朗達，同時他因此也捲入殺死喬許的疑雲迷霧之中。

除此之外，服毒而死的可朗達到底內疚自殺，還是被他人所害。他人不外乎可朗達太太、李安美或兩人聯手，我知道警方已經介入調查。

雖然「珮兒是不是殺害喬許的犯人」早被費雪先生認為是齊雅飛的虛晃一招，可是我依然緊追不放。此時平地一聲雷，爆發了雪蓉被槍擊的事件。這是蜜娜的案子，並且因此還涉嫌。基於道義，我不但協助她洗刷罪嫌，更要揪出槍擊犯。如今，終於證實我們的努力沒有白費。

我和蜜娜從合作的「喬許命案」和「雪蓉槍擊事件」發現不少相似的犯案動機，不約而同把矛頭指向李安美，我們感覺被她耍得團團轉。

不知何時，開始下起雨來。從一滴一滴地轉變成細長細長的一條，然後又驚嚇似地串成圓圓的珠子。最後變成一盆一盆，從天空傾倒下來。隨著電光閃閃，遠處傳來轟隆隆的巨響，我彷彿看見豪雨噴灑中冉冉出現一頭千足怪獸，每隻腳都閃著電光。它來勢洶洶地一路行來，一隻隻腳用力地刺入地心，然後又以極快的速度抽回來。周遭的一切全然消失在雨中，我回憶起喬許，想像他死前抽搐的臉，痛苦的哀嚎。

雪蓉住在貝爾登巷的藍天使社區，就在唐人街和蒙哥馬利街之間。記得沒多久前，才送李安美到唐人街的城市之光書店，就曾經在這附近繞來繞去。我將車子停好，思考是否撐傘。照理來說，要當個冷硬派偵探，應該瀟灑地穿梭在雨中。但是看著這強勁的雨勢，想想還是下次吧！

鬧中取靜的社區，沿路整齊排列著黃磚蓋成的二層建築，地下室的氣窗僅略高於人行道，所以進門要爬幾步階梯。

由於雨勢強勁，所以地下室的氣窗全部關上。我越階而上，發現大門竟然沒關。沒想太多，先進去再說吧！客廳無人，我正想往屋後，忽然聽到蜜娜的聲音，還有隱隱約約傳來小女孩的哭聲。

「我講了那麼多話，你為什麼還不明白？」

「因為妳講的都是屁話！」男人大吼大叫，聽得出來就是賀倫。

一陣沉默，蜜娜繼續說：「把槍拿開，否則你會傷到別人。」

「沒有別人，就是妳。除非妳立刻滾開，否則就是非法侵入。」

「有話好說，先把槍拿開。」

「妳為什麼不先，沒聽過『女士優先』嗎？」

「哈！你真幽默，賀倫。」蜜娜乾笑幾聲，再度發言：「喬許的死和你有關，是不是？」

「不關妳的事，離開這裡，裝著什麼人都沒見到，什麼事都沒有發生。」

我舉槍半蹲著慢慢爬上樓，在梯口下方停頓下來。仰頭看見賀倫雙手握著那一把M1911斯巴達型的半自動手槍，狠狠地對著蜜娜。蜜娜也舉槍對著賀倫，英氣逼人。我聽到小女孩哭到哽咽和喘氣的聲音，猜想應該是雪蓉的女兒小珍妮。

蜜娜緩緩往右邊移動腳步，我猜想她是不是看到我，試圖轉賀倫的注意力，好讓我把握機會去制伏他。但是我顧慮蜜娜的安全，一時無法決定是否冒險。急中生智，我鳴槍示警。說時遲、那時快，賀倫斜眼瞟見我，立刻將槍口對準我。

接著兩聲槍聲同時響起，我來不及反應，口中喃喃自語。冥冥中好像有一股強大的力量，將我推開，然後從樓梯翻滾掉落，接著是賀倫的慘叫聲和小女孩連綿不斷的尖叫聲。

我忍痛爬上二樓，只見蜜娜正用腳踢開賀倫手中的槍，抱著卡娜赫拉粉紅兔兔的小珍妮縮在牆角的沙發椅上。賀倫的右腿被蜜娜射傷，或許是皮肉傷，並沒有大量出血。我先聯絡救護車，然後報警處理。

等待的過程，蜜娜忙著打手機。我試圖去安撫小珍妮，可是她拒絕了我，不斷退縮，然後逐漸恢復平靜。全身開始痙攣的賀倫，望著自己女兒驚慌可憐的樣子，眼神充滿了愧疚和哀傷。

蜜娜一邊監視賀倫，一邊對我說：「我們在『三個願望』咖啡廳時，你看見我把賀倫用過的杯子帶走。你知道為什麼我要這樣做？」

「是啊！妳為什麼要這樣做？」

「我要確認他是不是傑克・史東的弟弟。」

「什麼意思？我不了解。」

「傑克・史東委託我尋找他的弟弟，雖然多年來都沒結果，可是手邊累積了一些資料。當我見到他時，就有似曾相識的感覺，經過指紋鑑定，果然是同一個人。當年大地震時，被誤認成別家小孩。據我所知，他吃了不少苦，曾經淪為黑幫打手，有一段黑歷史。洗白之後，和雪蓉結婚，育有一女，非常幸福美滿。殊不知曾經參與了卡斯楚街暴力事件又被提及，身分曝光，雪蓉翻臉無情，不想讓自己和女兒沾上暴力分子，才想要和他離婚。賀倫可不這麼想，他認為雪蓉移情別戀喬許，所以選擇遠走他鄉，卻偏不離婚。」

「卡斯楚街暴力事件？難道他的本名叫做傑夫・亞當斯？」

「你怎麼知道？」

「齊雅飛十幾年前，在佛羅里達主持一項有關野生動植物的研究計劃時，曾經遺失了一把 M1911 斯巴達型的半自動手槍。從警方紀錄查出，這把槍曾經在五年前，卡斯楚街暴力事件出現過。齊雅飛認為是團隊中的機械工程師傑夫・亞當斯偷走的。還有傑克・史東也曾經在齊雅飛的團隊中工作。算算時間，應該是傑夫先去齊雅飛的團隊中工作，傑克・史東風聞跟著去。傑夫卻提前離去，兩兄弟無法相認。傑夫・亞當斯介入卡斯楚街暴力事件之後，改名換姓成米恩・賀倫，重新做人。」

我感覺李安美把賀倫扯進來，似乎還有內幕，蜜娜聽了我的猜疑，鼓勵我向舊金山警察局的辦案單位通報。但是因為有依楓命案的前例（雖然協助捕獲真兇可朗達，可是補救不了曾經讓舊金山警察局誤將殺人未遂犯翡絲當成兇手的事實），因此不敢輕易開口。

警車和救護車陸續到達，一切都由蜜娜負責應答。當賀倫被救護人員帶走，蜜娜緊跟著社工人員和小珍妮上了警車，慢慢消失在雨中的巷口。我慢慢走向我的車子。這一趟，我不撐傘，讓雨水淋個夠。

淋雨之後的隔天，我有疑似感染的症狀。快篩之後是陰性，不過還是到醫院診斷。所幸只是普通流感，於是回家休息。我不曾如此早歸，吞下藥片之後，便上床睡覺。悠逸的空氣竟然使我心慌難眠，於是又起身在電腦前敲敲打打起來。唯有在那冰涼的框框中，才能存在著我那擦拭得晶瑩雪亮的夢……。輕暖的陽光一吋一吋離去，暮靄就這麼一撮一撮地滴在我的指尖。

蜜娜和我因為私闖民宅，舉槍威脅市民，接受一連串的偵訊調查。蜜娜一肩扛下來，辯稱她是雪蓉的委託人和槍擊案件的關係人，所以不算私闖民宅。她也沒有舉槍威脅賀倫，反倒是賀倫先掏槍。我已經鳴槍示警，他還冷血地對我開槍，逼得她出此下策。我一直覺得很抱歉，如果我們共同行動，說不定會避免這場流血事件。

那天，我們分開之後，別說見面，連手機聯絡也都僅限於要事商談，而且說話只說重點。直到官方消息一公布，本名傑夫・亞當斯的米恩・賀倫坦承殺害「新銳推理作家」。舊金山地方版新聞不到幾分鐘就輻射成為全國性新聞。國際間的網路消息也互相串連，搞不好連在南極研究企鵝的科學家或在中東不知名小鎮開採石油的工人都知道了，研究犯罪心理學的專業人士更是興奮地不得了。

我不知道舊金山警察局用了什麼心理戰讓賀倫鬆口。我問了蜜娜幾次，她不夠義氣地守口如瓶。此時此刻，我覺得時機成熟。於是傳了個簡訊給蜜娜，先問起雪蓉的傷勢。

蜜娜回覆：「雖然脫離險境，不過身體依然虛弱，應該近日中會恢復健康。虧她這樣，才讓賀倫死了心，承認他是殺害喬許的凶手。」

「哇！方便語音嗎？」不等蜜娜回答，我按下通話鍵，說：「我要聽全部的細節。」

「從何說起？」

「賀倫殺害喬許的前因後果。」

「自從喬許帶著珮兒去紐約找親哥哥，喬許才發現自己並非傑克・史東的弟弟。珮兒從男友谷泰森打聽到約萊太太繼承了一大筆財富。沒多久，約萊太太因感染 COVID-19 而猝死，遺囑也確認。谷泰森發現遺囑所記載的繼承人是喬許・約萊，但是事實上作家喬許・約萊並不是約萊太太原來想要領養的喬許・約萊。身分不明的人不應該分到遺產。」

「這怎麼說？」

「真的很複雜，我們就先把作家喬許・約萊還原成無名氏。本尊的喬許・史東就是後來的傑夫・亞當斯，也是我們現在認識的米恩・賀倫。他是史東先生外遇的私生子，對象就是約萊太太。」蜜娜的聲音帶著傷感，我知道為什麼，因為她曾歷經命運的折磨，失去愛子的傷痛。

「約萊太太得知舊金山大地震，第一時間趕來打聽，但是陰差陽錯領養了無名氏。本尊的喬許・史東的人生卻是往不同的方向發展，我已經跟你說過了，你應該記憶猶新。因為哥哥傑克・史東並不知道弟弟和自己是同父異母，我猜想無名氏和珮兒去了紐約，一定做了DNA鑑定，方才知道兩人根本不是親兄弟。」

「谷泰森鐵定知道約萊太太有個私生子，原本以為是無名氏，後來從李安美口中知道另有他人。知情的李安美便積極尋找傑克・史東的親弟弟喬許・史東，最後終於讓她找到了！她也真是有一、兩把刷子，妳找了好幾年都找不到。」

「因為賀倫和傑克・史東都曾經是齊雅飛的手下，有了這個交集。然後賀倫又是雪蓉的先生，這些因素加起來自然容易多了。」蜜娜有點不服氣，咬牙切齒地說：「真是個沒事找事做的怪咖！」

我照著可朗達太太的解釋說了一遍，引來蜜娜連聲大喊不可思議。

「後來，當賀倫回來，唯恐雪倫又要和他打離婚公司，所以暗中跟蹤，見機行事。愛也深、恨也深，當他發現作家無名氏不但奪走他的身分，和雪蓉似乎還有一段情，怒火攻心之下，就殺死了作家無名氏。至於行兇過程和你當時懷疑谷泰森，相差無幾。」

「未免太衝動了吧！」果然不出我所料，喬許命案出自於「情殺」，只是沒想到對象另有其人。

「殺死作家無名氏之後，賀倫打電話通知他的前任上司齊雅飛來善後。至於為什麼不通知可朗達，這我就不知道了。後來，李安美知道了，因為自己也有責任，死命替他掩護，才演變出包括她自己的那麼多嫌疑犯，還寫文章影射自己的男朋友谷泰森，弄得大家霧煞煞、團團轉。其中的可朗達的那一橋段幾乎成功，卻被你識破手腳，壞了大事。」蜜娜諷刺地說：「哼！她把寫小說的那一套全部用在犯罪行為上。」

「我不認為李安美有這麼華麗脫俗的想像力，或許她自以為自己是凶手吧！她的作家母親出來幫她寫劇本。」我嗤之以鼻地說，再提出我的疑問：「那她為何要槍殺雪蓉？整個過程聽起來，李安美似乎沒有撈到什麼好處，為誰辛苦為誰忙呢？」

「依照我的猜測，她不但詭計多端，而且心狠手辣。我剛才說的，什麼因為責任、掩護，都是反諷的話。真正的目的是當賀倫拿到財產，再設法害死他，整個財產就落入男朋友谷泰森手中。」

「可是賀倫一死，財產不就落在雪蓉手中，而不是谷泰森。難道這也是她槍殺雪蓉的動機嗎？」

「配偶申請離婚，但對方避不見面。依照加州的法律，忘了到底幾年，視同婚姻無效。賀倫和雪蓉雙雙死亡，財產應該遺留給他們的獨生女。」

「不對！迪惠斯可林・善勝集團在處理約萊女士的遺產時，是按照親疏比例原則。我記得三分之二留給養子喬許・約萊，如今冒出一個親生兒子喬許・約萊。他們集團基金會必然重新評估，搞不好變成二分之一留給親生兒子喬許・約萊。」

我不想繼續討論這複雜的法律問題，選擇另外一個話題，問：「我還是有個疑問，雪蓉在趣趣小姐派對上看到賀倫，為什麼像見到鬼一樣？」

「我想會不會我們誤解了。自以為雪蓉看到賀倫像見到鬼一樣，其實是看到是李安美。我們誤解了『像見到鬼一樣』的意思，如果我沒記錯，這一句形容詞首先出自賀倫之口，所以我們就不斷沿用。說不定是李安美早就和雪蓉約好見面的地方，但是雪蓉忘記了，經過忽然現身的李安美的提醒，露出恍然大悟的表情。」

「李安美曾經拜託雪蓉帶可朗達太太參加趣趣小姐的派對，因為她說無法參加。沒想到竟然出現在派對中。眼尖的她可能看到賀倫和李安美神態詭異地交頭接耳。因此有了很不好的預感，立刻走人。李安美看到雪蓉的反應，立刻下定決心置之死地，才能去除心頭大患。」

「剛才在醫院，雪蓉對我坦白，她們夫妻早就見過面了，但是沒有在一起。賀倫想要重修舊好，但是雪蓉懷疑他的動機，假裝有人跟蹤，實際上是要我調查他現身的本意。後來賀倫真誠地表態自己的心意，還有即將到手的財產，於是兩人重修舊好，準備破鏡重圓。」

誠如我和蜜娜以前所討論過的。雪蓉希望李安美以後的書都能夠在自己出版社出。李安美當下二話不說就答應了，沒想到《幽魂夢影》一出版，依照媒體形容，印書機變成了印鈔機。李安美立刻後悔，但是雪蓉揚言如果對方不履行合約，她將公布李安美的祕密，毀掉她的名聲。李安美不甘名利兩失，更不願意一輩子都被雪蓉控制，於是開始了她的謀殺計畫。

然而如同她毫無創意的寫作，竟然用自己的母親代替自己成為不在場證明。這麼一個推理小說中的爛梗，雖然騙得了一時，卻瞞不了一世，何況遇見了我這麼一個偉大的偵探。李安美手邊沒有武器，於是偷拿了賀倫的槍，她不知道那一把 M1911 斯巴達型的半自動手槍本來是齊雅飛的，而且還有前科備案，也算是一大敗筆。

第二十四章　鐘聲響後的ECHO

蜜娜約我在「三個願望」咖啡廳見面。

一如往常，蜜娜遲到了約半小時。我大口、大口地喝著啤酒，悠閒地望著窗外。溫暖而明亮的陽光將IKEA的那面牆，藍牆的藍更藍、黃字的黃更黃。天空浮著幾朵白雲，最大朵的是蓮花，細細碎碎的是略帶哀愁的鬱金香，懶得想像的就一律歸為湖畔的野菊花吧！橫空悠悠飛出一隻蝴蝶，掠過蓮花雲、鬱金香雲，和野菊花雲，翩翩飛落我的面前，幻化成人形，正是男裝麗人的「高德先生」蜜娜。

蜜娜劈頭便用揶揄的口氣，說：「講到『三個願望』，你的玫瑰花和李安美都算許願成功。我的答案不論是李安美，還是可朗達太太連邊都沾不上，丟臉啊！」

我還沒來得及回答，蜜娜更以嘲弄的口氣，說：「我想這跟中樂透的原理一樣吧！你有那個運氣……不能說運氣，應該是你本身具有宇宙中不可知的體質，恰好接觸到引發你釋放讓你願望實現的能量。不然那麼多人去『三個願望咖啡廳』，應該不少人拿了鑰匙圈許願，可是並沒有聽說過什麼神奇的事蹟。算了，不談這些。那你的第三個願望呢？許願了嗎？超級無敵名偵探，還是名揚四海的詩人？你要小心許願喔！不要九死一生、百般折磨之後才超級無敵，或生前淒淒慘慘，死後才名揚四海。」

「我已經許過了！可是不知道為什麼遲遲沒有實現。」

「喔！那你許了什麼願？不會許願讓我愛上你吧！」

「當然是娶天下第一美女為妻啊！」我想加上一句「所以與妳無關」，想想還是不要惹這位「母夜叉」，於是鄭重其事地說：「哼！我是無意中許下第一個願望！第二個願望是抱著姑妄信之的心情。兩個願望實現之後，我就鄭重其事，無時不刻地想著第三個願望的內容。當我想好之後，正要許願時，但是卻沒有辦法。」

「什麼意思？沒辦法。」

「鑰匙圈上『猿掌』的設計是當你許願時，必須對著「猿掌」中心刻印著「ત્રણ ઈચ્છાઓ」的方牌按下去。第一次是瞎貓碰到死老鼠，第二次是按照咖啡廳服務員的說明。可是當我第三次許願時，卻無法按下去。或許無意中按過了，我卻渾然不知。」

當我說到一個段落，不知怎地心坎吹起一陣風，回憶起當時賀倫和蜜娜僵持不下，我鳴槍示警，賀倫轉向對我開槍。我根本來不及反應。可是冥冥中好像有一股強大的力量，將我推開，然後從樓梯口翻滾掉落。

我說完自問，也是對蜜娜發問：「難道是我自然反應地祈求上蒼保佑時，無意中按到『猿掌』嗎？」

「有此可能。當時情況危急，我以為你中槍身亡。所幸事後你沒事，我嘴上沒說，心裡覺得不可思議，你的動作比好萊塢的特技演員還神速，比子彈還快耶！」

說著說著，話題落到賀倫身上，蜜娜說賀倫其實很早就想投案，但是因為雪蓉病危，無法單獨拋下小珍妮，而且李安美努力地設法讓他脫身，因此心存僥倖。如今雪蓉安然康復，他將大筆財產轉移，讓妻女過著衣食無虞的生活，放心地去服刑了。

談完賀倫，蜜娜問及可朗達的第二次的自殺，警方到底查出了什麼？

我依據小方私下告訴我：「可朗達曾經多次網購『朦朧』。『朦朧』是一種管制級的肌肉鬆弛劑，低劑量可以紓解疼痛和幫助睡眠，中劑量可以麻痺神經，運用在開刀或激烈的癌痛。高劑量則會讓人重度昏迷或死亡。可朗達累積購買的分量足以毒死一條牛。這看起來好像是自殺，然而偏偏收據上的收件人卻是可朗達太太，這不是很耐人尋味嗎？」

蜜娜搖頭嘆息，說：「不過可朗達太太現在瘋瘋癲癲的，不知道陪審團會嚴格執行，還是手下留情？接下來，我們就等李安美鋃鐺入獄吧！」

第二天工作告一段落時，已經夜幕低垂、華燈初上。想到好久沒去傷心碧酒店了，於是將車子駛向凡妮街。

推門而入，先和正在角落唱歌的黑人女歌手互換一個眼神，然後坐在吧檯，等待一杯酒，憂傷的旋律蕩氣迴腸地訴說一段發生在舊金山的愛情故事。

將近八點的時候，酒店的氣氛正達高潮，蜜娜和阿方不約而同提醒我趕緊看網紅白羅的直播。原來正是李安美失蹤之後，首次公開露臉。

我熟門熟路地鑽入酒店經理的辦公室，利用他的電腦上網觀賞。點閱人數已經高達五萬人，並且快速成長。李安美一身黑白套裝，加上濃妝，一改平日的甜美清純，顯得非常成熟冷豔。

耐心地看完網紅對作者李安美和新書《幽魂夢影》的吹捧之後，好不容易談到重點……。

「妳對於寫作夥伴被殺的真相大白，有何感想？」

「感慨萬千，一言難盡。畢竟我曾經被認定為凶手，如今真相大白，還我清白，我有重新獲得自由的感觸和輕鬆。」

「不好意思，說一句不中聽的話。某些評論家覺得妳只適合寫真人真事或改編歷史或新聞事件。不知道妳有什麼話要回應？」

「作家有各種類型，或許我不是某某流派人士所喜歡的菜，這也為什麼我的主編找上瑞德・雅契先生與我搭檔，截長補短地完成《幽魂夢影》這部這麼受大家喜歡的小說。」

寫作搭檔？簡直無恥！

「失去了默契良好的寫作搭檔，妳將來會單打獨鬥，還是再找個合作對象？」

「我目前的計畫是和母親聯手創作。我的母親是個非常優秀的華文作家，只因為走入家庭之後，疏於筆耕。其實《幽魂夢影》中有很多情節，都是來自她的貢獻。」

終於說了一句人話！但是請問小姐，妳打的如意算盤行得通嗎？

網紅立即抓住重點，問：「很多看過《幽魂夢影》的讀者紛紛表示，諸多情節和現實上的瑞德・雅契先生命案有很多的雷同的地方嗎？」

「巧合吧！」

「令人無法想像，這麼多巧合。」網紅顯然是在舖梗，又說：「只不過那是『事後』，可以解釋成『影射』，是不是比較妥當？」

「我覺用『參考』兩個字比較妥當。」

「哈哈，作家就是作家，遣詞用句果然精闢入裡。」網紅語氣雖然有點酸，但是沒有諷刺的意味。他看了流量，既驚訝又高興，高達十五萬人。網紅受到刺激，當然不願放過這優勢，便問：「不論『影射』或『參考』，我忽然想起〈兄弟情〉。妳似乎預先知道殺害瑞德，雅契先生的凶手？」

「有嗎？」李安美故意裝傻。

「依照妳那篇小說，表哥忌妒表弟，於是痛下殺手，所以題名〈兄弟情〉。據說妳是以某某警界高官為藍本。但是，事實證明身為凶手的米恩・賀倫，他忌妒瑞德・雅契先生取代了他的身分和人生。冥冥之中，兩人之間也算是有一份潛在的兄弟情誼。不是嗎？」

「我沒有想到這一點。」李安美開始坐立不安。

「我記得妳的寫作搭檔瑞德・雅契先生曾經在臉書上表示。關於寫作，他喜歡先選好題目，再下筆。日常臉書貼文不講究，短篇小說較好訂定。但是，長篇小說的篇名就不可能始終如一，必然一改再改、再再改。他的第一部小說《薰衣草色的閃閃流沙》寫到最後一句，才把書名定下來。在漫長的寫作過程中，會因神來一筆的靈感、會因欣賞書畫或音樂或影劇的影響，或友人的建議而從善如流。」網紅燦然一笑，說：「講到〈兄弟情〉的題名，絕對是妳的精心安排。」

李安美微笑不語，網紅看了流量，將近四十萬，看了好幾則相似的留言，問：「好多妳的讀者指出〈兄弟情〉中的艾智，顯然就是舊金山警察局行為科學部高階科員谷泰森博士，是這樣嗎？」

「有一點點。」

「能夠說清楚一點嗎？聽說……」

我知道網紅想要確認李安美和谷泰森的關係。

李安美不等網紅說完整段疑問句，搶先說：「他是瑞德・雅契先生的表哥，提供故事給我們，我覺得很好玩就寫下來。」

「難道不是妳事先知道什麼，而刻意寫出來嗎？」

「沒這回事。」

「妳為何無緣無故寫信要米恩・賀倫回舊金山？」

「我覺得雪蓉的離婚官司一直懸著，也不是辦法，所以我寫信要他回來辦一辦。雪蓉・碧特小姐和我決定出來開出版公司，我不希望她私人的問題影響到我們的事業。」

「妳有沒有經過雪蓉・碧特的同意？」

「沒有。」李安美嬌媚地乞求：「白羅先生，我希望你換個話題，談談我的新書，好嗎？」

「可以。妳有什麼可以和我們分享？」

「如果一篇雋永的散文可以讓心靈沈澱，那麼推理小說會讓平靜的心湖揚起驚濤駭浪。如果說一篇小說可以看見人性的黑暗面或光明面，那麼推理小說可以讓人遊走在天堂與地獄之間。」李安美優雅而流利地說著，網紅很不耐煩地聽著，他注意到流量微微下滑。

「因此從我一開始寫小說時，這股神祕的力量就深深地影響了我，讓我在思考和佈局時，無時無刻不以懸疑、浪漫和人性來取悅我的讀者，就像那些推理大師或名不見經傳的作者的作品，讓我在閱讀時所得的樂趣一樣。」

螢幕前的我幾乎可以替她說下去，因為原稿都在喬許的筆記本。

「感謝妳的分享，不過很遺憾，《幽魂夢影》的作者之一和主編，一位不幸離世，一位重傷昏迷。」網紅再看流量，滑落十萬以下了，他知道公眾想要看什麼、聽什麼。於是很慎重地宣布：「不過我從雪蓉・碧特小姐的主治醫師得知，她已經清醒，並且向警方控訴妳對她的暴行。」

「我不相信，怎麼可能？」李安美倏地從椅子上站起來，然後開始背向鏡頭。

「請妳冷靜一點，我們還在直播。」

網紅白羅立刻下令助理趕緊去安撫李安美，然後慎重地宣布：「李安美小姐身體忽然感覺不適，我們先讓她休息一下，再斟酌是否繼續我們的直播。」

畫面轉向李安美落荒而逃，卻在門口被警察圍堵的場面。

「天啊！這太戲劇性了！對不起，各位觀眾，我實在想不出除了這一句之外，還有其他適當的形容詞。」

演技一流的網紅做了個非常誇張的表情，然後繼續他的發言。其中一則是出版社決定終止李安美的合約，該書的版權和稿費全部轉付給瑞德・雅契的妻子。雖然原本從約萊女士獲得的遺產已經拱手讓給雪蓉，但是這意外的轉折，對於翡絲而言，未曾不是一種補償。

我在觀看直播時，不知不覺把一瓶放在酒店經理櫃子上的伊凡威廉波本威士忌喝了三分之二。因為加州酒駕標準：非商用車輛駕駛人的血液酒精濃度不可超過0.08%，所以我只好由一個順路的朋友送我到附近的車站。

我很慶幸一上車就有位置可坐。沒多久就理解原因，因為鄰座是個散發出汗酸味的老人。因為太累了，或許自己也滿身酒臭，無暇顧及其他，坐下後即刻閉目養神。過沒有多久，我感覺老人開始擠壓過來。於是不客氣的反推他，可是對方卻不為所動。

我張開雙眼，用極度厭惡的瞪著對方。曾幾何時，換了一個睡得東倒西歪的亞裔少年。心想如果我有小孩，年紀應該和這個少年一樣大了吧？少年住在哪裡？他要去哪？他晚餐吃過了沒？他為什麼這麼累？身為偵探的我不知不覺一直往壞處想。於是，我動也不敢動地讓他舒適地靠著、睡著。他的呼吸聲和地鐵的聲音讓列車內的燈光越來越柔和。

望著車窗的倒影，一個垮著面孔、雙目無神的中年男子和一個睡得天真無邪的少年，在無邊無際的黑夜相靠相依。不由得想到可朗達太太和李安美這對母女……。即將到達必須換車的站，可是我不想下車。列車一站一站過去，我的肩膀就這麼一直讓少年依靠著。車窗閃過一盞又一盞的燈光，裝飾著我那自作多情，但是卻溫暖而幸福的想像之旅。

全書完

要推理124　PG3086

要有光 FIAT LUX

波斯貓在暮靄中唱歌

作　　者　　葉　桑
責任編輯　　陳彥儒
圖文排版　　黃莉珊
封面設計　　王嵩賀

出版策劃　　要有光
發 行 人　　宋政坤
法律顧問　　毛國樑　律師
印製發行　　秀威資訊科技股份有限公司
114台北市內湖區瑞光路76巷65號1樓
電話：+886-2-2796-3638　傳真：+886-2-2796-1377
http://www.showwe.com.tw
劃撥帳號　　19563868　戶名：秀威資訊科技股份有限公司
讀者服務信箱：service@showwe.com.tw
展售門市　　國家書店（松江門市）
104台北市中山區松江路209號1樓
電話：+886-2-2518-0207　傳真：+886-2-2518-0778
網路訂購　　秀威網路書店：https://store.showwe.tw
國家網路書店：https://www.govbooks.com.tw
總 經 銷　　聯合發行股份有限公司
231新北市新店區寶橋路235巷6弄6號4F
電話：+886-2-2917-8022　傳真：+886-2-2915-6275

出版日期　　2025年04月　BOD一版
定　　價　　360元

讀者回函卡

Printed in Taiwan

國家圖書館出版品預行編目

波斯貓在暮靄中唱歌 / 葉桑著. -- 一版. -- 臺北市 : 要有光, 2025.04
面 ; 公分. -- (要推理 ; 124)
BOD版
ISBN 978-626-7515-46-4(平裝)

863.57 114003502